KB261110

귀뚜라미가 온다

귀뚜라미가 온다

백가흠 소설

문학동네

차례

광어

횟감은 오자마자 회쳐지는 놈도 있지만, 물을 다시 갈아줄 때까지 사는 놈이 있다. 아니 한 번도 수족관이 텅 빈 적이 없으니 줄곧 운 좋게 살아온 놈이 있을지도 모른다.

나는 회를 친다. 면장갑을 낀 다음, 공들여 숫돌에 칼을 갈고, 뜰채를 들고 수족관 안을 들여다본다.

회를 치려면 칼이 제일 중요하다. 모든 것은 내 손이 하는 것이 아니라 칼이 한다. 살을 바를 때는 칼의 느낌이 중요하다. 가시, 그놈들의 뼈 위로 살짝 살을 남겨놓아야 하기 때문이다. 가시에 칼을 붙이고 살을 바르면 그놈들도 고통스러워하기 때문에, 살을 살짝, 아주 살짝 남겨놓아야 한다. 그러면 그놈들 대부분이 자기가 회쳐지고 있는지 모르게 된다. 그것들의 살만 바른다면 말이다. 그 느낌, 살만 들춰내는 칼의 느낌이 중요하다.

놈을 고르지만 선뜻 눈에 들어오는 놈이 없다.

칼이 자기 몸을 후비는 것을 느끼는 놈들도 있다. 그놈들은 내장을 다친 경우이다. 내가 칼의 느낌이 좋지 않은 날, 살짝, 아주 살짝 내장을 건드린 경우에 그놈들은 칼의 느낌을 안다. 그러면 그놈은 나를 노려보며 입을 크게 벌리고 숨을 쉰다. 소리는 나지 않지만 내장 밖으로 바람이 새는 소리가 가냘프게 느껴진다. 그런 경우에는 무채를 수북이, 깊숙이 쌓아준다. 나는 바람 새는 내장이 차가운 접시 바닥에 닿는 것을 원치 않는다. 아주 살짝이지만 그래도 그놈들은 곧 죽는다. 나에게 있어 살짝은 그놈들에게는 치명적인 것이다.

당신과 몸을 섞은 날 이후로 내 몸에도 그 바람이 지지 않는다. 나약한 바람, 물고기들이 죽기 전에 내뱉는 그 바람이 내 몸 위를 떠다닌다. 간혹 나뭇가지에 앉거나 공지천 물 위로 스미고, 중도에 가서 되돌아오는 바람이 말이다. 그것은 내게 서늘함을 준다. 대금에서 떠도는 소리와 같은 서늘한 바람을 말이다. 당신은 대금과 같다. 거대하고 새까만 구멍, 그곳을 지나야지 소리가 나는 대금과 같다. 하지만 당신은 방금, 당신의 자궁 속으로 스쳐간 바람을 기억하지 못할 것이다. 당신은 마취에서 깨어나지 못했으니 말이다.

회를 치려면 칼도 중요하지만 면장갑이 꼭 필요하다. 펄떡이는 심장을 벗어나지 못하게 떨어지는 살점이 미끄러지지 않게 잡아야 하기 때문이다. 살과 살은 언제나 미끄럼이 있다. 한 손에는 뜰채를 들고 다른 손으로는 수족관의 물을 휘휘 저어본다. 곧 물을 갈아야 할 것 같다.

수족관 속의 물도 고여 있기는 이곳, 춘천의 많은 호수나 댐과 마찬가지이다. 물은 쉽게 썩지 않지만, 고기들은 때때로 민감하다. 수

족관은 이단으로 되어 있는데, 위에 있는 어항의 물이 관을 타고 밑
으로 떨어져 아래 어항의 밑바닥에서 다시 솟구치고, 떨어진 물은
다른 관을 타고 다시 위로 올라간다. 수족관 속의 물은 고여 있지만
끊임없이 안에서 돌고 돈다. 그나마 물이 돌고 있기 때문에 고기들
이 제법 살아주는데, 대부분은 그곳이 어항인지 알아차리고서 오래
살아주지 않는다. 어류에 따라서도 제각각인데 성질이 사납고 활동
적인 놈들이 제일 먼저 죽는다.

　나는 계속 수족관 안을 들여다보며 회쳐질 놈을 고르고 있다. 뜰
채로 한 놈을 건져올린다. 우럭이다. 몸에 상처가 많은 놈이다. 물
안에서 상처는 곧 죽음이다. 이놈은 오늘밤을 넘기기 힘들 것이다.
우럭은 성질이 사나워서 어항 안에서도 제일 먼저 죽는다. 손님에
게 주문을 받을 때면 우럭의 상처가 제일 먼저 떠오른다. 손님이 신
선한 고기를 주문하면, 나는 언제나 우럭을 추천한다. 우럭은 죽기
전에 회쳐져야 한다. 손님은 신선하고 싱싱한 우럭을 회로 떠서 먹
는다고 생각하지만 실상은 상처투성이 우럭을 회로 떠서 먹는다.
상술이 생각나니 나는 기분이 좋아진다.

　나는 다시 고민스럽다. 당신은 이 한 마리를 통째로 삼킬 줄을 모
르니 말이다. 이놈은 회치기 전에 죽을 놈이고, 물을 갈아주기 전에
도 죽을 놈이다. 나는 우럭의 상처가 안타깝기도 하지만 당신에게
상처 많은 놈을, 신음에 겨워 죽음을 눈앞에 둔 놈을 주고 싶지 않
다. 물속으로 살짝 우럭을 놓아주고 어항 구석에 배를 깔고 모른
척, 죽은 척 가만히 엎드려 있는 광어를 잡는다. 유유히 한 번, 두
번 그물을 벗어나지만, 그래봤자 고여 있고 좁은 물인 것을. 광어는

곧 뜰채 안으로 들어온다. 나는 물 밖으로 광어를 꺼내어 부엌 바닥에 내동댕이친다. 얌전하고 묵직했던 광어는 부엌 바닥에서 펄떡거린다. 부엌 바닥을 온몸으로 뛰어다니기 시작한다. 하지만 나는 난감해하지 않는다. 굵은 칼등으로 녀석의 정수리를 살짝 친다. 녀석은 꼬리를 휘었다가 곧 기절한다. 나는 칼로 광어의 꼬리에 상처를 살짝 내둔다. 꼬리를 자르면 광어도 같이 죽으니까 끊어지지 않게 살짝 흠집을 내야 한다. 그래야 회를 뜨기가 수월해지고 먹기도 좋아진다. 처음에는 이것을 알지 못했다. 기절해 있는 얌전한 놈을 회쳤다가, 나중에 깨어서 펄떡거리는 놈들 때문에 애를 먹은 경우가 여러 번이다. 손님 밥상 위에서 깨어나 펄떡거린 적도 있다. 그 우스웠던 광경을 생각하니 다시 기분이 좋아진다. 고기들이 가지고 있는 모든 저항과 힘은 꼬리에 있다. 이 힘을, 꼬리를 제압하면 그 다음은 칼이 한다. 내 손이 해치우는 것이 아니라 칼이 모든 것을 해치운다.

당신이 마취에서 깨어 방바닥을 뒹굴고 있지 않을까 마음이 조급해진다. 칼로 광어의 등선을 따라 선을 긋고 그 선 사이로 칼을 집어넣는다. 광어의 하얀 살점이 보이기 시작한다. 가시에 살짝 살을 남기며 살과 가시 사이를 점점 벌린다. 칼의 느낌이 좋다. 이놈은 꽤 오래 살아줄 것 같다. 한쪽 살을 다 바르고 뒤쪽의 나머지 살도 바른다. 내장을 건드리지도 않았고 보기 흉한 피도 한 방울 살점에 묻어나지 않았다. 기분이 좋아진다. 나는 가시와, 머리와, 흠집낸 꼬리만 남은 광어를 접시에 담는다. 이제 마지막으로 신경쓸 부분이 남았다. 비늘을 벗겨내는 일이다. 비늘 쪽을 도마에 붙이고 꼬리

쪽 살을 홈집내어 비늘 위에서 칼을 멈춘다. 이것도 마찬가지로 비늘 위로 살짝 살을 남겨놓아야 한다. 살점에 비늘이 묻어나면 피가 한두 방울 묻어났을 때와 마찬가지로 먹는 사람에게 불쾌감을 준다. 칼을 비스듬히 누이고, 꼬리 쪽에 붙은 살점을 잡고 당긴다. 기분이 좋아진다. 한 번에 껍질이 모두 딸려나온다. 비늘이 있었던가 의심스럽게 살점이 투명하고 하얗다. 오늘은 칼의 느낌이 더없이 좋다. 당신에게 빨리 달려가고 싶다. 접시 위에 머리와 꼬리만 보이게 하고 휑한 가시는 무채로 덮어버린다. 한쪽 살을 아주 얇게 칼을 뉘어 썰고 무채 위로 보기 좋게 담는다. 녀석이 입을 벌리고 힘겹게 숨을 쉰다. 초밥을 주무르고, 타월으로 주무른 초밥 위에 살점을 얹어 다시 한번 꼭 쥔 다음, 다른 접시에 담는다. 녀석이 아직도 숨을 쉬고 있다. 레몬즙을 살짝 바르자 창백한 당신 얼굴이 하얀 살들과 겹쳐진다. 당신이 보고 싶어진다.

*

　나는 당신에게 가려고 버스를 탄다. 당신에게 가는 길 옆으로 춘천의 많은 물들이 펼쳐져 있다. 넓은 호수를 끼고 돌면 미군 캠프가 나오고, 캠프 담 건너편에는 오래된 유곽들이 줄지어 늘어서 있다. 때때로 밖에 의자를 내놓고 앉아 햇빛을 쬐는 늙은 창녀들을 보기도 하는데, 그 모습이 당신의 늙은 모습을 떠오르게 한다. 간혹 그녀들이 우리 가게를 찾기도 한다. 아침부터 저녁까지 비바람 몰아치는 날들이었는데, 그날이 그녀들이 쉬는 날이라고 했다. 그녀들은 비바람이 억수같이 몰아쳐야지 사내들은 자기들을 잊어버린다고, 우스갯소리를 하며 광어에 소주를 마시면서 하룻밤을 보냈다. 그때 나는 그것은 나도 마찬가지라며 맞장구를 쳤다. 비가 오면 회를 찾는 사람이 적다. 아무도 펄떡거리는 생명을 기억하는 사람이 없는데, 유독 그녀들만 잊지 않고 찾아오는 것이다. 비가 오고 바람이 불면 어김없이 당신도 찾아와 초저녁부터 술을 마신다. 나는 당신에게 말한다. 매일 술을 먹으니 하루는 쉬고 차를 마시라고 말이다. 당신은 오늘만 마시고 싶어 마신다고 말한다. 그렇지만 내가 내주는 커피도 마다하지 않는다.

유곽 옆으로는 춘천역이 있다. 그곳을 지나칠 때마다 당신은 나에게 기차를 타고 멀리 떠나자고 말한다. 당신은 기차를 아직 타본 적이 없다고, 기차를 타면 기찻길이 끝나는 데까지 가자고 말한다. 나는 당신에게 기차를 태워주고 싶다. 춘천 위로는 기찻길이 없으니 밑으로 내려가야 하는데, 길을 따라가다보면 서울이 나온다. 당신과 나는 그쯤에서 겁을 먹고 기차 탈 생각을 접는다. 당신도 나도, 이곳 춘천 말고는 익숙한 곳이 없다.

춘천역을 지나자 소양호로 가는 샛길이 나타난다. 소양호에는 아직도 배가 뜬다. 유람선이 아니고 사람과 차를 실어나르는 배가 말이다. 당신은 언젠가 저 배도 타고 싶다고 말한 적이 있다. 배를 타고 호수 건너편으로 넘어가고 싶다고 말이다. 나는 호수 건너도 춘천이라고 말했다. 사실은 아니다. 호수를 건너면 산이 가로막고 있고, 그 대신 양구로 넘어가는 46번 도로가 나온다. 한여름에 내 기억은 46번 도로를 타고 넘어가 군에서 보낸 그곳의 한겨울에 머문다. 어쨌든 그곳도 막혀 있기는 마찬가지이다. 물과 산과 한 가지 더 눈으로 막혀 있으니 말이다.

버스는 내가 내릴 정류장에 멈춘다. 당신은 걱정하지 않아도 된다. 마취에서 깨면 싱싱한 회를 먹을 수 있으니 말이다. 나는 속으로 휘파람을 분다.

나는 천천히 '배현수산부인과'의 문을 민다. 간호사가 두 명 있다. 그녀들이 환자의 이름을 내게 묻는데 당신의 이름이 떠오르지 않는다. 미스 정, 당신의 이름이 미스 정이었던가 착각이 든다. 나는 당황한다. 나는 누군가 내게 질문을 하면 머리를 긁적이는 버릇이 있다. 상대는 그것이 내가 아둔해서일 것이라고 생각한다. 아둔해 보이는 나는 머리를 긁적이며 미스 정만 외친다. 간호사는 나를 데리고 회복실로 간다. 회복실과 입원실의 차이가 언뜻 떠오르지 않는다. 회복실 앞 203호 입원실에서 임산부가 나온다. 그녀의 배가 흥부전에서 나오는 보물이 가득 들어 있는 박과 같이 둥글고 크다. 나는 그녀의 배가 우스워서 고개를 숙인다. 내 어머니가 나를 임신한 배가 생각난다. 그 안에 있었을 나를 상상한다. 웃음이 나오려고 하니 기분이 좋아진다. 짧은 찰나 나를 아래위로 훑은 그녀의 눈과 마주친다. 결국 나는 웃음을 참지 못하고 고개를 돌린다. 나는 회복실 문을 연다. 등을 돌리고 누워 있는 당신을 본다. 보고 싶었던 당신을 본다.

미스 정.

목소리가 내 귀에도 잘 들리지 않을 정도로 작다. 당신을 보니 휘파람도 사라지고 힘이 빠진다. 당신은 벽 쪽을 보며 잠을 자고 있다.

나는 가지고 온 회가 담겨 있는 접시를 바라본다. 언제 죽었는지 모르게 광어는 죽어 있다. 가시 위로 덮인 무채도 색이 변하려고 한다. 아무래도 랩으로 싸고 얼음을 채울 것을, 나는 후회한다. 광어가 죽었다. 오래 살 것 같았던 광어가 죽었다. 회를 칠 때 좋았던 칼의 느낌이 생각난다. 당신이 입고 있는 하얀색 추리닝을 본다. 하얀 추리닝의 엉덩이 부분에 피가 조금 묻어 있다. 하얀 살점에 묻어나온 피와 비늘 같다. 칼의 느낌이 좋지 않은 날, 광어의 내장에서 묻어나온 피 같다. 당신은 꼼짝도 않고 벽을 보며 자고 있다. 당신은 광어와 같다. 죽은 척, 모른 척 배를 깔고 엎드려 있는 광어와 같다.

나는 당신에게 가까이 간다. 제일 처음으로 눈에 들어오는 것이 있다. 귀를 뚫은 구멍이다. 귀고리를 차는 구멍 말이다. 나는 귀밑으로 내려온 머리카락을 귀 뒤로 넘겨준다. 한 가닥도 내려오지 않게 여러 번 반복한다. 당신의 머리가 가지런하다. 나는 가지런한 머리가 보기 좋아 머리 전체를 쓸어넘긴다. 당신의 머리에서 좋은 냄새가 묻어난다. 다시 휘파람이 나온다. 당신은 뒤척이며 나를 본다. 언뜻 보니 웃는 것도 같다. 당신의 감은 눈을 본다. 당신은 내가 온 줄 아는 것 같다.

당신의 쌍꺼풀 없는 눈이 나는 좋다. 당신은 내 눈과 같이 눈꼬리가 밑으로 처지지 않아서 슬퍼 보이지는 않는다. 슬프지 않은 당신의 눈이 좋다. 당신의 감은 눈이 퍽 길게 느껴진다. 파르르 떨리기도 한다. 혹시 당신, 꿈을 꾸고 있는 것은 아닌가. 꿈속에서 춘천을 떠나고 있는 것은 아닌지 조바심이 인다. 나는 당신 꿈속으로 끼어들고 싶어진다. 나는 당신이 깨어나기를 기다린다. 당신의 이마에 땀방울이 배어 있다. 나는 손으로 당신의 이마를 짚어본다.

당신이 임신한 것을 알고, 병원에 가겠다고 나에게 말한 날이 생각난다. 당신은 내게 진정으로 아이를 원치 않는다고 말했다. 아이를 지우는 것은 잘 가꾼 머리를 갑자기 미련 없이 자를 때의 그것과 다를 바 없다고 말했다. 내 어머니도 나를 가졌을 때 그런 생각을 했었을지도 모르겠다. 나는 당신에게 한 가지만 물었다. 아이의 아버지는 누구인가 하고 말이다. 당신은 알지 못할 것이다. 내게서 미묘한 감정이 교차하고 있었다는 것을 말이다. 나는 잠깐 그 아이의 아버지는 내가 확실하다고 생각했다. 나는 채 한 달도 안 된 뱃속의 아이를 상상하고 있었다. 당신은 망설이지 않고 대답했다. 내가 아이의 아버지였으면 좋겠다고 말이다. 나는 그때의 미묘한 감정을 기억하고 있다. 당신의 말을 듣고 보니 아이의 진짜 아버지는 내가 아닐지도 모른다고 생각했다. 내가 아이의 진짜 아버지가 아니니 낳아도 괜찮겠다는 생각을 했다. 방을 하나 얻어야겠다고 생각했다. 나는 그때의 미묘한 감정의 변화를 기억한다. 나는 당신이 진정으로 나를 아이의 아버지로 생각하는지가 궁금했다. 하지만 나는 묻지 않았다. 당신은 왜 내게 이런 얘기를 하느냐고 묻지 않았다.

나는 당신의 사장님에게 의논했다. 룸살롱 여사장에게 말이다. 그녀는 내가 일하는 횟집 사장의 사모님이기도 하다. 남편은 산 생선을 팔고, 아내는 산 여자와 술을 판다. 내 아이를 당신이 임신했다고 말하자 사모님은 내게 욕지거리를 해댔다. 사장님은 내 어깨를 토닥였고 당신은 옆방에서 손님을 받고 있었다. 사모님은 내일 당장 병원에 데리고 가라고 내게 고함을 쳤다. 당신이 그곳, '환희'에

온 지 꼭 두 달 만의 일이었다. 사모님에게는 수지가 맞지 않는 당신이었다. 나는 사모님에게 사정을 했다. 아이를 낳을 수 있게 해달라고 말이다. 결혼도 하겠다고 말했던 것 같다. 그때 옆방에서 당신이 마이크를 붙잡고 부르는 노랫소리가 벽을 타고 넘어와서 사모님과의 대화를 잠깐, 아주 잠깐 끊었다. 당신은 연분홍 치마 어쩌고 하는 〈봄날은 간다〉라는 노래를 부르고 있었다. 실제로 당신의 봄날이 가고 있는 것 같았다. 당신은 아직 스무 살이었다. 당신이 깨어난다. 눈을 천천히 한 번, 두 번 끔벅이고 천장을 멍하니 쳐다본다.

깼어요? 좀 괜찮아요?

당신이 고개를 천천히 내게로 돌린다. 당신의 얼굴을 보니 날 보며 웃는 것 같다.

마취에서 깨어날 시간이 지났다고 했는데 너무 열심히 잠을 자서, 안 깨어날까봐 걱정했어. 정신이 좀 들어요?

당신은 내가 들고 온 접시를 바라본다. 당신의 얼굴이 광어의 살점과 같다. 피 한 방울 묻지 않은 광어의 살마냥 허옇다. 나는 당신에게 뭐라도 먹이고 싶어진다. 칼의 느낌이 생각난다. 나는 처음으로 내장을 건드려 피를 보고 싶어진다.

초밥을 가져왔는데 맛 좀 볼래요? 수술 후에는 회가 좋다네요. 상처가 빨리 아문다고.

나는 접시를 당신 베개 옆으로 옮겨놓는다. 베갯잇에 묻은 당신의 눈물 자국이 보인다. 나는 손등으로 당신의 머리칼을 귀 뒤로 넘겨준다. 머리를 쓸어넘기려는데 당신이 눈을 감는다.

좀 먹어요.

*

   당신은 눈을 감고 뜨지 않는다. 나는 의자에 앉아 침대 위로 엎드린다. 좀전에 불던 휘파람의 멜로디가 기억나지 않는다. 대신에 당신의 알몸이 생각난다. 귓불이 생각나고, 그 아래로 가는 목 위에 있는 점이 생각난다. 그곳에서 나던 당신의 냄새가 아련해진다.

   그날 당신은 비가 내릴 것 같다며, 오늘은 쉴 수 있을 것이라고 말했다. 당신은 맵지 않게 끓인 대구탕을 먹었다. 당신은 회를 먹지 않아서 술에 빨리 취해버렸다. 그곳에서도 당신은 〈봄날은 간다〉를 불렀다. 실제로 당신의 봄날이 가고 있었다. 당신은 비가 내리기 전에 엉망으로 취해버려서, 나는 가게 문을 닫고 당신과 여관에 갔다. 나는 당신의 봄날과 당신의 자는 모습을 밤새 지켜보았다. 당신은 동틀 무렵에야 눈을 뜨고 물을 찾았다. 나는 물병을 옆으로 뉘어 냉동실에 넣어둔 것이 다행이라 생각했다. 물을 마시고 당신이 나를 당신의 옆자리에 눕게 했다. 나는 당신의 옆에 누워 당신의 냄새를 맡는 것이 행복했다. 나는 처음으로 행운아라는 생각을 했다. 당신은 나를 어린아이 다루듯 했다. 내게 당신은 기억나지 않는 어머니와 같았다. 당신은 내 옷을 벗기고 내 성기를 애무했다. 나는 당신의 알몸을 찬찬히 보았다. 창밖의 가로등에 비친 당신의 몸은 어둠 속에서 밝게 빛났다.

   나는 어둠 속에서 희뿌연 안개와 같은 당신의 몸을 보았다. 당신의 젖가슴이 손에 닿았다. 나는 어느새 젖꽃판에 돋아 있는 작은 돌기들을 손끝으로 훑고 있었다. 엄마의 자궁 속이 기억나는 것 같았다. 얼

굴 없는 어머니의 자궁 속이 말이다. 나는 그곳이 그리워 당신의 안
으로 들어갔다. 나는 처음으로 행운아라는 생각을 했다. 나는 당신에
게서 들려오는 대금 소리를 들었다. 당신의 시커먼 자궁 속으로 지
나는 바람이 보였다. 당신은 당신의 지나간 봄날에 대해서 이야기했
다. 당신이 춘천에 머물 수밖에 없는 이유를 말이다. 나는 당신에게
괜찮다고 말했다. 이제 당신에게는 내가 있으니 괜찮다고 말이다.
아무렴 당신은 아무 걱정 없다. 당신이 내 머리를 쓸어내린다. 고개
를 들어보니 당신이 나를 보고 있다. 당신의 알몸이 그리워진다.

　새끼삼촌.

　당신은 나를 삼촌이라 부른다. 나는 당신의 삼촌일 수 있다. 그런
관계는 세상에 흔하고 흔한 일이니까. 하지만 그보다도 당신이 내
이름을 불러주었으면 좋겠다고 생각한다. 혹시 당신이 내 이름을
알지 못하는 것은 아닌가 걱정된다. 내 이름을'알려준 적이 없었던
것 같아 후회된다.

　일어날 수 있겠어요?

　괜찮아. 삼촌, 나 물.

　주위를 살펴보지만 물이 없다. 나는 밖으로 나간다. 203호 문을
보니 아까 보았던 흥부의 박 같은 배가 생각난다. 기억나지 않았던
휘파람 가락이 생각난다. 간호원에게 물을 청하자 뽀로통하더니 플
라스틱컵에 물 한 잔을 가져다준다. 그것을 받아들고 가다가 먼저
한 모금 마셔본다. 물이 시원하지 않아서 뒷맛이 개운하지 않다. 나
는 물을 벌컥 들이켜고, 밖으로 생수를 사러 나갔다 온다. 사온 생
수를 플라스틱컵에 부어 한 모금 마셔본다. 플라스틱 냄새가 나기

는 하지만 물은 시원하다. 들어와서 당신에게 물을 건네자 당신은 물을 마시면서 눈을 크게 한 번 뜬다. 컵 속의 물을 바라보는 당신의 눈이 깊다.

삼촌, 나 이제 여기 나갈래.

갑갑해서? 그렇게 해요. 병원비 내고 올 테니 잠깐 기다려요.

사장에게 가불한 월급으로 병원비를 치르고 나니 아직 이십여 만원이 남는다. 당신에게 뭐라도 먹이고 싶어진다. 당신과 내가 처음 갔던 여관으로 간다. 205호에 들어간다. 옆방 203호를 보니 아까 보았던 흥부의 박 같은 배가 생각난다. 당신은 침대에 쓰러져 잠이 든다. 당신은 몸이 아픈 것인지 아니면 마음이 아픈 것인지 궁금하다. 그것이야 어쨌든 나는 당신으로 인해 마음이 아프다. 당신에게 뭐라도 좀 먹이고 싶어진다. 당신을 재우고서 나는 문을 잠그고 여관 밖으로 나온다. 수족관 속의 물이 생각났던 것이다. 물을 살아줄 때가 되었다.

사장님은 내가 어디에 간 것인지 궁금해할 것이다. 사장님과 사모님은 당신이 병원에 간 것을 모르고 있다. 아직 당신의 뱃속에 아이가 있다고 생각한다. 당신, 당신의 몸값은 팔백만원이라고 했다. 그것도 밑진 장사라고 했다.

*

나는 버스를 타고 횟집으로 간다. 한낮인데도 가게 안은 어둡다. 창밖으로 보이는 호수의 수면이 잔잔하다. 호수는 아무 문제 없어 보인다. 담배를 하나 물고 수족관 안을 들여다본다. 수족관은 여전히 물 떨어지는 소리로 요란하다. 이놈들도 시끄러움을 알까 궁금하다. 혹시 떨어지는 물소리 때문에 오래 살지 못하는 것은 아닐지 궁금해진다. 당신, 당신은 팔백만원이 필요하다. 아니, 나는 팔백만원이 필요하다. 통장에 있는 삼백여 만원이 생각난다. 물을 갈아줘야 하는데 나는 망설이고 있다.

수족관을 보니 우럭 한 마리가 균형을 잃고 어항 안을 뱅글뱅글 돌고 있다. 아침에 건져올렸던 놈이 틀림없다. 나는 뜰채를 들고 우럭을 건져올린다. 우럭은 아직 죽지 않았다. 입을 동그랗게 크게 벌리고 몸을 뒤튼다. 하지만 이놈의 펄떡거림에는 힘이 없다. 나는 면장갑도 끼지 않고 놈을 회친다. 놈이 죽기 전에 회를 치려는 것이다. 꼬리를 자르고, 머리 부분을 칼등이 두꺼운 통칼로 썩둑 자르고 회를 친다. 이제 우럭은 죽었다. 놈의 피가 도마 위에 흥건해진다. 나는 칼질을 서두른다. 놈의 비늘 때문에 자꾸 손이 미끄러진다. 등선을 따라 가시가 돋아 있는 뾰족한 지느러미를 자르고, 그 사이로 칼을 집어넣는다. 칼이 미끄러지며 내 검지를 벤다. 우럭의 피와 내 손가락의 피를 구분할 수 없지만 나는 아무 걱정 없다. 나는 칼을 놓고 수족관 안을 본다. 여전히 광어는 죽은 척, 모른 척 엎드려 있다. 나는 피가 흐르는 손가락으로 행주를 쥐고, 수족관을 보다가 머리와 꼬리가 없는, 우럭의 몸통을 들고 어항으로 다가간다. 나는 오백만원이 필요하다. 토막낸 우럭을 수족관 속에 던진다. 토막낸 우럭이 서서히 피를 뿌리며 가라앉는다. 물속으로 시뻘건 안개가 피어오른다. 광어의 등 위로 우럭은 가라앉았지만 그놈들은 아무런 반응이 없다. 나는 혹시 당신이 잠에서 깨어 고픈 배를 움켜쥐고 있는 것은 아닌지 걱정된다.

수족관 안의 물이 다시 아래에서 솟구치자 시뻘건 안개가 걷힌다. 우럭의 몸통은 광어와 같이 죽은 척, 모른 척 움직임이 없다. 나는 호주머니에서 전표 한 장을 꺼내어본다. 도광일, 그가 아이의 아버지가 확실한 것인지는 모른다. 그렇지만 나는 오백만원이 필요하다. 당신은 알지 못할 것이다. 내게서 미묘한 감정이 교차하고 있다는 것을 말이다. 나는 전표를 호주머니에 구겨넣고 쌀 한 줌을 물에 담가놓는다.

물차가 도착했다. 고기들을 도매로 파는 사람들이 도착했다. 그들은 바닷물을 차에 싣고 다니며 물을 갈아준다. 이러고 보면 세상의 물은 돌고 돈다. 나는 고기를 받지 않고 수족관 안의 물만 간다. 그들 중에 늙수그레한 사람이 우럭 토막을 보고 내게 무엇이냐고 묻는다. 나는 수족관 속의 물을 빼다가 멈추고, 머리를 긁적인다. 사람들은 내가 머리를 긁적이면서 묻는 말에 대답을 피할 때면 나를 어눌한 사람이라고 생각한다. 그는 더이상 내게 묻지 않는다. 수족관 속의 물이 완전히 빠졌다.

물 빠진 수족관 속의 펄떡거림이 장관이다. 광어는 죽은 척, 모른 척하지 않는다. 수족관 밖으로 튀어오르는 놈도 있다. 토막낸 우럭 몸통만이 가만히 있다. 나는 물차에 호스를 꽂고 입으로 호스를 빨아들인다. 당신이 잠에서 깨어났을 것 같아 마음이 조급해진다. 물이 호스를 따라 올라오는 소리가 들린다. 물줄기는 어느새 바로 앞까지 따라 올라와 있다. 나는 바닷물 한 모금을 내장 속 깊이 들이

마신다. 물이 어항 속으로 떨어지는 소리가 요란하다. 어항 속으로 물이 가득 채워지자 광어는 유유히 바닥에 배를 깔고 엎드린다. 물이 아래에서 위로 솟구친다. 나는 문을 잠그고 밖으로 나와 버스를 탄다. 버스는 잔잔한 호수를 끼고 시내로 향한다. 아무렴 나는 아무 걱정 없다.

*

나는 도청 문 앞에서 잠시 망설인다. 나는 당신에게 들르지 않고 이곳으로 온 것을 후회한다. 도광일, 그는 도시계획국장이다. 수위가 친절하게 그가 있는 곳을 알려준다. 당신은 알지 못할 것이다. 내게서 미묘한 감정이 교차하고 있는 것을 말이다.

저…… '환희'에서 왔습니다.

어디에서 왔다고?

그는 키가 작고 깡마른 체구였다. 마른 몸에 배만 볼록 나와 어쩐지 맘에 들지 않는 모습이다. 그는 나보다 키가 작았지만 그의 눈은 나를 굽어보고 있다. 나는 그의 눈을 피하지 않는다.

'환희'를 모르세요?

나는 호주머니에서 구겨진 전표를 꺼내 그에게 보여준다.

그래서? 가을에나 와봐. 지금 내가 삼백이 어딨어?

돌아서 가는 그를 붙잡는다. 당신에게 뭐라도 먹이고 싶어진다. 나는 마음이 조급해진다.

지금 주셔야겠습니다.

뭐? 이거 미친놈 아냐? 당장 내가 삼백이 어딨어? 이 자식아, 다음에 오라니까.

그의 언성이 높아지고 있다.

미스 정이 선생님 아이를 임신했습니다.

뭐라고? 이거 순 똘아이 새끼 아냐?

그의 음성은 가라앉았지만 당황하는 기색이 역력하다. 나는 담배를 입에 물고 그를 굽어본다. 그가 내 눈을 똑바로 보지 못하고 목을, 그리고 가슴을 보다가 다시 눈을 본다.

그런데 이 새꺄, 니가 그년 배를 까봤냐? 그애가 나하고 닮았든? 그걸 나보고 믿으라는 얘기야, 지금?

그는 말끝을 흐리고, 나는 담배를 비벼끄며 그의 말을 자른다. 나는 그를 굽어본다.

선생님이 오늘 주셔야 할 돈은 오백만원이에요. 삼백이 아니고 말입니다. 선생님도 아이를 낳는 것에는 반대하실 것 아닙니까. 물론 선생님 부인께서도 마찬가지 아니겠습니까?

나는 준비한 말만 하고 돌아서서 도청을 나온다. 다리가 후들거린다. 그가 나를 부르는 소리가 들린다. 나는 바삐 걸어 택시를 잡아타고, 당신이 있는 여관으로 간다.

침대 위의 당신은 여전히 잠을 잔다. 죽은 척 엎드려 있는 광어같이 말이다. 당신을 여러 번 불러보지만, 모른 척 잠을 잔다. 나는 밖으로 나온다. 당신에게 뭐라도 먹이고 싶어진다. 나는 여관 앞의 전화부스에서 도광일에게 전화를 건다. 그는 나인지 알고 전화를 받지 않고, 여자 직원이 받는다. 나는 그녀에게 계좌번호와 시간과 그의 집 앞에 있다는 메모를 남긴다. 전화를 끊고 횟집으로 간다. 나는 아무 걱정 없다. 나는 횟집에서 다시 도광일에게 전화를 건다. 이번엔 그가 받는다.

기회는 오늘 하루뿐입니다. 오늘 돈을 주셔야 합니다. 꼭 부탁드립니다.

수화기 저쪽에서는 아무 말이 없다. 옆자리의 사람들 때문인 것 같다.

알아들으신 걸로 알고 전화 끊겠습니다.

나는 전화를 끊고 죽을 끓인다. 물에 불은 쌀을 건져내어 절구에 넣고 공이로 곱게 빻는다. 생각보다 쌀이 충분히 불지를 않았다. 도광일이 돈을 주지 않으면 어쩌나 걱정이 된다. 혹시 사모님에게 전화를 한 것은 아닌지 걱정이 된다. 일이 잘못되면, 일단 삼백만원을 가지고 사모님에게 사정을 해야겠다고 생각한다. 물을 넉넉히 넣고 약한 불로 죽을 끓인다. 하얀 죽 위에 무엇을 조금 넣을까 생각하다가 그만둔다. 대신에 양념장을 만든다. 부추를 잘게 썰어 간장에 넣고 참기름을 넣는다. 나는 문을 닫고 밖으로 나와서 도청 앞의 은행으로 간다. 불을 너무 세게 한 것은 아닌지 걱정이 된다. 통장에 도광일의 돈은 들어와 있지 않다. 나는 다시 도광일에게 전화를 한다. 시발, 입 밖으로 욕이 튀어나온다. 나는 그의 부인에게 알릴 생각이 없는데, 그가 그것을 눈치챘는지 걱정된다. 그는 아무 말 없이 듣고만 있다. 죽이 다 타버린 것은 아닌지 걱정이 된다. 나는 시계를 본다. 은행 문 닫을 시간이 얼마 남지 않아 나는 초조해진다. 나는 그에게 삼십 분의 시간을 주며 삼백만원이라도 달라고 얘기하고, 전화를 끓는다. 삼십 분이면 하얀 죽이 새까맣게 될지도 모를 일이다. 당신은 잠에서 깨어났는지 궁금하다. 육백만원을 사모님에게 드리면 당신을 '환희'에서 놓아줄지 걱정이다.

은행으로 도광일이 들어온다. 나는 화장실로 숨는다. 변기에 앉아 담배를 한 대 피워문다. 하얀 죽이 타지 않을지도 모른다고 생각하니 기분이 좋아진다. 당신이 보고 싶어진다. 계좌로 그는 이백만원을 입금했다. 나에게는 오백만원이 있다. 이것이면 당신이 내게로 오는 것이 자유로울지 가늠해보지만 확신이 서지 않는다. 나는 다시 도광일에게 전화를 하지 않는다. 사모님에게 전화를 해보니 그녀는 아직 도광일에게 내가 술값을 받아낸 일을 모르는 모양이다. 전화를 끊고 전표를 찢어버린다. 미스 정이 임신한 아이가 내 아이라는 생각이 든다. 돈의 무게가 그것을 결정하는 것은 아니지만 마음이 자유롭지는 않다. 당신은 모를 것이다. 내게서 미묘한 감정이 교차하고 있다는 것을 말이다. 나는 좋은 아버지가 될 수 있었을지도 모른다는 생각이 든다. 나는 서둘러 횟집으로 간다.

*

죽은 타지 않았다. 오히려 더 끓여야 할 것 같다. 나는 하얀 죽을 주걱으로 휘휘 저으며 끓인다. 죽이 걸쭉해질 때까지 끓인다. 나는 다 끓인 죽을 보온병에 담고 그릇을 챙겨 여관으로 간다. 병원 갈 때 불었던 휘파람이 나온다. 나는 기분이 좋아진다.

당신은 언제 잠에서 깨었는지, 일어나 앉아 TV를 보고 있다.

일어나 있어도 돼요? 누워 있지 않고.

삼촌, 고마워. 그치만 삼촌이 이렇게 신경쓸 필요까지는 없는데.

제가 아니면 누가 미스 정을 돌봐요? 배고프지 않아요? 죽을 좀 쑤어왔는데.

나는 죽을 그릇에 담아 그녀에게 준다. 당신이 죽을 보며 웃는 것 같다. 나는 기분이 좋아진다.

삼촌, 담배 있어? 나 하나만 줘.

죽을 좀 먹지그래요. 몸이 안 좋은데.

담배 피우고 먹을게.

나는 당신에게 담뱃불을 붙여준다. 당신이 담배를 피우는 동안 나는 방 안을 살핀다. 휴지통에 처박힌 광어를 본다. 살아 있을 것 같은 광어를 본다.

징그러워서 버렸어.

괜찮아요. 저는 좋아하는 줄 알았어요, 묻지도 않고 가져온 제가 잘못이죠.

당신은 죽을 먹는다. 양념장을 섞어서 맛있게 먹는다.

오늘 도광일을 만났어요.

누구? 그게 누군데?

그 있잖아요. 가게 가끔 오는 도청에 다니는 공무원 있잖아요. 키 작고, 깡마르고 배만 볼록 나온 사람, 생각 안 나요?

아, 그 사람 이름이 도광일이야? 그런데 그 사람을 왜?

돈이 필요해서요. 미스 정이 '환희'에 빚진 거 갚으려고……

당신은 숟가락을 놓고 나를 빤히 쳐다본다. 이제 당신 눈은 슬프지 않다. 아무래도 당신이 임신한 아이의 아버지는 나였던 것 같다. 이제야 확신이 든다. 당신이 병원에 가도록 내버려둔 게 후회된다.

그 사람한테 왜 돈을 꾸어?

돈을 꾼 게 아니고, 도광일이 아이의 아버지일지도 모른다고 생각되기도 하고, '환희'에 빚진 술값도 있고 해서……

그럼, 그 인간한테 돈을 뜯으러 갔다는 얘기야? 그 인간이 순순히 돈을 내줘?

네. 그런데 다 받지는 못했어요. 오백만원을 달라고 했는데……

오백?

당신 눈이 휘둥그레진다. 나는 통장을 꺼내 당신에게 보여준다. 비밀번호도 알려준다. 당신과 나는 이제 춘천을 떠날 수 있을지도 모른다. 사모님에게 내일 당장 돈을 주고 떠날 수 있을지도 모른다.

이백만원밖에 안 줬어요. 내 돈 삼백만원하고 합치면, 그것으로 내일 사모님에게 사정할 테니까. 미스 정은 걱정하지 말고 푹 쉬어요. 죽도 마저 먹고.

놀라는 당신을 보니 기분이 좋아진다. 당신은 믿을 수 없는 모양이다. 춘천을 떠날 수 있다는 것이 말이다. 당신은 내 얼굴과 통장을 번갈아 보다가 자리에 돌아눕는다. 나는 당신의 뒷모습을 본다. 나는 당신의 엉덩이 사이에 묻어 있는 얼룩을 본다. 나는 옷을 가져오지 않은 것이 후회된다. 나는 당신의 옆자리에 가서 눕는다. 당신의 알몸이 그리워진다. 당신의 머리에 코를 갖다대고, 당신의 냄새를 맡는다. 나는 두번째로 행운아라는 생각이 든다. 속으로 휘파람을 분다. 나는 당신의 연한 화장품 냄새를 맡으며 잠이 든다.

방 안이 깜깜하다. 나는 잠에서 깼지만 일어나 앉지는 않는다. 당신이 자리에서 일어남과 동시에 나도 잠에서 깨었다. 방 안에는 창밖의 가로등에 비친 당신의 형체만 있다. 나는 모른 척, 이마에 팔을 얹고 당신을 본다. 당신은 무엇인가 망설이는 듯하다. 당신은 우두커니 서서, 움직이지 않고 나를 내려다본다. 내가 수족관 안의 광어를 보듯, 당신은 나를 보고 있다. 당신은 소리나지 않게 문을 열고 밖으로 나간다. 광어가 죽기 전에 내뱉는 가냘픈 바람 소리가 당신을 따라 나간다. 당신은 당신의 오백만원이 들어 있는 통장만 들고 밖으로 나갔다. 나를 깨우지 않고 말이다. 나는 어떻게 해야 할지 망설여진다. 어머니가 나를 버리던 날이 기억나는 것 같다. 처음 왔었던 춘천이 기억나는 것 같다. 나는 천천히 자리에서 일어나 당신이 빠져나간 문만 바라본다. 얼굴 없는 어머니가 불쑥 들어올 것 같다. 나는 일어나 불을 켜고 시계를 본다. 서울로 가는 막차가 있을지 궁금하다. 나는 휴지통에 처박힌 광어를 본다. 언제 죽었는지 들키지 않았던 광어를 본다. 벌써 당신이 보고 싶어진다.

나는 광어를 꺼내어 우물우물 씹기 시작한다.

귀뚜라미가 온다

남자가 여자의 살을 더듬는다. 겹쳐진 뱃살 사이로 손가락을 집어넣고 꼼지락거린다. 늘어진 엉덩이 살을 손으로 꽉 움켜쥐어보기도 한다. 여자는 벌거벗고 옆으로 누워 있다. 여자가 키득키득 텔레비전을 보며 웃는다. 남자가 일어나 창문을 열자 가로등 밑에 있던 벌레들이 방충망으로 몰려든다. 벌레들은 따뜻한 곳을 찾고 있었던 듯하다. 방 안의 온기가 창으로 빠져나간다. 찢어진 방충망 틈을 비집고 들어온 가을 모기가 여자를 귀찮게 한다. 여자가 몸을 일으키며 철썩, 골반께를 세차게 때린다. 남자가 팬티를 벗고 여자 옆에 눕는다. 남자는 여자의 살을 뒤에서 쓰다듬는다. 남자의 왼손은 옆으로 누운 여자의 목 밑을 지나 큼지막한 가슴 한쪽을 주무르고 있다. 바른손은 허리에서 골반으로 이어지는 두꺼운 살을 천천히 쓸어내린다. 여자는 남자의 손길에 아랑곳하지 않는다. 다시 여자가 철썩, 젖가슴을 때린다. 여자는 자신의 반응이 재빠르다고 생각하는 모양이다. 벌겋게 달아오른 젖가슴을 여자가 벅벅 긁는다. 여자는 텔레비전에서 눈을 떼지 못하고 키득거린다. 여자는 모기 물린 자리를 쉬지 않고 긁고 있다.

남자가 다시 골반에서 다리 쪽으로 살 선을 따라 쓰다듬는다. 본격적인 애무의 시작이다.

"함 하까, 니 오늘 일없이 좆을 세구, 와 그라는데?"

남자가 여자 목 뒤로 얼굴을 묻으며 웃는다. 여자는 다시 텔레비전을 보며 키득거린다. 남자의 손이 다시 여자의 비대한 살 속 여기저기를 헤집는다. 애무라고 하기엔 남자의 손은 거칠다.

"니 손 씻었나? 어데 비린내 나는 손을 들이밀고, 내 좆을 줄 아나. 얼렁 손 빼라. 박박 손 씻고 오등가."

여자가 손을 뒤로 돌려 슬쩍 남자의 성기를 쥔다. 남자의 손가락은 벌써 여자의 질 안으로 들어가 보이지 않는다.

"시발년, 손 씻고 오람서 좆은 왜 잡노?"

여자는 서른넷, 남자는 스물여섯이다. 그것은 서로에게서 떨어지지 않으려고 속인 나이이다. 남자는 스물셋, 여자는 서른일곱쯤 되었을 것이다. 남자는 여자를 부를 때, 시발년이나 미친년 혹 기분 좋을 땐 뚱떼이라고 부른다. 둘은 가끔 섹스를 한다. 자주 하는 일은 아니다. 매일 벌거벗고 같이 자긴 하지만 여자 쪽에서 동하는 경우는 거의 없다. 남자가 가끔 잠이 오지 않거나 심심할 때, 여자 혼자 텔레비전을 볼 때 장난삼아 섹스를 한다. 또 옆집 달구네가 시끄러워지면 싸우는 소리 듣기 싫어 섹스를 하기도 한다.

"우리 언제 하고 안 했나? 참지 말고 딴 데 가 하라카니까, 와 말을 안 듣노. 니 나랑 재미있겠나?"

 말은 그렇게 하면서 여자는 자연스럽게 무릎을 꿇고 엎드린다. 둘의 섹스는 주로 여자가 엎드리고 남자가 뒤에 서는 후배위를 선호한다. 여자의 비대한 살 때문에 여러 체위는 사실상 불가능하다. 남자가 무릎을 꿇고 여자의 엉덩이 앞에 선다.

 "엄마야, 어무이요."

 남자는 육중한 엉덩이와 벌겋게 벌어진 여자의 음부를 보며 손으로 자신의 것을 애무한다. 여자는 고개를 모로 돌려 텔레비전을 본다. 텔레비전을 보며 웃는 여자의 웃음소리가 창을 빠져나가 달구분식으로 전해진다.

 달구의 늙은 노모가 달구에게 매를 맞고 있다. 노모의 검버섯 곱게 핀 뺨이 벌그죽죽하다. 바람횟집의 남자가 막 여자의 질 안에 삽입을 시작했을 때, 달구분식의 노모는 가지런히 쪽 찐 머리가 일순 헝클어지도록 세차게 귀뺨 한 대를 아들에게 얻어맞았다. 천장으로 넘어온 여자의 웃음소리는 가는 신음소리로 변하고 있다. 바람횟집 여자는 자신의 신음소리가 새어나가지 못하게 엎드려서 손으로 입을 막고 있다. 달구의 노모도 비슷하다. 손으로 입을 막지는 않았지만, 어금니를 단단히 물어 거친 숨소리만 코로 작게 새어나온다. 두 집의 여자들이 자신의 신음소리를 막는 이유는 서로에게 들키지 않기 위해서가 아니다. 혹 들을지도 모를 이 집 밖의 사람들 때문이다.

 달구분식과 바람횟집은 원래 한집이다. 슬레이트로 된 지붕이 하나이니 한집이 맞을 것이다. 얇은 벽이 두 집을 갈라놓고 있다. 바람횟집이 달구분식보다는 두 배쯤 크다.

달구 노모는 두 손으로 자신의 얼굴을 가리고 있다. 권투선수의 가드와 비슷한 폼이다. 얼굴을 가린 두 손 사이로 노모의 침침한 눈이 반짝인다. 노모는 달구가 건네는 펀치를 교묘하게 받아넘기고 있다. 맞는 것처럼 보이기도 하고 피하는 것처럼 보이기도 한다.

"읍. 윽, 윽. 다, 달구야. 읍!"

숨넘어가는 노모의 신음소리를 밖에서 들으면 바람횟집과 헷갈릴 수도 있다. 밖에서 들으면 바람횟집과 달구분식의 신음소리를 구별하기 힘들 것이다. 혹 새어나오는 소리도 모두 파도 소리에 묻혀버리기 때문이다.

달구는 이미 제정신이 아니다. 눈은 술에 취해 돌아간 지 오래 전이다. 주먹은 자꾸 허공을 가른다. 노모는 허공을 가르는 주먹도 실제로 맞은 것처럼 아파한다. 소리는 내지 않지만 노모의 모션은 어느 연극배우 못지않다. 노모는 달구의 주먹을 모두 맞고 있는 것처럼 엄살을 떤다. 노모는 정신을 똑바로 차리려 애쓴다. 이러다가도 치명타를 맞을 수 있기 때문이다. 찰나, 달구의 오른주먹이 가드 사이를 비집고 노모의 안면으로 들어간다. 노모는 얼굴을 뒤로 젖히며 달구의 주먹을 살짝 비켜낸다. 달구의 주먹이 장롱의 모서리를 강타한다. 달구의 오른손에 피가 흐른다.

"끄윽, 이런 시불, 요즘 니 건투하나. 노인네, 잽싸졌네. 끌끌. 그래, 자, 이것도 하믄 피해바아라."

달구의 주먹이 커진다. 노모는 겁이 나기 시작한다. 아직 자기 손에서 피가 흐르는지 알지 못한다, 달구는. 달구는 술이 깨면 아무것도 모른다. 하지만 술에 취해 있을 때 달구는 아무것도 알아서는 안

된다. 매만 늘어난다. 하지만 언제나 그렇듯이 노모가 모든 것을 알려준다. 지금도 막 노모가 니 손에서 피 난다고 알려줄 참이다.

"다, 달구야. 손 개안나. 피 난다. 니 손."

노모는 정신을 똑바로 차리려 애쓴다. 노모는 벽과 장롱 사이 좁은 틈에서 달구의 주먹을 견뎌내고 있다. 정상적인 사람의 몸집이라면 들어가기 힘든 공간이다. 아주 작은데다 최소한의 뼈만 남아 있는 노인이기에 이 틈은 가능하다. 보통 다른 집에서 이런 틈에는 상을 개어 세워놓는다. 노모는 항상 이 틈으로 도망간다. 노모는 점점 힘이 부친다. 달구 노모는 달구를 타이르기 시작한다. 노모는 그만 때려달라고 애원한다. 주먹이 오지 않을 때는 손금을 아예 오늘 밤 안으로 지울 것 같다. 양손을 싹싹 비빈다. 달구는 아직 노인에게 치명타를 날리지 못한 것을 알고 있다. 달구가 술에 취했을 때는 뭐든지 알아서는 안 된다. 달구가 머리 위로 크게 손을 치켜든다. 손바닥을 펴고 있다. 노모는 손바닥을 보고 그 손이 자신의 얼굴로 올 것이라고 생각한다. 그러나 손은 허공에서 멈춘다.

"이런, 꺼억. 시벌녕."

달구의 고함 속에 섞인 트림 소리에 노모는 오금이 저린다. 노모의 희미한 숨소리와 커진 동공이 방 안을 가득 메우는 것 같다. 소란스러움이 일시 멈추자 작은 소리도 크게 들린다. 옆방에서 헐떡이는 두 남녀의 소리가, 척, 척, 척, 살 부딪히는 소리가 벽을 타고 천장으로 넘어온다. 달구는 손바닥으로 벽을 쾅쾅 친다. 입술을 꽉 다문 노모의 긴 한숨이 조용히 코로 가늘게 뿜어져나온다. 노모는 내쉬는 한숨도 달구에게 들켜서는 안 된다고 생각한다. 손으로 살짝 입과 코를 가린다.

"옆방에선 떽치고, 내는 부모나 두둘게패고, 아이고 내 팔자야."

갑자기 달구가 벽을 치며 운다. 노모의 얼굴에 화색이 돈다. 치명타를 입지 않은 밤이다. 달구는 엄마를 두들겨팬 자신을 자학하며 울다 잠이 든다. 달구가 울기 시작하면 달구분식 상황 종료다.

바람횟집이 있는 능도유원지는 원래 무인도였다. 능도(陵島)는 가까운 육지 정(丁)씨 일가의 개인 섬이다. 능도에는 무덤밖에 없었다. 정(丁)씨 선산이었다. 능도는 비룡만의 입구에 위치해 있다. 비룡만의 양쪽 육지 끝을 잇는 다리가 몇 해 전에 세워졌다. 비룡만은 만의 모양이 날아가는 용의 모습과 비슷해서 붙여진 이름이다. 항아리 같은 모습이 아니라 뾰족한 모양의 만이다. 비룡만을 가로지르는 다리 한가운데 능도가 있다. 능도에 비룡교의 교각 세 개가 세워지자 관광개발이 시작됐다. 교각을 세우는 조건으로 개발 허가가 떨어졌다는 소문이다. 능도는 낙조로 유명하다. 능도에서 여자가 낙조를 바라보며 술을 마시면 아이를 갖고 싶어진다고 한다. 육지의 남자들은 그 말을 믿는지 부지런히 능도로 여자들을 데리고 들어왔다. 그 밤에 애가 들어서는지 아닌지는 확실치 않다. 썬샤인모텔과, 바람횟집을 비롯한 여섯 개의 횟집도 생겼다. 그리고 달구분식과 능도슈퍼가 무인도였던 능도에 생기게 된 연유는 이러하다. 여섯 개의 횟집 주인은 정씨 한 사람이다. 매달 일정한 세만 내면 되는데 그 세가 좀 비싸다. 수입은 철마다 들쭉날쭉해서 바람횟집 여자는 항상 안절부절못한다. 달구분식의 노모도 날이 갈수록 허리가 휜다. 여자는 전어 철이 돌아오기를 일 년 내내 고대한다. 전어는 한철 장사치고는 꽤 짭짤하다. 바람횟집에 딸린 달구분식의 노모도 전어 철을 고대한다. 바람횟집이 잘돼야 달구와 달구 노모도 잘 살 수 있다. 양쪽 집 여자들이 고대하여 마지않던 전어 철이 능도에 오고 있다.

어슬어슬 새벽이 밝고 있다. 먼바다로 나갔던 멸치잡이 어선의 요란하게 밝았던 불빛들도 잠잠해진다. 보랏빛의 하늘은 높고 맑다. 하늘이 맑으니 바다는 더욱 깊어 보인다. 멸치잡이배가 귀항하기도 전에, 하늘에 미명이 돌기도 전에 달구 노모는 일어나서 가게를 정리한다. 분식점이라야 함께 쓰는 방을 빼면 다섯 평 남짓하지만, 이른 새벽 달구의 늙은 노모는 정갈히 머리를 쪽 찌고 가게를 쓸고 닦는다. 지난밤에 달구가 부린 술주정의 흔적을 달구가 깨기 전에 말끔히 치워놓는다.

달구 노모는 청소를 마치고 의자 하나를 가게 밖에 내다놓고 앉는다. 노모가 호주머니에서 달구 담배 하나를 꺼내문다. 보랏빛 하늘은 점점 푸르러지며 바다 위에 떠 있던 안개도 걷힌다. 노모는 가만히 담배를 빤다. 천천히 타들어가는 불꽃과, 서둘러 귀항하는 멸치잡이배의 불빛과, 배 위의 바쁜 선원들에게 노모는 중얼거린다. 노모는 바다 위의 무엇인가를 바라본다. 노모의 눈은 허공만 좇고 있다. 전어 철이 왔다고, 이젠 달구도 괜찮을 거라고 중얼거린다. 멸치잡이배의 만선을 알리는 고동 소리가 길게 울린다. 마흔 전에 장가라도 보냈어야 하는데, 중얼거린다. 담배는 어느새 필터까지 타들어가고 있다. 노모는 아주 천천히, 정성을 다해 마지막 담배를 빤다. 이젠 더 태울 것도 없는 담배꽁초를 노모는 놓지 않고 입가에 대고 있다. 날은 훤해져도 노모의 초점 없는 눈은 여전하다. 전어

철에 떠오르는 태양도, 귀항을 서두르는 어선들도, 점점 푸르른 바다도 모두 허공만 좇는 노모의 초점 없는 눈 속으로 들어간다.

여자가 남자를 깨운다. 작은 들창에 푸르스름한 빛이 어린다. 여자는 밤새 켜놓은 텔레비전의 볼륨을 높인다. 여자는 남자 옆에 꼭 붙어 눕는다. 남자의 성기를 움켜쥔다. 여자의 손이 닿자 남자의 성기가 팽팽하게 일어선다. 남자는 몸을 반대로 뒤척거린다. 여자는 품에서 도망간 남자에게 다가가 꼭 껴안는다. 여자는 남자의 성기를 잡고 아래위로 흔든다. 남자는 쉽사리 잠에서 깨지 못한다. 여자는 남자를 바로 눕히고 남자의 성기를 입안 가득 문다. 쪽쪽 소리내어 빨기 시작한다. 고환도 입에 물었다 뱉었다 한다. 남자의 성기가 더욱 단단해진다.

"시발년, 새벽부터 뭔 지랄이고?"

남자가 여자 머리를 확 밀치며 내뱉는다.

"니 오줌 안 매렵나? 얼렁 일어나 오줌 싸라."

"에라이, 미친년."

남자가 누운 상태에서 손을 치켜든다. 여자가 움찔 뒤로 물러난다.

"전어 안 딸기가? 낼 주말 안 있나. 전어 빨리 죽는 거 니도 알제. 심 좋은 놈 건져야 될 거 아이가. 일라라, 얼렁!"

"시발년, 니가 갔다 어라카이."

남자가 몸을 일으키며 앳된 눈을 부라린다. 여자가 일어나 천천히 옷을 입기 시작한다. 너무나 큰 엉덩이 때문에 상대적으로 허리가 가늘어 보인다. 여자의 살들이 빛을 뿜기 시작한다. 은은한 살빛이, 희고 뽀얀 살빛이 방 안에 가득하다. 남자는 텔레비전을 끄고 다시 자리에 눕는다.

여자가 횟집에서 나온다. 달구 노모는 그때까지 멍하니 바다만 바라보고 있다. 여자는 진초록 카디건에, 남자 바지가 틀림없는 진회색 청바지에, 하얀색 운동화, 검정 양말을 신고 있다. 검정 양말과 진회색 바짓자락 사이로 두툼한 여자의 발목 살이 드러나 있다.

노모는 여자를 보고 애써 웃는 척한다. 지난밤 여자의 교성을 잊은 것도 아니고, 그것이 창피한 일이라는 것도 알지만, 노모는 지난밤 자신이 더 창피하다. 그보다 더 창피한 일은 없다고 생각한다. 여자가 힘겹게 허리를 구부려 운동화 끈을 묶는 동안 노모는 여자에게 말을 걸지 않고 찬찬히 여자를 살핀다.

여자가 허리를 펴자 노모는 큰 몸집과 마주한다. 달구 노모의 몸이 더욱 왜소해 보인다. 여자는 뚱뚱하지만 예쁜 얼굴이다. 나이도 아직까진 많이 들어 보이지 않는다. 염색한 진갈색 머리는 한쪽만 귀 뒤로 넘겨 핀을 꽂았고, 나머지 자연스럽게 웨이브 진 머리는 어깨까지 늘어져 있다. 웨이브 파마는 여자의 얼굴을 조금 작아 보이게 하고, 도톰한 볼살은 눈, 코, 입을 작고 앙증맞아 보이게 한다.

"달구 어제도 술 했지예."

달구의 늙은 엄마는 멋쩍게 웃으며 고개를 숙인다. 달구 노모의 가지런히 쪽 찐 머리가 막 떠오르기 시작한 햇살을 받는다. 움푹 들어간 양볼과, 푹 꺼진 눈, 침이 말라 까칠한 입술이 조용하다. 여자는 달구 노모의 발을 본다. 앞이 막힌 굽 없는 밤색 슬리퍼에 걸쳐져 있는 앙상한 발을 본다. 아무리 벗겨도 떨어지지 않을 것 같은 뒤꿈치의 굳은살을 여자는 말없이 보고 있다.

"할마씨예 양말 신고 다녀라. 감기 온다 안 카나."

달구 노모가 쑥스러운 듯 발 앞부리를 세워 뒤꿈치를 감춘다.

"뵉어 새깡이 있나?"

"졸뵉예. 왜예, 잘난 아들 술국 끓일라꼬예. 그런 졸뵉은 읎다."

"……"

노모는 다시 고개를 숙이고 여자는 몇 마디 더 하려 했으나 이내 입을 다문다. 여자가 횟집 안으로 들어가 졸복 치어 몇 마리를 그릇에 들고 나온다.

"이거 한 마리만 그냥 묵어도 죽는 거 알지예."

노모는 고개를 끄덕이며 여자가 건네는 그릇을 받는다. 그리고 꼭 쥐고 있던 꼬깃꼬깃한 지폐 한 장을 내민다. 여자는 손을 저으며 성큼성큼 멀어져간다. 노모는 지폐를 바지춤에 넣으며 멀어져가는 여자의 모습을 지켜본다. 아직 그릇 안에 살아 있는 엄지손가락만 한 졸복 새끼들을 보자 메마른 눈에 눈물이 반짝 맺힌다.

남자가 어슬렁어슬렁 바람횟집에서 걸어나온다. 짧은 스포츠머리에 하얀 면티, 남색 추리닝 바지를 입고 있다. 입에는 슬림형 담배를 물고 있다. 양말은 신지 않았고 끈이 없는 하얀색 운동화를 신고 있다. 외꺼풀 눈, 눈초리가 귓불 있는 곳까지 처져 보인다. 두꺼운 아랫입술과 두툼한 턱, 전형적인 백수의 인상이다. 남자는 한 손에 얇은 담배를 쥐고 허리를 이리저리 돌려본다. 남자는 뭔가 생각났다는 듯이 달구분식을 힐끔거린다.

달구분식에서는 달구가 오뎅을 꼬치에 꿰고 있다. 아직 세수도 하지 않은 모양새로 머리는 정수리 부분에 큼지막한 까치집을 달고 있다. 달구는 오줌싸고 씻지도 않은 손으로 오뎅을 긴 꼬치에 꿰고 있다. 달구 노모는 보이지 않는다. 한쪽에 긴 꼬챙이를 수북이 쌓아 놓고, 넓적한 오뎅을 두 번 접은 다음, 꼬챙이에 지그재그로 밀어넣는 일을 반복하고 있다. 남자는 달구분식 문 앞에 서서 담배를 피운다. 달구가 자신을 알아보면 손짓을 할 참이다. 하지만 달구는 오직 오뎅을 꼬치에 꿰는 일에만 몰두하고 있다. 달구의 툭 튀어나온 입술이 비죽이 앞으로 더 솟아 있다. 남자는 참지 못하고 달구분식의 문을 연다.

"행님, 저 좀 보입시다."

달구가 조금은 놀란 듯 눈을 둥그렇게 뜨고 남자를 쳐다본다. 남자가 손짓을 하자 달구는 엉덩이를 반쯤 일으킨다. 남자는 바람횟집 평상에 가서 앉는다. 달구가 달구분식에서 천천히 나온다. 회색과 남색이 뒤섞인 체크무늬 남방에, 카키색 면바지, 바지 끝은 접혀 있다. 맨발이고 앞이 트인 남색 슬리퍼를 신고 있다. 달구가 어적어적 남자가 앉은 평상 맞은편에 걸터앉는다. 달구는 술이 깨면 아무것도 모른다는 것은 아무래도 거짓말 같아 보인다.

"행님, 달구 행님. 진짜 뭡니까? 왜예 세상에서 하나밖에 없는 어무이를 허구헌 날 두둘게패쌓습니까. 그게 사람이 할 짓이고예."

달구가 머리를 모로 꺾으며 바다를 바라본다. 이른 새벽 달구의 노모가 바라보던 바다이다. 무슨 말을 하려고 입을 달싹거리지만, 못하는 것인지, 아니면 말을 참는 것인지 이내 입을 다물어버린다. 솟은 앞니 때문에 달구의 입술은 꼭 다물어지지 않는다.

"지는 단 한 번도 어무이가 있어본 적이 없어서예. 잘 모르지만예, 시벌, 이건 말이 안 된다 안 합니까? 전번번에도예, 지랑 약속했었 지예. 또 그라면 지한테 매 맞기로 약속했습니까, 안 했습니까?"

달구는 머리만 만지작거린다. 영 듣기 싫거나 곤혹스러운 표정이 다. 그도 그럴 것이 둘의 나이 차이는 스무 살에 육박한다. 잘만 하 면 아들로 삼아도 될 성싶은 나이 차이다. 달구는 입맛만 다실 뿐 한마디도 하지 않는다.

"지는 오늘 약속 지킬라꼬예. 지하고 한 바퀴 돌고도 너댓 살 많 지예. 동생 매 좀 맞고 정신 좀 차리입시다."

남자가 벗어두었던 운동화를 신고 일어서자 달구도 엉거주춤 평 상에서 일어선다.

"내캉 어제 술이 되까꼬, 아무것도 모은다."

남자가 달구의 손을 잡자 달구가 드디어 입을 연다. 툭 튀어나온 앞니 때문에 발음이 샌다.

"오늘은 소용없지예. 지는 행님하고 약속 지킬랍니다."

남자가 달구의 손목을 잡고 부둣가로 발걸음을 옮긴다. 덩치는 비슷하지만 달구는 이 어린 친구에게 영 힘을 못 쓴다. 열 걸음쯤 갔을 때 뒤에서 달구 부르는 소리가 들린다.

"달구야, 니 어데 가노? 얼렁 와서 빅국 묵어라."

달구 노모가 뒤따라오며 소리친다. 달구와 남자가 걸음을 멈추고 뒤돌아본다. 노모를 바라보는 달구의 표정이 애처롭다. 남자는 잡고 있던 달구의 손을 슬며시 놓는다.

"가 치무어라. 빙신 새꺄."

달구가 슬금슬금 달구분식 쪽으로 걸음을 옮긴다. 남자도 달구를 뒤따라 바람횟집 쪽으로 걸음을 옮긴다. 달구는 달구분식으로 복국을 먹으러 들어가고 남자는 평상에 주저앉아 얇은 슬림형 담배를 하나 피우기 시작한다.

달구가 졸복을 넣어 끓인 복국을 먹기 시작한다. 달구 노모는 달구가 먹는 모습을 우두커니 지켜본다. 달구는 일부러 노모의 눈길을 피하는 눈치다. 그릇에 코를 박고 달구가 한마디한다.

"어무이는 안 먹나?"

"됐다. 횟집 총각이 뭐라캐도 신경쓰지 말그라. 한집 살면 그런 기다. 다 내 잘못이고마. 내는 개얀타. 고 밥도 치무어라. 국물만 먹지 말고."

달구는 대꾸도 없이 복국을 들이켜느라고 정신없다. 노모는 늙은 아들을 그윽하게 바라본다.

"달구야, 내 죽으면 니 뭐 할 끼고? 마누라도 없고, 새깡이도 없는데 뭐 할 끼고?"

"같이 죽고마. 내 어무이 없이 살무 모 하노?"

"참말이가. 울 달구 효자라카이. 이젠 복국 먹고 일 열심히 할 끼제? 바다에 전어가 왔다카더라. 좀 나아질 거구마."

달구는 고개만 끄덕이며 복국만 먹는다. 벌써 다 먹고 길게 트림한다.

"꺼억."

드디어 바람횟집에 전어가 왔다. 말끔히 청소해놓은 어항에 여자는 전어를 넣는다. 넣자마자 전어 몇 마리가 물 위에 뜬다. 그새를 못 참고 성질에 못 이겨 죽은 놈들이다. 전어는 오래 살지 못한다. 일주일은 고사하고 며칠을 넘기지 못한다. 떼로 움직이기 때문에 좁은 어항에서는 더욱 그러하다. 여자는 전어를 어항에 들여놓고 좋아서 어쩔 줄을 모른다. 남자도 옆에 서서 싱글벙글한다. 다른 횟집 주인들이 바람횟집 앞으로 모여든다. 능도에서 전어를 받은 횟집은 바람횟집뿐이다. 아직 완전한 때가 아니라서 그 수량이 적은 탓이다. 부지런한 여자가 힘들게 비싼 값으로 들여왔다. 남자는 슬그머니 횟집 안으로 들어가서 굵은 매직과 종이를 들고 나온다. 평상에 다리를 벌리고 앉아 글씨를 쓰기 시작한다.

모여든 횟집 주인들은 시기의 눈초리를 숨기지 않는다. 과연 모레까지 살아 있을 것인지 시샘을 늘어놓는다. 햇빛을 받은 전어의 은빛 비늘이 눈을 어지럽게 한다.

"참말 곱다."

달구 노모가 어느새 여자 옆으로 다가와 말한다. 쉬지 않고 움직이는 전어들 때문에 눈이 부시다.

"그렇지예. 이제 좀 나아지겠지예."

바람횟집 앞에 오랜만에 수다판이 벌어진다. 전어는 다른 횟집 주인들도 들뜨게 하는 것이다. 부러운 듯 전어를 바라보며 쑥덕거린다.

"몇 마리만 나눠도. 안 되겠나?"

여자는 비룡횟집 주인의 말을 못 들은 척 딴청이다. 옆에 서 있던 오나횟집 주인도 거들고 나선다. 평상에서 글을 쓰던 남자가 재빠르게 어항 앞으로 다가온다.

"울도 카드빚 내서 들였어예. 이노마들 가지러 새벽부터 잠도 못 자가가 물까지 근으로 쳐왔는기라."

남자가 미적거리는 여자의 팔을 잡아끌고 횟집 안으로 들어가버린다. 횟집 주인들도 각자 아쉬운 발걸음을 옮기기 시작한다. 아무래도 주말 대목은 바람횟집으로 인정하는 모양이다. 긴 여름의 비수기를 끊고 성수기의 첫 깃발을 바람횟집에서 잡은 것이 아쉬운 걸음걸이다. 사람들이 모두 돌아갔어도 달구의 늙은 엄마는 어항 앞에 서서 전어 구경을 계속하고 있다. 반짝반짝 은빛을 발하는 전어들에게 달구 노모는 중얼거린다. 전어의 빛깔이 노모의 머리 색깔과 흡사하다. 와 이리 이쁘노, 노모는 중얼거린다. 달구 노모의 머리도 반짝반짝 은빛을 발한다. 이제 좀 나아지겠고마, 중얼거린다.

바람횟집 남자와 여자는 좋아서 어쩔 줄을 모른다. 매직으로 '가을전어—전어 머리에 깨가 서 말'이라고 굵게 쓴 종이를 문에다 붙인다. 여자도 뭔가 쓰고 있다. 남자도 한 장 더 쓴다. '전어구이—집 나간 며느리도 굽는 냄새에 돌아왔다던 그 전어' '바람횟집으로 오세요!'라고 쓰여진 종이를 문에 덕지덕지 붙인다.

"뚱띠이, 고생 많았다."

"니 싫다."

여자가 남자에게 눈을 흘긴다. 여자는 몸집에 비해 얼굴이 작은 편이다. 그래서 나이들어 보이지 않는 것 같다.

"전어 기념으로 함 하까, 엄마야."

"엄마라고 부르지 말라카이. 징글법다."

오랜만에 달구분식은 부산스럽다. 달구 노모는 떡을 볶고, 달구는 삶은 계란을 까고 있다. 넓적한 떡볶이 판 앞에 서서 왼손에는 숟가락을 들고 바른손엔 나무주걱을 들고, 떡과 양념장을 골고루 섞고 있다. 달구는 계란 까는 일에 몰두해 있다. 무슨 일을 할 때면 언제나 그렇듯이 툭 튀어나온 입을 더 비죽이 내밀고서 말이다. 삶은 계란 옆에는 달구가 꿰어놓은 꼬치 오뎅이 수북이 쌓여 있다.

"할마씨예, 너무 이른 거 아입니꺼. 날이 덜 추버 먹는 사람이 있겠나."

바람횟집 여자가 오뎅통에서 꼬치 하나를 빼어물으며 말한다.

"아이다. 전어철 아이가."

"날이 따스그름해버 냉커피가 안 낫겠나."

"냉커피도 저 안 있나. 낼 준비하는 기다. 토욜 아이가. 많이들 올까 싶어 안 하나."

달구는 계란을 까며 여자를 힐끔거린다. 여자는 뒤돌아 바다를 바라보며 오뎅을 먹는다. 꽉 조인 브래지어 자국이 선명하다. 등을 가로지르는 브래지어 라인을 따라 살들이 미어져나오는 것 같다. 여자는 손을 뒤로 돌려 그곳이 가려운지 옷 위로 살살 긁는다. 달구가 입맛을 다신다.

"달구 오늘은 술 안 먹나?"

여자가 갑자기 돌아서며 달구에게 장난스럽게 묻는다. 달구와 달구 노모는 깜짝 놀란다. 달구는 눈을 황급히 돌린다. 달구 노모는 여자에게 눈을 깜짝이며 손을 내젓는다.

"니, 니는 몇살이고, 내한테 마을 까나."

"아이고, 그래서 우리 달구 성났나?"

달구는 입을 달싹거리기만 할 뿐 더이상의 반격은 없다. 달구는 다시 계란을 까기 시작한다. 여자에게 자랑이라도 하려는 듯, 여자 가 보아주길 바라는 듯 능숙한 솜씨로 계란을 깐다.

"아무래도 떡볶이가 너무 많다."

"개얀타. 남으면 나누면 되지 않겠나."

해는 중천을 지나 제법 서쪽으로 기울어졌으나 능도를 찾는 사람 들은 아직 없다. 여자는 비룡교에서 내려오는 길을 바라보고 섰다.

남자가 신문과 손톱깎이를 가지고 평상에 앉는다. 비룡교 쪽을 바라보고 섰던 여자가 남자에게 다가간다.

"내 먼저 하자."

여자가 남자에게서 손톱깎이를 받아 손톱을 깎기 시작한다.

"실은 뚱띠이한테 내 할 말이 안 있나."

"머언데."

여자가 여전히 손톱을 깎는 데 열중하며 건성으로 묻는다. 남자 는 얇은 슬림형 담배를 꺼내 피우기 시작한다.

"우리 아 하나 만들까 싶다. 부모가 돼보고 싶다. 내가 아직 어리 지만 이만하면 터도 잡힌 것 같고, 또 니 나이도 있다 아이가. 내만 어리다고 내 나이들 때까지 기다리면 니는 할마씨 될 거 아이가."

여자가 남자를 빤히 쳐다본다. 자못 여자도 남자도 심각한 표정 들이다.

"니는 엄마가 필요하다 카더이, 이젠 아도 필요하나? 생각 좀 차 차이 함 보자."

"내는 생각 다 했다. 니가 엄마도 하고, 마누라도 하고, 다 하면 될 거 아이가. 가정이 내 인생의 목표다. 어릴 적부터 그랬다. 남들 다 가지고 있는 가정, 내도 이제, 함 욕심내볼란다. 내는 오늘부터 장난 안 할 기다. 정성을 다해 매일 밤 할 기다."

여자가 손톱을 물고기 내장 모아놓은 쓰레기 더미 위에 버린다. 남자가 신문지를 펴놓고 손톱을 깎기 시작한다. 달구가 달구분식에서 나오더니 평상에 앉아 있는 남자와 여자를 보고 빠르게 뒤돌아 걷는다. 남자와 여자는 달구를 보지 못한다.

"사람들이 욕 안 하겠나. 둘이 사는 것도 삐따하이 보는 사람들이 많은데."

"그게 뭔 상관이고, 일없다."

남자 말이 끝나기 무섭게 여자는 슬리퍼를 집어던진다. 물고기 내장 모아놓은 쓰레기 더미를 짙은 회색에 검은 줄무늬의 고양이가 뒤지고 있다. 고양이는 뒤로 한 발짝 물러날 뿐 쓰레기를 포기하지 않는다. 재빠르게 고양이가 내장 한 조각을 입에 문다. 고양이가 물고 있는 내장에는 여자가 버린 손톱 조각이 잔뜩 묻어 있다.

"에이, 재수없게 먼 굉이고. 저리 안 꺼지나."

여자는 나머지 슬리퍼 한쪽을 고양이를 향해 던진다. 고양이는 입에 내장과 손톱을 문 채로 달구분식 쪽으로 재빠르게 사라진다.

달구는 바다를 바라보며 또 술을 마신다. 달구는 기분이 나쁜 모양으로 소주를 나발 불 때마다 씩씩거린다. 여자가 건넨 반말 농지거리가, 이른 새벽 자신을 불러낸 횟집 남자가 자꾸 생각나는 듯하다. 그래, 달구는 오늘도 술 먹을 기라. 술 먹고 싹 다 쥑이뿔 기다, 달구가 해가 허물어지는 바다를 보며 중얼거린다.

때가 좋으면 금요일이라 해도 손님이 많은데 오늘은 모두에게 신통치가 못하다. 여자가 전어가 들어 있는 어항을 바라보다가 가까이 다가간다.

"네 마리나 쥑어뿌따."

"개얀타. 구이로 팔면 된다."

능도의 하루가 저물어간다. 낙조로 유명한 능도, 이때가 손님이 가장 많을 때인데 바람횟집뿐만이 아니라 다른 곳들도 썰렁하다.

달구의 노모가 접시를 들고 바람횟집으로 간다. 접시에는 불어터진 떡볶이가 가득 담겨 있다.

"전어 좀 썰었나?"

"한 사라 뜨고는 읎다. 바라, 내 뭐라 캤나. 너무 이르다 안 합니까?"

달구 노모가 수줍게 웃는다.

"그래 이리 안 나누나. 근데, 우리 달구 못 봤나?"

달구는 벌써 술에 취한다. 능도의 유명한 낙조는 혼자 다 보고, 그 고운 풍경 안주 삼아 해가 바닷속으로 채 가라앉기도 전에 취해버린다. 달구가 술에 만취해 비틀비틀 썬샤인모텔 뒷산을 내려오기 시작한다.

달구 노모는 달구분식 앞에서 삼십 분째 서성이고 있다. 어둑어둑해져도 돌아오지 않는 달구를 애타게 기다리고 있다. 비룡교에서 내려오는 길 쪽을 바라보고 섰다가 뒤돌아 썬샤인모텔 쪽을 바라봤다가 한다. 달구 또 술 먹는 기가, 늙은 달구의 엄마가 모텔 쪽을 바라보며 중얼거린다.

비룡만 양쪽 끝에 서 있는 두 개의 등대에 불이 들어오고, 능도의 가로등에도 환하게 불이 켜진다. 비틀비틀 걸어오는 달구의 그림자가 노모의 눈에 어지럽게 흔들린다. 달구 노모는 긴 한숨을 내쉰다. 달구 오늘도 술 먹었나, 노모가 중얼거린다. 분식점 안으로 들어간 노모는 의자에 멍하니 앉아 달구를 기다린다. 멍하니 앉아 있다가 황급히 방으로 들어가서 차려놓았던 밥상을 들고 나온다. 가게 안으로 들어오는 달구와 마주친다. 달구가 가게 안으로 들어오며 시원한 트림을 한다.

"꺼어억."

바람횟집 남자와 여자는 이른 저녁을 먹고 일찍 잠자리에 든다. 여자는 벌거벗고 옆으로 누워 텔레비전을 보며 키득거린다. 남자가 팬티를 벗고 여자 옆에 누워 여자의 살들을 쓰다듬는다. 여자는 무릎을 꿇고 엎드려서 텔레비전을 보며 키득거린다. 남자는 무릎을 꿇고 여자의 엉덩이 앞에 선다.

달구의 늙은 엄마가 달구에게 초저녁부터 매를 맞기 시작한다. 달구 노모는 달구의 첫 손이 자기 몸에 닿기 전까지는 달구가 진짜로 자신을 때릴 것이라고는 믿지 않는다. 한 대 퍽 소리가 나게 얻어터지고서야 달구 노모는 장롱과 벽 사이의 좁은 틈으로 도망친다. 달구 없는 곳으로 도망치면 매를 맞지 않을 텐데도 달구 노모는 항상 이 좁은 틈으로 도망을 친다. 밖으로 도망이라도 치는 날이면 온 세상 사람들이 다 알게 될 것이니 노모는 달구의 매질보다도 그것이 더 두렵다.

"일 나온나. 다 니 때무이고마. 싹 다 직이뿔 기다. 일 나온나 얼렁."

좁은 틈에서 나오지 않는 노모를 끄집어내려고 애쓰지만 달구의
어깨는 좁은 틈으로 들어가지 못한다.

"잘모했다. 달구야. 내 좀 용서해도."

달구 노모는 본격적으로 맞기도 전에 빌기 시작한다. 달구는 좁은
틈으로 발을 뻗기 시작한다. 달구 노모도 발길질을 당해낼 기운이
없다. 좁은 틈으로 들어오는 발길을 오래 잡고 비는 수밖에 없다.

초저녁을 지나 밤이 깊어가지만 달구 노모는 장롱과 벽 사이의
좁은 틈에서 좀처럼 나올 수가 없다. 달구는 술에 취해 너무 많은
것을 알고 있는 듯하다. 달구의 매질이 길어진다. 밤이 깊도록 달구
의 늙은 엄마는 달구에게 매를 맞고 있다.

지난밤 남자와 여자는 두 번의 섹스를 했고, 달구 노모는 한밤중
이 되어서야 좁은 틈에서 나올 수가 있었다. 달구의 코 고는 소리를
듣고서도 한참 있다가 틈에서 빠져나왔다. 잘못 얻어맞은 귀빰 때
문에 한쪽 귀에선 응응대는 소리가 들린다. 대목날 아침이 밝았지
만 양쪽 집 여자들의 표정은 밝지가 않다. 가게 안에서 우두커니 바
다만 바라보고 앉아 있다.

달구 노모가 먼저 밖으로 나온다. 귀항하는 멸치잡이배들이 켜놓
은 불빛 때문에 바다는 더 어두워 보인다. 새벽에 잠깐 눈을 붙이긴
했지만 연이틀을 매 맞은 탓에 노모는 영 기력이 없어 보인다. 달구
의 늙은 엄마는 바람횟집 평상에 앉아 담배를 피우기 시작한다. 여
자가 달구 노모를 보고 밖으로 나와 옆에 나란히 앉는다.

"니도 잠 몬 잔나?"

"또입니꺼?"

"날이 흐리다. 우짜노."

"내도 모른다. 지질 복도 없능가 모르겠다."

달구 노모가 여자에게 피우던 담배를 나눈다. 여자가 깊게 담배 연기를 들이마신다. 길게 한숨과 섞어 연기를 내뿜는다.

"귀뚜라미라 캅니다."

"뭐꼬?"

"태풍 말입니다. 가을에 온다고예. 태풍 이름이 귀뚜라미라 카니 귀여워 보이지예."

"태풍 오나?"

주말 아침이 밝는다. 온통 구름뿐이다. 잿빛의 바다를 두 여자는 우두커니 바라보고 있다. 여자는 횟집 안으로 들어가 졸복 몇 마리 를 내온다.

"끓에 믹이이소."

달구 노모는 쓴웃음을 지으며 졸복 새끼들을 받아든다. 달구 노 모는 복국을 끓이러 달구분식 안으로 들어가고, 여자는 배를 뒤집 고 죽어 있는 전어를 뜰채로 건져올리기 시작한다.

능도 앞바다는 온통 먹빛이다. 시커먼 구름이 바다를 뒤덮고 있 다. 구름은 손에 닿을 듯이 낮게 바다를 덮고 있다. 쉬지 않고 남쪽 에서 구름만 몰려왔다. 비룡교에서 능도로 내려오는 사람은 아무도 없었다. 하루 종일 남쪽에서 따뜻한 바람만 불어왔다. 태풍이 온다 고 능도를 빠져나가는 사람도 없었다. 소리없이 짙은 먹구름과 따 뜻한 바람이 조용한 파도를 몰고 능도로 몰려든다. 능도 사람들은 대목 장사를 포기한 채 조용히 집에서 태풍을 기다린다.

정오를 지나자 날이 벌써 어둑어둑해진다. 따뜻했던 바람도 조금씩 차가워지고 파도도 철썩거리기 시작한다. 능도 횟집 사람들은 불을 환하게 밝히고 가게 안에서 태풍이 몰려오는 쪽을 바라보고 있다.

달구의 늙은 엄마는 기어이 몸져누웠다. 이틀이나 잠도 못 자고 얻어터진 탓에 달구 노모는 기운이 하나도 없다. 눈은 움푹 속으로 꺼졌고, 광대뼈는 더욱 돌출되어 나오고, 양볼은 쏘옥 들어가 있다. 달구의 노모가 힘겨운 잠을 청하고 있다. 달구는 늙은 엄마가 내놓은 복국을 게걸스럽게 먹더니 아침부터 보이지 않는다. 그래도 아가 착하니 그런 기다, 달구 노모가 속으로 중얼거린다. 몸을 뒤척이기도 힘들다. 진짜 비가 많이 올란갑다, 달구 노모가 중얼거린다. 삭시이 안 쑤시는 고이 읎다, 노모가 입을 달싹거리며 중얼거린다.

바람횟집의 여자는 곧 눈물이라도 주르륵 쏟아낼 태세다. 구름이 끊임없이 몰려오는 쪽을 뚫어지게 노려보고 섰다.

"우짜겠노. 날 개면 개얀겠지."

"전어 다 죽은 담에 말이가. 저게 얼마 친가 아나? 삼십만원이다. 회로 팔면 백만워이 넘는다."

"시벌년, 니 내게 승질 부리나. 태풍이 내 탓이가?"

여자는 씩씩거리며 바다만 바라보고 섰다. 바다가 너무 조용한 것이 여자는 신경질나고 걱정스럽다. 태풍이 오기 전에 숙연하고, 조용하고, 조심스러운 바다를 모르는 것은 아니지만 이번에는 그 정적이 너무 길게 느껴진다.

"별일 없겠지."

“벨일은 무슨, 작년에는 태풍 안 왔나. 개얀타. 하무. 그런 걱정하지 말고 점심이나 묵자. 벌써 두시가 넘었다 아이가. 전어나 몇 마리 구어보자.”

여자가 뒤돌아 남자를 빤히 쳐다본다. 남자는 뭐가 잘못됐냐는 표정이다. 여자가 터벅터벅 어항으로 가서 죽은 전어를 건져온다.

“열두 마리 죽었다. 다 굽까?”

“하무.”

능도에 부는 바람이 점점 거세진다. 오랫동안 기다렸다는 듯이 바람횟집 유리문을 쩍 하고 때린다. 권투선수의 날렵한 잽처럼, 곧 라이트 훅을 날릴 것처럼 바람이 유리문을 때린다. 주방으로 들어가던 여자가 뒤돌아 바람횟집으로 달려드는 바람을 노려본다.

귀뚜라미가 비룡만에 상륙하기 직전이다. 바다로 나갔던 멸치잡이 어선들은 환한 불빛을 발하기도 전에 서둘러 귀항한다. 선원들은 정박한 배를 밧줄로 꽁꽁 동여매고 있다. 먼 길을 바람을 타고 온 파도는 크고 높다. 하얀 거품을 일으키지도 않고 비룡만으로, 능도로 몰려들고 있다.

달구는 늙은 해송 하나를 부여잡고 울고 있다. 달구의 울음소리는 검은 해송의 그림자에 묻히고, 파도에 섞여 철썩거린다. 달구가 홀로 귀뚜라미를 맞는다. 바람은 거세고 힘있어 달구를 이리저리 흔든다. 썬샤인모텔의 붉은 네온사인이 달구를 쓸쓸히 지켜보고 있다. 객실의 불빛은 오랜만에 잠잠하다. 와 이리 낳았노, 달구가 해송에게 주먹질을 하며 중얼거린다. 늙은 해송들이 춤을 춘다. 어깨를 들썩이며 바람 소리에 흥을 맞춘다.

귀뚜라미가 온다. 광풍을 몰고, 광풍에 거대한 파도를 싣고 비룡만으로, 능도로, 바람횟집으로 온다.

달구 노모는 혼미해지는 정신을 겨우 붙잡고 있다. 옆에 차려놓은 저녁상이 애처로이 달구를 기다린다.

귀뚜라미는 이상한 태풍이다. 비는 없고 거대한 바람만 있다. 능도 앞바다에 떠 있던 섬들이 하나둘 자취를 감춘다. 일렁이는 거대한 해일이 새로운 섬 같아 보인다. 새로운 섬들이 꼬리에 꼬리를 물고 거대한 산맥이 되어 능도로 몰려온다.

달구는 세 병째 막소주를 벌컥벌컥 들이켠다. 마누나도 엄꼬, 새캉이도 엄꼬, 달구는 살아서 뭐 하노, 달구가 이제 막 자신을 덮치고 해송을 들이받는 바람에게 소리친다. 달구가 바람을 이기지 못하고 앞으로 꼬꾸라진다.

여자와 남자는 오늘도 이른 잠자리에 든다. 여자가 벌거벗고 옆으로 누워서 텔레비전을 보고 있다. 여자는 텔레비전을 보며 키득거리지 않는다.

"귀뚜라미가 일로 온단다."

"어데? 바람횟집 말이가? 오기만 와바라. 내 이놈을."

"장난 마라. 비룡만으로 온단다."

"진짜로. 울가 젤로 먼저 보는 기가? 그러면 기념으로 함 또 해야겠네. 귀뚜라미 기념, 아가 생기면 귀뚜리라고 지어야겠다."

"너는 아가 왜 그리 진지하질 몬하나. 걱정도 안 되나?"

"걱정하믄 모 하노. 우리 아나 신경쓰자. 울 가정이나 쓰자 말이다."

"저리 손 치어라. 정말로 싫다."

여자가 매몰차게 남자의 손을 뿌리친다.

"하루 종일 조용한 게 이상타. 달구도 안 보이고."

"또 술 먹는갑지."

"내 함 갔다 와야겄다."

일어나서 팬티를 입는 여자를 남자가 말린다. 한 발을 꿰던 팬티를 남자가 도로 벗겨낸다.

"내 갔다 온다."

"뭔 일이고. 문도 좀 보고 와라."

남자가 바람횟집 문을 열자 바람이 가게 안으로 들이민다. 힘 좋은 남자가 밖으로 나가기 힘들 만큼 거센 바람이다. 남자가 달구분식을 기웃거린다. 달구분식은 가게도 방 안도 불이 꺼져 있다. 암흑 속에서 힘겨운 숨을 몰아쉬고 있는 달구 노모를 본다.

남자가 달구분식에서 달구를 기다린다. 이제 바다는 암흑뿐이다. 바람이 모든 것을 가리고 있다. 남자가 어둠 속에서 파도를 본다. 파도는 슬금슬금 그 위력을 더해 바람횟집 앞길까지 덮친다. 지붕 높이만큼 솟은 파도가 시멘트 길을 짝 하고 때림과 동시에 달구가 문을 열고 어둠 속으로 들어선다. 남자는 파도 속에서 시커먼 무엇이 튀어나오는 줄 알고 놀라서 고개를 돌린다.

"행님 저 좀 보입시다. 조용히 따라 나오이소."

남자가 달구의 손을 잡고 이끈다. 달구가 다리에 힘을 바짝 주고 버틴다. 어둠 속에서도 날카롭게 빛나는 남자의 눈을 보고서야 달구는 서서히 다리의 힘을 푼다. 밖으로 나오자마자 남자는 보기 좋게 달구의 면상에 주먹을 날린다. 길 위로 높이 솟은 파도가 두 남자를 덮친다.

"니 또 어무이 팰라꼬 술 무었나."

달구는 뒤로 나뒹굴어져 일어나질 못한다. 달구가 깨진 어금니 조각을 뱉는다. 남자가 달구의 어깨를 잡고 억지로 일으켜세우더니 무릎으로 복부를 걸어찬다. 달구의 숨이 턱 막힌다. 툭 튀어나온 입을 아무리 크게 벌려도 숨을 들이쉬지 못한다. 달구의 눈이 돌아가 흰자위만 보인다. 좀전보다 남자 키만큼 더 솟은 파도가 다시 두 남자를 때린다. 남자가 앞으로 꼬꾸라진다. 파도가 덮치자 달구는 정신이 든다. 숨통도 트이고 돌아간 눈도 제자리로 돌아온다. 달구가 토하기 시작한다. 엎드려 토하는 달구의 옆구리를 남자가 발로 찬다. 페널티킥을 차는 모션이다. 달구의 옆구리는 축구공, 두세 걸음 뒤로 물러나 달려와서 다시 슛한다. 퍽. 바람 소리, 파도 소리에 묻혀 아무것도 분간할 수 없는 밤에, 달구가 옆구리 맞는 소리는 명확하게 시끄러운 밤을 가른다. 아고, 아이고, 뒤늦게 달구가 엄살을 부리기 시작하지만 남자가 들을 리 없다. 남자가 멱살을 잡고 일으켜세운다.

"이 시밸놈아. 니가 개새끼지, 아니 개새끼도 그런 안 한다. 시밸놈아."

남자가 귀빰을 후려갈기기 시작한다. 달구의 툭 튀어나온 다물어지지 않는 입술이 터지고, 코피가 흐른다. 남자의 주먹은 달구가 무릎 꿇고 살려달라고 빌기 시작하면서 멈춘다.

"시밸놈아, 맛배기라. 함만 더 패부라. 내가 곱절로 패불기고마."

젖은 옷을 벗고 남자가 알몸으로 들어온다.

"밖에 비 많이 오나?"

"좀 온다. 엎드리라."

남자가 거칠게 여자를 엎어놓고, 질 안 깊숙이 성기를 들이민다.

"아야, 아프다. 니 와 그라노?"

"시벌놈. 개, 새, 끼, 쥑이, 뿔기다."

남자가 정신없이 여자 엉덩이를 붙잡고 헐떡인다.

달구가 어둠 속에서 파도를 본다. 길을 반쯤 덮친 파도는 시멘트를 때리고 달구분식 문으로 돌진한다. 달구가 일어나더니 문을 잠그고 방 안으로 들어간다.

귀뚜라미는 구름 속에 달을 품고 왔다. 바닷물이 불기 시작한다. 만조에 다다르자 빗줄기가 굵어지기 시작한다. 구름 뒤에 숨은 보름달이 바닷물을 바람횟집으로 끌어당긴다. 바닷물이 바람횟집 앞 길로 들어선다. 이제 길 위에서 파도가 일렁인다. 썬샤인모텔 확성기에서 위험을 알리는 다급한 소리가 흘러나온다. 요란한 바람과 파도 소리에 묻혀 그 소리를 사람들이 들을 리 없다. 남자와 여자는 절정을 향해 빠르게 돌진한다. 남자의 성기는 빠르고 강하게 여자의 질을 들락거린다. 남자가 여자의 질 안으로 들어갈 기세다. 여자의 교성은 극에 달하고, 숭얼숭얼 맺힌 땀방울이 남자 등을 타고 흘러내린다. 여자가 얼굴을 베개에 묻고 소리지른다.

달구가 곤히 자는 늙은 엄마의 얼굴을 내려다본다. 입에서 흐르는 피가 침과 뒤섞여 바닥으로 떨어진다.

"일라라, 이 시뱅년아."

천둥소리가 짝, 하늘을 가른다. 노모는 곤히 잠들어 있다. 달구가 옆에 차려놓은 밥상을 발로 걷어찬다. 반찬그릇이며 국그릇이 벽에 맞고 튕겨져 어지럽게 흩어진다. 김칫국물이 벽을 타고 흘러내린다. 노모가 벌떡 일어나 앉는다. 노모는 난장판이 된 방을 기운 없이 돌아본다. 구석에 엎어져 있는 작은 접시에서 눈을 떼지 못한다. 졸복 내장들로 담근 젓갈이다. 노모가 그 작은 접시에서 눈을 떼지 못한 것이 치명타이다. 바람횟집 남자가 달구의 옆구리를 발로 찼던 것처럼, 달구가 노모의 얼굴을 세차게 발로 차버린다. 노모의 눈앞에서 번개가 번쩍, 천둥 소리 크게 울린다. 노모가 뒤로 꼬꾸라진다. 얼굴을 손으로 감싸고 노모는 엎드린다. 달구의 늙은 엄마 입에서 뭉글뭉글한 것들이 쏟아져나온다. 앞니가 몽땅 부러져 노모의 얼굴은 피범벅이 된다.

"니가 시켰나? 내 패라고 니가 시켰나 말이다. 자석을 두둥게패라고 시키는 부모가 이 세상에 어디 있노?"

달구가 말을 마치기 무섭게 엎어져 있는 노모의 옆구리를 걷어찬다. 퍼억. 달구 노모의 옆구리에서 축구공 바람 빠지는 소리가 난다.

바닷물은 이제 바람횟집과 달구분식 안까지 흘러들어온다. 남자와 여자는 절정이다. 여자가 구름 뒤에 숨은 달을 본다. 신음소리 크게 내지른다. 남자는 질 안 깊숙이 정액을 뿜는다.

달구 노모가 힘겹게 좁은 틈을 향해 기어간다. 달구는 조금씩조금씩, 앞으로 기고 있는 노모에게 매질을 멈추지 않는다. 칠십여 년간 튼튼했던 이빨들이 몽땅 다 뽑히자 노모는 왠지 개운한 느낌마저 든다. 노모의 얼굴은 형체를 알아보기 힘들게 함몰되어간다.

"그리 또 도망가나? 함 가바라. 애비도 때래 쥑인 놈이 어무이가 별거가. 다 쥑이뿔 기다."

　드디어 달구의 늙은 엄마가 좁은 틈으로 머리를 집어넣는다. 운좋게도 달구는 술을 가지러 밖으로 나간 후이다.

　남자와 여자가 서둘러 밖으로 나온다. 남자는 겨우 바지만 걸쳤고 여자는 면티에 팬티 바람이다. 바닷물은 남자의 허벅지까지 차올라 앞으로 나아가기가 힘들다. 여자가 허리까지 오른 물속에서 버둥거린다.

　"모텔로 가자. 얼른 내 따라온나."

　문을 열자 바닷물이 쏟아져들어온다. 남자가 지갑이 들어 있는 여자의 가방을 어깨에 메고 모텔을 향해 걷기 시작한다. 파도가 바람횟집으로 들어온다. 둘의 모습은 위태로워 보인다. 여자가 남자에게 소리치지만 남자는 듣지 못한다. 남자는 한 걸음 한 걸음, 힘주어 모텔을 향해 걸어간다.

　달구의 늙은 엄마는 좁은 틈으로 몸을 완전히 숨긴다. 머리를 벽에 붙이고 무릎을 꿇은 자세이다. 달구는 돌아오지 않는다. 달구 노모가 빠진 앞니 사이로 긴 한숨을 내뱉는다. 내 자몬인 기아, 모된 내 맘을 용와닌이 아나뿐 기아. 노모는 좁은 틈에서 엎드려 바람 새는 소리로 중얼거린다. 바닷물이 노모가 있는 방 안으로 들어온다.

　여자가 뜰채로 전어를 건져올린다. 어항을 덮치는 파도를 타고 전어들이 바다로 도망간다. 여자는 거센 비바람에 맞서 뜰채를 들고 작은 그물에 전어 담기에 바쁘다. 모텔에 거의 다다른 남자를 애타는 눈으로 흘끔거린다.

노모도 방 안으로 바닷물이 들어온 것을 알아차린다. 그러나 웬일인지 좁은 틈에서 엎드린 채로 뒷걸음질을 칠 수가 없다. 이틀간 살이 오른 것도 아닌데 말이다.

여자가 뜰채를 놓치고 전어 담는 것을 포기한다. 힘겹게 모텔 쪽으로 발걸음을 뗀다.

남자가 썬샤인모텔에 도착해 뒤돌아본다. 달구가 우두커니 앉아서 남자를 맞는다. 여자가 막 바람횟집 모퉁이를 힘겹게 돌고 있다. 능도 사람들 모두 서서 여자의 힘겨운 몸짓을 구경하고 있다.

"니 어무이는 어딨노?"

달구와 남자는 거대한 섬 하나가 바람횟집에 내려앉는 것을 본다. 여자가 둥둥 파도에 밀려 사라진다. 여자가 은빛 전어떼를 따라 바다를 향해 나아간다. 해일이 빠지자 바람횟집은 흔적도 없이 사라져 있다.

밤의 조건

1

　여자는 회초리나 혁대 같은 것이 등에 휘감길 때마다 고향집의 감나무를 생각한다. 생살이 찢기는 고통에 자기도 모르게 눈이 감기면, 어느덧 그날, 눈밭의 감나무가 감은 눈 속에 서 있다. 소녀는 잠에서 덜 깬 채로 엄마를 찾고 있었다. 흙탕물에 하얀 종이가 젖어 너덜너덜해지는 꿈을 반복해서 꾼 어느 겨울날이었다. 소녀가 아플 때면 항상 꾸는 꿈이었다. 기절할 것 같은 매질에 눈이 감기면, 눈이 소복이 쌓인 어느 겨울, 고향집 뒷마당에 서 있던 감나무는 감을 주렁주렁 매단 채, 여자를 기다리고 있었다.
　여자가 뒷마루에 서서 멍하니 감나무를 쳐다본다. 차가운 공기가 콧속을 후비고 지나간다. 하얀 눈을 맞은 선홍빛 감, 그 눈부시고 투명한 색깔에 소녀는 정신이 아찔해진다. 고통이 서서히 사그라지기 시작하면, 소녀는 늙은 엄마를 찾고 있었다는 것을 깨닫고, 그 선명하던 풍경은 희미해지기 시작한다. 여자는 감았던 눈을 뜬다.

빨리, 엄마한테 잘못했다고 빌어야지.

여자는 무릎을 꿇고 엎드린 채로 손을 비빈다. 여자는 손을 모아 빌며 남편의 발을 본다. 양쪽 엄지발톱에 자신이 칠해주었던 장밋빛이 바래 있다.

엄마, 제가 잘못했어요. 저는 더 맞아야 돼요. 더 때려주세요.

왜 그렇게 엄마 말을 안 들어. 그럼, 다영이 몇대 맞을 거야?

……세, 세 대요.

안 돼. 다섯 대는 맞아야 돼.

여자가 허리를 세우고 남편을 올려다본다. 남편은 여자의 분홍색 홈드레스를 입고 있다.

엄마 똑바로 쳐다보지 말라고 했지? ……오늘만 특별히 용서해 주는 거야.

여자가 다시 고개를 숙이고 바닥에 엎드린다. 짝. 가죽 혁대가 여자의 허리에 감겼다 살을 잡고 일어선다. 여자는 터져나오는 비명을 손으로 막는다. 하반신이 떨어져나가는 것 같은 고통이 찾아오고, 여자는 눈밭의 감나무 앞에 선다. 차가운 공기가 주는 신선함 같은 것에 한 방울 눈물이 맺힌다. 여자는 맨발로 눈밭에 서 있다. 여자는 감을 따려고 팔을 뻗으며 하얀 발뒤꿈치를 세운다. 다영아. 늙은 엄마의 목소리가 들려온다. 여자는 뒤꿈치를 든 채 뒤돌아본다. 여자는 벌써 울고 있다. 눈물이 앞을 가려 희뿌연 형체만 보인다. 아무리 훔쳐내도 눈물은 멈추지 않고, 엄마의 모습은 확연해지

지 않는다. 곧 여자를 휘감았던 고통이 잦아들기 시작한다. 여자는
울면서 남편을 올려다본다.

뚝, 뚝. 울면 또 맞는다.

여자는 남편의 시선을 피하지 않는다.

Sunset?

여자가 울면서 고개를 끄덕인다.

많이 아팠어?

곱슬곱슬한 파마머리 가발을 벗으며 남편은 여자를 내려다본다.
여자가 엉엉 소리내며 울기 시작했다.

어, 엄마를 봤어. 부, 불쌍한 울 엄마……

남편이 쭈그려앉자, 억지로 채웠던 드레스 호크가 두두둑 소리를
내며 뜯어졌다. 남편이 꼭 낀 드레스 소매에서 팔을 꺼내어 상체만
알몸이 된다.

난 시작도 안 했는데, 그렇게 참기 힘들어?

여자는 눈물을 참으려고 애써보지만, 눈물이 볼을 타고 주욱 흘
러내린다. 여자는 벌거벗은 채로 엎드려 운다. 등에 난 혁대 자국에
핏물이 배기 시작한다.

비가 그치고 어느새 날이 개어 있다. 고요한 달빛이 신혼부부가
살고 있는 반지하방 창문에 가까스로 걸려 있다.

여자는 여전히 어깨를 들썩이며 훌쩍인다. 한번 터진 울음은 쉽
사리 진정되지 않는다. 남편은 여자 등뒤에 난 상처에 대충 연고를
바른다.

상처 보니 조금 미안하네.

아냐, 나두 좋아. 이렇게 울잖아. 엄마도 보고.

내일은 부드럽고 긴 섹스를 하게 해줄게. 니가 원하면.

아냐, 나도 이런 방식이 좋아.

여자가 길게 한숨을 내쉰다.

조금 쉬었다가 돈 벌러 가라. ……다영아, 오늘 쉴래?

아냐. 일은 일인데, 뭘.

2

새벽 한시, 초인종이 울렸다. 제이는 소파에 앉은 채로 똑바로 문만 쳐다본다. 고요함을 깨는 시계 초침이 제이의 가슴을 지나 등뒤로 빠져나간다. 다시 초인종이 울렸지만 제이는 꼼짝도 하지 않는다. 호기심은 주로 사고를 부르고 그에 대한 답을 알려준다. 제이는 천천히 소파에서 일어선다.

너 또 여자 불렀나? 작작 좀 해대라. 뼈 삭겠다.

나오지 말고 방에 가만히 있어. 밖으로 나가든가……

제이의 말이 채 끝나기도 전에 방문은 닫힌다. 제이는 소리나지 않게 문 쪽으로 다가가 방범창으로 밖을 내다본다. 땀이 이마를 지나 턱으로 주르륵 흘러내린다. 인터넷으로 본 사진과는 차이가 좀 있다. 보라, 보람, 보름이었던가, 제이는 이름을 기억해내지 못한다.

오호빠, 문……

제이는 과장된 비음에 놀라 멈칫 물러난다. 철제문이 마치 투명

70

한 유리같이 느껴졌다. 제이는 여전히 방범창으로 문 밖을 관찰하며, 긴장된 손으로 자물쇠를 하나씩 풀기 시작한다. 자물쇠가 열리는 소리에도 보름은 꼼짝 않고 서 있다. 제이는 마지막 세번째 자물쇠를 풀고야 만다. 제이는 자기 몸에서 뭔가 스윽 빠져나가는 것 같은 느낌이 들었다. 제이가 문을 열고 고개를 빼죽거린다. 보름이 천천히 집 안으로 들어선다. 제이는 뒤로 물러서며, 신발을 벗고 들어오는 보름을 멀뚱멀뚱 쳐다본다.

잘 찾아왔네. 밖에 비 와?

오흐빠, 사람을 오라고 해놓고, 왜 그흐렇게 기다리게 해요.

제이는 딱히 할 말이 생각나지 않는다. 보름은 얌전히 소파에 앉는다. 제이는 찬찬히 보라를 훑어본다. 이 판에서 경험 많은 제이지만, 성정체불명의 보름 앞에서는 약간 긴장이 된다.

그흐렇게 보지 마세요. 저 여장 남자 아니에요.

……

오흐빠. 제가 마음에 안 들면 가할 테니까, 말씀하세요. 대신 택시비는 주셔야 돼요.

아니야. 벌써 약속한 일이잖아. 너 예뻐. 맘에 들어.

제이는 언젠가부터 반말이다.

서헌불 먼저 주세요. 남자들은 싸고 난 다음엔 항상 딴말들을 해요.

넌 원래 남자 아냐?

제이는 챙겨놓은 돈을 건넨다. 보름은 돈을 세더니 활짝 웃는다. 고르고 하얀 치아가 제이의 긴장된 마음을 조금 누그러뜨린다.

오흐빠, 저를 여자로 보지 말고, 나함자로도 보지 말고, 다른 또 하나의 성으로 보면 편해져요.

보름이 겉옷을 벗으며 말했다.

또하나의 성? 트랜스?

트랜스는 여자구요. 쉬히멜. 흔히 트랜스 전 단계로 알고 있지만, 그건 아니에요.

보라의 몸매가 확연히 드러나자 제이는 마른침을 삼킨다.

그럼. 넌, 여자도 남자도 아니지. 그럼.

보름이 천천히 제이에게 다가선다.

너 이름이 뭐였더라? 보라? 보름? 보람?

이히름이 뭐가 중요해요. 보름? 그걸로 해요.

보름이 제이의 가슴을 파고든다. 제이는 보름을 안으며 눈을 꼭 감는다. 싸구려 향수 냄새가 혈관을 타고 제이의 온몸으로 퍼져나 간다. 보름의 혀가 제이의 이빨 사이를 비집고 들어온다. 제이는 보 름의 허리를 가만히 감싸안았다. 제이는 황홀한 기분에 사로잡혔다.

단지 키스뿐이었다. 제이는 좀더 강한 자극이나 특별한 터치에 익숙해져 있었다. 제이에게 보름이란 존재는 더욱 강한 자극을 원 하는 욕구에 대한 호기심이었다. 그러나 보름은 그러한 특별함과는 거리가 있었다. 보름은 잃어버렸던 감각을 일깨웠다. 제이의 무뎌졌 던 촉수들이 일제히 더듬이를 세우고 일어섰다.

제이의 입속에서 보름의 혀가 쑤욱 빠져나간다. 허전함. 제이는 아쉬운 듯 입맛을 다신다. 한참 동안 눈을 감고 그대로 서 있다.

나하 좀 씻고 올게헤요. 오흐빠, 침실은 어디야?

제이는 감았던 눈을 번쩍 떴다. 아무래도 그 중성적인 보름의 목소리에는 적응이 쉽지 않다. 오랜만에 맛봤던 황홀감이 흔적 없이 날아가버린다. 절정 없이 쑤욱 사정해버린 기분, 제이는 몸이 축 늘어지는 것 같았다.

나 먼저 씻을게. 뭐 좀 마시고 있어.

제이는 입고 있던 옷을 모두 벗으며 욕실로 향한다. 보름은 제이의 엉덩이를 넋을 빼고 바라본다.

오흐빠, 화이링!

제이가 욕실 문을 열다 말고 뒤돌아본다. 보름은 고른 이를 내보이며 활짝 웃는다. 제이는 쓴 입맛을 다시며 욕실 안으로 들어가 문을 잠근다. 아무래도 보름의 목소리에는 정이 가지 않는다.

제이는 샤워를 하며 섹스를 할지 그만둘지 고민한다. 아직도 뭔가 석연치 않은 기분이었다. '도대체 난 뭐가 두려운 거지?' 제이가 중얼거린다. 제이는 샤워기에서 떨어지는 물을 받으며 자신의 성기를 애무하기 시작한다. 열심히 해보지만 성기의 반응은 신통치 않다. '이제 섹스의 개념도 달라진 거야.' 제이는 다시 중얼거린다. 보름과 키스를 나눌 때 긴 혀가 주던 짜릿함이 생각나자, 제이는 흥분되기 시작한다. 그러나 그것은 분명 여자들과 나눌 때와는 다른 것이었다. 기분 좋음, 그뿐이었다. 긴 혀에서 퍼져나오던 향기, 그 현란한 움직임. 몇 분밖에 지나지 않았는데, 그 모든 것이 너무 생소하게 느껴졌다. 여자와 키스를 나눈 후엔 몸 어디고 즉각적인 반응이 왔지만 이번에는 그렇지 않았다. '남자라고 생각하는 건가.' 제이가 여전히 성기를 만지작거리며 중얼거린다. '남자면 어때?' 자신에게 묻지만 대답이 없다. 제이의 성기는 완전히 죽어버린다. 제이는 다시 보름과 방금 전에 나눴던 키스를 떠올린다. 보름의 긴 혀가 제이의 입속에서 꿈틀, 여기저기를 헤집고 다닌다. 제이는 기분이 좋아졌지만, 그뿐이었다. 제이의 성기는 일어서지 않는다.

제이는 젖은 몸을 대충 닦고 거실로 나왔다.

뭐야? 이 동물의 정체는?

여동생이 벌거벗은 제이를 쏘아보며 앙칼지게 내뱉는다. 제이의 몸에서 물방울이 후드득 떨어져 바닥이 흥건해진다.

뭐허야, 이히건?

둘 다 왜 내게 묻는 거야? 서로 물어봐. 인사라도 나누든지.

제이는 수건으로 자신의 사타구니를 쓱 닦는다.

너, 취향 이상해졌다. 도대체 뭐가 문제니, 넌?

취향은 니히가 이상한 거야. 기히집애, 촌스럽긴.

너도 같이 즐기고 싶으면 내 방으로 가든지, 아니면 니 방으로 가.

변태 같은 자식, 저런 게 오빠라고.

누가 니 오빠야?

제이의 여동생은 늘어진 긴 머리를 손으로 묶으며 제이를 째려본다.

뭐야, 맘 있는 거야? 최고의 날이군. 쉬멜과 여동생과의……

아히, 구후려.

자리를 먼저 피한 사람은 보름이었다. 제이와 여동생은 보름을 멍하니 바라본다. 보름은 침실로 걸어가며 헐렁한 스웨터를 벗었다. 보름의 가냘픈 목선과 잘록한 허리 라인이 드러난다.

너보다 낫지?

제이의 성기가 서서히 일어선다. 제이는 굳이 수건으로 사타구니를 가리지 않는다.

미친놈.

여동생은 시선을 내리지 않고 똑바로 제이를 노려본다.

3

보낸 사람 : smile1004hu   받은 사람 : shfrl001   날짜 : 2004-11-02 01 : 04 : 02

smile1004hu : ^^

shfrl001 : 방가염

smile1004hu : 네

smile1004hu : 저두여

shfrl001 : ㅈㄱ

shfrl001 : ? 조건 아니에요?

smile1004hu : 맞아요

shfrl001 : ㅈㄱ

smile1004hu : 뒤치기, 입안 사정, 콘돔, OK. 후장, SM 절대 사절. 대림동 15만.

shfrl001 : ……

smile1004hu : 님 이름은?

shfrl001 : 석영요

shfrl001 : 님은?

smile1004hu : 전 다영이

shfrl001 : 몇살?

smile1004hu : 23

smile1004hu : 님은여?

shfrl001 : 29염

smile1004hu : 매너 좋게 하는 거 맞죠?

shfrl001 : 할 때 연인처럼 편안하게 했음 해요 ^..^

shfrl001 : 같이 샤워는 안 되겠지?

smile1004hu : 왜 반말이에요?

shfrl001 : 미안. 난 여자 애무해주는 거 좋아하는뎅. 안마도 잘하고 ^..^

shfrl001 : 반말 미안해요.

smile1004hu : 저도 안마 좋아해요.

shfrl001 : 어디세요?

smile1004hu : 대림동

smile1004hu : 님은요?

shfrl001 : 신사동

smile1004hu : 오실 거죠? 대림동.

shfrl001 : 근데 있잖아요. 사진 있어요?

smile1004hu : 홈피에,

shfrl001 : 좀 말랐네. ...어려운 부탁 있는데...

shfrl001 : 님, 10만원에 해주면 안 될까?

smile1004hu : 그럼 안 되겠네요. 밍안ㅎ

shfrl001 : 님, 그럼, 님이 이리루 오세요. 관비하면 딱 10만 남아서……

smile1004hu : 싫어요. 제 조건에 안 맞잖아요.

shfrl001 : 아앙. 해주세염. 10에 내가 가거나, 그럼 13에 님이 오거나…

smile1004hu : 미안해요. 조건에 안 맞아요.

shfrl001 : 근데 콘돔 꼬 해야 되요?

smile1004hu : 죄송해요. ㅈㄱ에 안 맞아요. 그럼 담에……

shfrl001 : 님아.

shfrl001 : 야.

shfrl001 : 시발년, 까다롭기는. 걸리기만 해봐…

shfrl001 : 니 아뒤 다 캡처해놨으니까. 담에……

남편은 채팅창을 재빨리 지우고 다른 아이디로 재접속했다. 시간은 세시를 향해 가고 있었다. 아침에 가까울수록 여자의 몸값은 떨어진다. 여자는 몸을 씻고 일 나갈 준비를 한다.

아직도 못 구했어?

자식들 마구 깎으려 드는데…… 어쩌지? 오늘 공치겠어.

빨리 아무나 붙잡아. 곧 세시야.

새벽 세시가 분기점이다. 세시가 되면 조건이 까다로운 남자들만 남게 된다.

내일, 돈 필요해. 낮에 주인아저씨 다녀갔어.

십새끼. 하루도 못 참고……

반지하 창문에서 달은 사라지고, 달이 지나간 자리에 차디찬 습기가 멈칫, 창 밑으로 밀려내려온다. 여자는 곱게 화장을 하기 시작한다. 퉁퉁 부은 눈을 커버하기 위해서 눈화장을 짙게 한다.

이 새끼, 아까 그 자식 같은데.

신사동?

조건에 안 맞잖아,

……그래도 제일 조건이 나아. 막판이라고 너무들 하는데.

여자는 부은 눈 때문에 화장이 잘 먹지 않아 애를 먹는다. 클렌징폼으로 화장을 지우고 다시 시작한다. 아이라인을 검정 붓으로 진하게 그린 다음, 눈두덩은 진한 보라색으로 화장을 한다. 마스카라도 몇 번씩 덧칠을 한다.

나 어때? 운 거 티나?

눈만 보여. 어쩔래? 신사동?

그냥 하자고 해. 다른 수가 없잖아.

시발, 그래도 십만원이 뭐야.

올 때는 전철 타고 오지 뭐.

남편은 조건을 조율하지만, 상대도 자신의 조건만을 내세우며 양보가 없다.

신사동 신사호텔 앞으로 가. 가면 꺼벙하게 생긴 놈 있을 거야.

뭐야, 어떻게 찾으라고.

지가 널 찾겠단다. 사진 봤으니 안다고. 내일부터는 두 탕 뛰자.

이러다 굶어 죽겠다.

4

　제이는 침대에 벌렁 드러눕는다. 보름이 제이의 다리 사이에 무릎을 꿇고 그의 성기를 잡는다. 보름의 행동은 어딘지 모르게 정성스럽다. 막 퍼포먼스를 시작하려는 작가, 신성한 제의를 준비하는 사제와 같다. 제이의 페니스가 아주 천천히 보름의 입속으로 밀려들어간다. 제이는 가만히 눈을 감는다.

　긴 혀는 저 혼자 살아 움직이는 것 같다. 그것은 마치 뱀 같다. 서늘한 기운을 품은 파충류. 그 긴 혀가 제이의 페니스를 휘감는다. 붉은 뱀. 그것은 세포 하나하나를 모두 깨우고, 천천히 일으켜세운다. 보름이 페니스를 목 깊숙이 삼킨다. 제이는 자신의 성기가 목젖에 닿는 것을 느낀다. 목젖은 페니스를 꽉 잡았다가 서서히 토해놓는다. 페니스가 입속에서 서서히 나오자 다시 붉은 뱀은 똬리를 튼다. 제이는 보름이 이전에 남자였기 때문에 이러한 테크닉이 가능하다고 생각한다. 보름이 원했던 것이 자신이 원했던 것임을 깨닫는다. 제이는 매일 밤 여자를 바꾸어 섹스에 탐닉했지만, 이런 몽롱함은 처음 경험해본다. 보름의 혀가 지나간 자리. 그것은 제이가 꿈꾸며 탐닉해온 길의 끝처럼 느껴졌다.

　누워봐. 내가 해줄게.

　뭐헐?

제이는 망설이는 보름을 억지로 침대에 눕히고, 반듯이 누운 보름을 내려다본다. 보름이 살짝 수줍은 웃음을 띤다. 보름은 두 손으로 자신의 사타구니를 가린다.

오빠, 이불 좀 줘요.

가만히 있어봐. 좀 보게.

제이가 보름의 두 손을 치우지만, 보름은 악착같이 자신의 사타구니를 가린다.

있어봐. 좀.

보름이 눈을 질끈 감는다. 보름의 자지, 확 졸아붙은 자지가 힘없이 달려 있다. 새끼손가락만한 자지. 애기 자지. 제이는 이상하게 거부감이 들지 않는다. 자기 것만큼 크지 않아서인 것도 같고, 너무 익숙한 것이어서 그런 것도 같았다. 제이는 손가락으로 보름의 애기 자지를 애무한다.

어흐응.

새끼손가락만하던 보름의 졸아붙은 자지는 금세 굵은 엄지손가락만해진다. 제이가 손가락의 움직임을 멈추고 보름을 빤히 쳐다본다. 제이는 보름의 과장된 신음소리, 보름의 목소리에는 아직도 적응이 안 된다.

좋냐?

보름은 대답 없이 두 손으로 얼굴을 가린다. 제이는 둥글게 만 엄지와 검지 사이에 보름의 졸아붙은 자지를 끼우고 애무한다.

오빠, 저허…… 쌀 거 같아요.

몇 번이나 했다고 벌써……

제이의 손놀림이 더욱 빨라지려던 찰나. 그렇게 작은 고추에서 정액이 흘러나올 것이라고는 생각지도 못했다. 보름은 순식간에 사정해버렸다. 작은 고추에서 나온 정액이 사방으로 튄다. 제이는 얼른 목욕탕으로 가서 손을 씻는다. 제이는 손을 씻다 말고 멍하니 거울에 비친 자신을 쳐다본다. 어느새 보름이 뒤로 다가와 제이를 가만히 껴안는다.

오호빠, 너므 고마워요.

제이는 거울에 비친 보름을 멍하니 쳐다보았다. 보름이 수줍은 듯 제이의 등뒤로 얼굴을 감춘다.

5

여자는 세시가 넘어서 집을 나선다. 보통때엔 일을 마치고 집으로 돌아올 시간이다. 남편은 하품을 하며 여자를 배웅한다.

빨리 끝내고 와. 배고파.

큰길까지만 데려다주면 안 돼?

귀찮아. 그냥 갔다 와.

안 자고 기다릴 거지? 기다렸다 같이 자야 돼.

올 때 뭐 좀 사와. 배고파.

여자가 쓸쓸히 현관을 나서며 뒤돌아본다. 남편은 방으로 들어가고, 여자는 남자가 서 있던 자리를 보며 손을 흔든다. 여자는 걸음을 서두른다. 집 밖으로 나와 좁은 골목길에 접어든다. 택시를 탈 수 있는 큰길까지 가려면 백여 미터의 어둡고 좁은 골목길을 가야한다. '골목길 무서운데, 큰길까지만 좀 데려다주지.' 여자가 푸념처럼 속삭인다.

가로등도 없는 좁은 골목길을 걷다보면, 큰길 가로등의 밝은 빛을 향해 걷다보면, 불안하지만 희망 같은 것이 보이는 것 같다. 그것이 여자를 겁나게 한다. 희망이라는 것, 밝은 가로등이 서 있는 큰길은 너무 멀어 보이고, 지금 걷는 길은 무섭다. 자신이 걸어가야할 좁은 골목길은 너무 어둡고 좁다. 여자가 갑자기 뛰기 시작한다. 딸깍이는 여자의 구두 소리가 좁은 골목길에 떠다니고, 동네 개들은 느닷없는 골목길 소란에 화들짝 놀라 발악하며 짖기 시작한다.

신사호텔까지 택시비는 만오천원이 나왔다. 여자는 돈을 건네며 한숨을 내쉰다. 팔만오천원. 여자가 오늘 벌게 될 일당이다. 여자는 신사호텔 앞에서 남편이 말해주었던 조건을 다시 되뇐다. 팔만오천원어치 일만 하면 되는 거야. 서비스는 없어. 여자가 자기 자신에게 다짐을 받는다. 여자를 향해 남자 하나가 슬슬 다가오기 시작한다. 조건남과 조건녀의 만남이 시작되는 시간 새벽 세시 삼십분이다.

저기, 조건이죠?

여자는 남자의 얼굴을 보자 인상을 찌푸린다.

스물아홉 아니죠?

원래 다 이렇잖아. 잘 알면서 왜 그래?

여자는 망설여진다. 남의 아이디를 도용한 것도 그렇고, 나이는 사십대 중반, 생긴 것도 의뭉스럽게 보이기 때문이다. 째진 눈, 두툼한 입술과 살짝 들린 코, 불룩이 나온 배와 짜리몽땅한 키, 마음에 드는 구석이라고는 하나도 찾아볼 수가 없다. 거기에 머리도 별로 없다.

그래도 그렇게 거짓말하면 안 되잖아요.

성가시게 하네, 얘가. 그냥 갈래? 가, 그럼.

중년의 남자는 미련 없이 돌아서 간다. 여자는 돌아갈 택시비도 없다. 내키지 않지만 어쩔 수 없는 일이다.

저기요. 그냥 가면 어떡해요.

남자가 가던 길을 멈추고 신경질적으로 돌아서 다가온다.

싫다며, 간다며?

그래도. ……매너 있게 하는 거는 맞죠?

그러엄. 얘가 맨날 헛다리만 짚다 왔나.

그럼, 돈 먼저 주세요.

돈, 집에 있지. 집에 가야 돈이 있지. 갈 거야, 말 거야?

……가요.

중년이 여자의 어깨에 팔을 두른다. 여자는 자신의 어깨에 둘러진 남자의 팔이 무겁고, 불편하다. 그냥 팔만 둘렀을 뿐인데, 여자는 왠지 자신이 끌려가는 듯한 느낌이 든다.

그냥 가면 안 돼요?

조건, 연인처럼 편하게. 기억 안 나?

둘은 좁은 골목길에 들어섰다. 일 나가는 곳, 어디든지 다 그렇지만, 낯선 동네, 낯선 길에 접어들면 겁이 나고 빨리 집에 가고 싶어진다. 여자는 느닷없이 오줌이 마렵고, 주저앉고 싶어졌다.

오빠, 아직 멀었어요? 화장실 가고 싶어요.

좀 참아라. 금방이다.

말은 그렇게 했지만, 중년은 여자를 데리고 신사호텔 뒷골목을 뱅글뱅글 돌고 있었다.

여긴 아까 지났던 길 같은데……

거참, 떽떽거리네. 이 동네가 다 비슷비슷해. 다 왔어.

중년의 말대로 여자에게 집들은 모두 비슷해 보였다. 낯선 동네, 낯선 골목길은 언제나 비슷한 이미지만을 남기고, 큰 특징은 남기지 않는다. 중년은 여자를 데리고 한 다가구 주택으로 들어선다. 여자는 으레 입구에 붙어 있는 주소를 힐끔 찾았다. 중년은 여자의 손목을 재빨리 잡아끌며 201호로 들어간다.

6

제이와 보름의 섹스는 그것으로 끝이었다. 사정을 해야 할 제이는 못 하고, 보름의 작은 고추만 신명났었다. 제이는 그래도 그것이 싫지 않았다. 보름이 친근하고 사랑스럽게 느껴졌다. 여자의 몸을 만지고 애무하는 것도, 그녀들을 위한 것이 아니라, 자신을 위한, 절정을 향한 최소한의 제스처였는데, 자기의 손놀림이 누군가에게 최고의 절정을 선물했다는 게, 대견스럽게 느껴지기까지 했다. 자기가 느끼는 것과 똑같이 보름이 느낀다고 생각하니, 그것이 친근하게 느껴진 건지도 몰랐다. '그러면 이제 남자하고 섹스를 해야 한단 말인가.' 자문해보는데, 아까처럼 거부감이 들지도 않는다. 모든 것이 쉬멜, 보름 덕분이라고 생각한다. 왠지 오늘에야 자신의 정체성, 여자와 섹스를 하면서도 뭔가 모자랐던 그 무엇이 해결된 듯한 생각이 들었다. 제이가 항상 느꼈던 그 모자람, 허무함은 자기 자신의 만족에서 부족함을 느꼈던 것이 아니라, 상대방을 만족시키고자 했던 마음, 그 부족함이었던 것이라는 생각이 들었다. 제이는 뭔가 크게 깨달은 것 같은 생각이 든다. 제이는 사랑스럽게 보름의 유방을 쓰다듬는다. 여자의 것과는 완전히 다른 젖가슴이다. 아니 젖이 영원히 나올 수 없으니, 이것도 새로운 단어가 필요한 건지도 모를 일이다. 탄력적이고, 단단하고, 완전한 식염수 덩어리. 원래 여자의 것보다 예쁘고 실용적이다. 젖을 먹지 않을 바에야 보기에 예쁘고, 만지기에 좋으면 그만 아닌가. 젖가슴의 용도가 바뀐 이상 그 이름도 바뀌어야 하지 않을까. 남자는 속으로 새로운 이름으로 무엇이 좋을까 생각한다.

니 얘기 좀 해봐라.

무흐슨 얘기?

몇살인지, 집은 어디고, 왜 여자가 되지 않는지, 진짜 이름은 뭔지, 뭐 그런 것들.

흐흥. 오흐빠, 갑자기 그게 궁금해졌어요?

그럼. 처음으로 내가 딸따리, 그게 맞는 단언가. 하여튼 해줬는데, 그 정도는 알아야 하지 않겠냐?

오흐빠 뭔저 해봐요. 그럼 내가 따라 해볼게.

뭘?

오흐빠에 대해서 말해보라구요.

……

제이는 할 말이 없다. ……난 남자지. 그리고, 여동생과 같이 살고, 예전에 할머니랑 셋이 살았었지.

제이는 주욱 늘어진 할머니의 젖가슴이 생각났다. 분명 그것도 다른 용도의 젖가슴이었다. 줄창 자신이 쥐고 살았던 할머니의 유방, 제이는 할머니가 죽고 없어진 뒤로 처음으로 그것이 그리워진다. '할머니가 죽은 때가 이맘때였는데.' 그러고 보니 한 번도 할머니 제사를 지내지 않았다.

할머니 제사가 이 근처야.

크흥. 머야, 갑자기 웨헨 할머니? 그런 게 뭔 상관이야. 죽으면 그만이지. 가족 얘기는 흐흥미 없어요. 촌티 나.

그렇지. 내가 좀 그래.

무슨 일 해요?

보름이 제이의 성기를 만지작거리며 말한다.

나? 그냥 섹스하지. 일은 안 해. 돈은 있거든.

보름과 제이는 천천히 일어서려는 페니스를 내려다본다.

오흐빠, 또 할래요?

어느덧, 보름의 중성적인 목소리가 친숙하게 느껴진다. 제이는 눈을 껌벅이며 보름을 바라본다. 반듯이 날선 콧날과 그린 것 같은 입술, 깊이를 알 수 없을 것 같은 검은 눈. 모두 다 제이의 가슴속으로 빨려들어온다. 제이는 보름의 얇은 입술에 가볍게 입을 맞춘다.

7

여자는 집 안으로 들어와서 자신이 보았던 것을 정리해보지만, 기억에 남는 게 없다. 중년과 처음 만났던 신사호텔만 큰 이미지로 남아, 그것만 기억나고, 지나쳐왔던 간판 하나의 이름도 기억할 수 없었다. 여자는 불안해지기 시작한다.

너, 이런 일 처음 해봐?

아니요.

근데 왜 그렇게 버벅대.

저기, 돈 먼저 주세요.

얘가 손 안 대고 코 풀려고 하네. 떼먹냐, 내가.

여자는 선 채로 찬찬히 집을 둘러본다. 중년의 가구들은 깔끔하게 정돈되어 있다. 가구 밖으로 뭔가 삐져나와 있는 물건들은 하나도 없다. 작은 거실에는 큰 TV 하나와 화장대, 소파가 적절한 위치에 서 있고, 거실보다 조금 더 큰 침실에는 옷장과 킹사이즈의 침대가 전부다. 작은 키친룸 한쪽에는 LCD 모니터, 반대쪽 모서리엔 냉장고가 서 있고, 싱크대에는 물기 한 방울 없다. 작은 미니 식탁에도 아무것도 없다. 가스렌지 위에도 먼지 하나 내려앉아 있지 않다.

이사온 지 얼마 안 됐어요?

삼 년 됐는데, 왜?

너무 깔끔해서.

옷 벗어서 아무 데나 놓지 말고, 옷장에 걸어둬라.

네. 돈은 언제 주나요?

연인처럼 좀 대해봐. 내가 널 샀다는 생각 들지 않게.

그래도……

중년은 두툼한 지갑에서 돈을 꺼내 센다. 그러나 돈을 건네지는 않는다.

자, 보이지? 그런데, 일 끝나고 줄 거야. 선불은 조건에 없었으니까.

그래도 그건, 기본 조건이잖아요.

그건 니 기본 조건이지.

여자는 망설이지만 중년은 벌써 나체 상태다. 벗은 몸은 더 봐줄 수가 없다. 여자는 고개를 모로 돌린다. 중년은 자기가 벗은 옷들을 쭈그려앉아 반듯하게 개기 시작한다. 여자는 힐끔 중년이 하고 있는 꼴을 비스듬히 쳐다본다. 터진 살 자국이 온몸에 사선으로 나 있다. 여자는 여전히 소파에 앉은 채로 어떡해야 할지 망설인다.

안 벗어?

……

중년이 불룩한 배를 내밀며 한참을 쳐다본다. 여자는 중년의 시선을 피하며 일어서서 옷을 벗기 시작한다.

속옷도 보기 좋게 개. 그렇게 놓지 말고.

아저씨, 변태예요?

변태? 변태 아닌 남자도 있냐? 빨리 따라 들어와.

저 나올 때 깨끗이 씻고 왔어요.

너 보고 때 벗기라는 거 아니잖아. 같이 샤워하자는 거지. 비누거품을 뒤집어쓴 여자 몸 만지는 거 좋아하거든. 말 안 들을 거야?

여자는 중년의 손에 이끌려 욕탕 안으로 들어간다. 중년은 정성스럽게 여자 몸을 씻긴다. 여자는 반듯하게 서 있기만 한다. 빨리 일이 끝났으면 하고 바라는데, 빨리 남자가 사정하면 일은 끝나는데, 중년은 섹스 말고 다른 일에 더욱 정성이다.

어차피 내가 먹을 건데, 깨끗해야지.

아저씨, 빨리 침대로 가요.

중년이 등을 어루만지다가 자세히 여자의 등을 들여다본다. 손끝으로 살짝 상처를 건드려본다. 여자는 움찔 뒤로 물러난다.

너, 돈 벌려고 별짓 다 하는구나.

돈 벌려고 하는 짓 아니에요.

그럼, 좋아서 하는 짓이야? 그럼 더 좋고.

그런 거 아니에요.

말을 하지. 그럼 좀 쉬웠을 거 아냐. 오늘 이상한 곳으로 감정이 튀는데.

뭐가요?

시발년, 빼기는. 너도 좋잖아. 기집들은 꼭 속하고 다른 말들을 해요.

중년은 비눗물을 대충 씻어내고 여자를 끌고 침대로 간다. 침대에 던져진 여자의 젖은 몸이 이불을 적신다.

난 기구 안 써. 정이 없잖냐.

왜 그래요, 아저씨.

무릎 꿇어, 시벌년아.

여자는 어안이 벙벙해졌다. 갑작스럽기도 했지만, 무서웠다. 중년이 아버지처럼 보이기 시작했다.

8

제이와 보름은 끝났던 섹스를 다시 시작한다. 제이는 반듯이 누워 있고, 보름의 긴 혀는 온몸을 애무한다. 혀가 지나간 자리에 새로운 길이 열리고, 제이는 모든 것을 보름이 하는 대로 받아들인다. 제이는 보름에게 뭔가 특별함을 스스로 부여하는 것은 아닌지 자문해본다. 그러나 어쨌든 보름의 긴 혀에는 특별함이 있다.

여동생은 머 해요?

보름이 제이의 무릎을 혀로 핥다가 갑자기 생각났다는 듯이 묻는다.

……니가 개냐? 아무 데나 핥게?

오호빠, 기분 상했어요?

친동생 아냐. 촌티 난다면서 그런 거는 왜 물어? 여기나 빨아봐.

제이는 다리를 넓게 벌린다. 보름은 순종하며 제이의 페니스를 입에 문다.

아버지는 게이였고, 엄마는 아버지가 게이라서 집 나갔고, 아버지는 애인이 죽자, 그 딸년을 데려왔고, 곧 저도 애인 따라 뒈져버리고, 나한테 저걸 던져놓고, 돈 몇 푼 남겨놓고…… 그게 궁금한 거지?

그흐만 해요, 오호빠…… 동생도 오빠랑 똑같은 거잖아요.

너는 닥치고 좆이나 빨아.

제이는 보름의 머리를 잡고 아래위로 흔든다. 목구멍 깊숙이 페니스는 박히고 보름은 숨을 쉬기가 어려워지지만 꾹 참는다. 제이의 페니스는 보름의 입속에서 죽어버린다.

미안해요.

니 탓 아냐.

보름이 옆에 누우며 제이의 가슴을 쓰다듬는다. 보름은 제이의 마음을 다 안다는 듯이 제이의 머리를 쓰다듬는다.

세혜상에 별의별 일 다 있어요. 저얼 보세요. 제 이름은 원래 용관이에요. 처음엔 제가 여자가 되고 싶은 건 줄 알았어요. 근데, 가슴이 생기고 나니까, 그게 아닌 거예요. 아무것도 모르는 아부지는 삽을 들고 저를 무지하게 팼어요. 제 자지를 보여주니까, 아부지는 아무 말 안 해요. 아직도 남자라고 생각한 거죠. 근데 그거 아니잖아요. 저는 그냥 주눅든 제 것이 좋은 거였어요. 전 남자도 여자도 아니에요. 내가 이렇게 되고 싶어 된 것도 아니에요. 오흐빠도, 동생도, 세상도 다 그런 거잖아요.

제이는 보름의 작은 고추를 만지작거린다.

그거 아냐? 니 거 귀엽다.

흐흥, 창피하게.

제이는 일어나 앉아서 보름의 아주 작은 페니스를 빨기 시작한다. 보름은 당황한다.

오흐빠가 처, 첨이에요.

나도 처음이야. 좆 빠는 건.

보름의 페니스는 금세 팽팽해진다. 팽팽해지자 제이는 멍하니 쳐다보기만 한다. 아까처럼 금방 사정할 것 같아 보였기 때문이었다. 보름은 흥분한 지 일 분도 되지 않아서 사정해버리기 때문이었다.

넣어줘.

보름이 천천히 일어나 앉으며 제이를 쳐다본다. 언뜻 이해가 되지 않는 눈치다. 제이는 무릎을 꿇고 엎드린다. 항문이 활짝 열린다.

맘 바뀌기 전에 빨리.

보름은 미적미적 망설인다. 남자들에게 몸을 팔며 별일 다 겪은 보름이었지만, 이러한 경우는 처음이었다. 잠깐 개었던 날씨는 다시 굳어진다. 가을비가 창을 두드리기 시작한다.

윽.

제이는 앞이 노래졌다. 보름은 엎드린 제이의 엉덩이를 잡고 삽입했다. 억지로 만든 가슴이 제 스스로 어색해 보였다.

오호빠가 처음이에요. 너무 좋아요.

보름은 말이 끝나기가 무섭게 제이의 항문 안에 두번째 사정을 한다. 죽은 아버지가 제이의 눈앞을 잠깐 스치고 지나간다. 보름은 눈을 감은 채, 제이의 엉덩이를 붙잡고 그대로 서 있었다. 다시 남자가 되고 싶어지기 시작한다.

9

중년은 여자의 뺨을 세차게 후려갈긴다. 여자의 목이 꺾이는 게

아닌가 의심스러울 정도로 머리는 돌아갈 수 있는 데까지 돌아간
다. 여자는 오줌이 마렵기 시작했다.

넌 드러운 년이야. 넌 좀 맞아야 돼.

아, 아저씨, 살려주세요.

그러니까 찍소리 마.

중년이 다시 반대 손으로 귀빰을 날린다. 여자는 감나무 앞에 선
다. 여전히 눈밭에 맨발이다.

엎드려뻗쳐.

……네에?

여자가 대답도 마치기 전에 중년은 여자의 배를 걷어찬다. 감나
무 아래 서 있던 어린 여자는 발뒤꿈치를 살짝 들고 손을 뻗는다.
하얀 눈을 맞은 선홍빛 감이 손에 닿을 듯하다. 차가움. 소녀는 얼
굴을 찡그린다. 눈이 내린다. 함박눈이 여자의 눈 속에 내려앉는다.
주르륵, 눈물이 볼을 타고 흐른다. 방바닥에 나뒹굴어진 여자를 중
년은 억지로 일으켜세운다. 여자는 숨을 못 쉬고, 눈은 돌아가 있다.

저걸로 너 같은 년, 열은 갈았어. 살아 나가려면 말 잘 들어.

여자는 몽롱한 정신으로 중년이 가리키고 있는 것을 쳐다본다.
믹서. 중년은 믹서를 들고 와서 여자 앞에 내려놓았다. 여자는 정신
이 번쩍 들었고, 감나무는 사라져간다.

엎드려.

여자가 재빨리 손을 짚고 엎드린다. 짜악. 중년은 손바닥을 넓게
펴고, 있는 힘을 다해 여자 등을 후려갈긴다.

여자는 방바닥으로 다시 꼬꾸라진다. 어린 여자는 여전히 감을

따려고 한다. 딱히 먹고 싶은 것도 아닌데, 겨울에도 매달려 있는 아름다운 빛깔의 감을 여자는 갖고 싶다.

누가 이 더러운 짓을, 하고 다니래냐? 니 에미도 아냐?

중년은 주먹으로 사정없이 여자에게 린치를 가한다. 막 감이 손에 들어오려는 찰나, 위에서 밧줄이 내려온다. 여자는 하늘을 올려다본다. 펑펑 쏟아지는 눈 때문에 눈을 뜰 수가 없다. 중년은 어느새 목장갑을 끼고 있다.

이걸 끼면 몸에 흉터가 안 남아. 그렇지만 뼛속 깊숙이 상처를 남기지. 뼛속에 스미는 고통을 잘 기억해둬라.

중년은 여자를 일으켜앉히더니 주먹질을 시작한다. 가슴과 배를 연달아, 쉬지 않고 때린다. 입을 크게 벌리는데 숨이 쉬어지지 않는다. 여자는 정신이 혼미해진다. 감나무 아래 선 여자는 밧줄을 붙잡는다. 밧줄은 하늘로 서서히 올라간다. 여자는 자기가 살던 집을 내려다본다. 아버지가 작대기를 들고 뛰어오는 게 보인다. 어느새 밧줄은 여자의 목에 칭칭 감겨 있다. 여자는 아버지를 보자 스르륵 밧줄을 놓치고 감나무 아래로 떨어진다. 아버지가 뛰어와 여자를 감싸안는다. 여자는 아버지 품 안에서 감나무를 올려다본다. 눈을 맞은 선홍빛 감 옆에 늙은 엄마가 대롱대롱 매달려 있다. 여자는 자신의 목을 만져본다. '분명 내 목에 밧줄이 감겨 있었는데.' 부릅뜬 눈, 길게 늘어진 혀, 질질 흐르는 침, 엄마는 감처럼 예쁘게 매달려 있다. 아버지는 담배를 꺼내물고는 아무 말이 없다. 중년은 담배를 피우며 정신을 잃은 여자를 내려다본다. 서서히 여자는 정신이 돌아온다. 뜨뜻한 오줌이 사타구니에서 흘러나온다.

살았으니, 살려주마. 이런 짓 하지 마라. 이제는.

중년은 한 손에 담배를 들고, 한 손으론 둘둘 말은 지폐를 여자의 음부에 끼워넣는다.

10

제이의 집에서 나온 보름은 골목길에 정신을 잃고 쓰러져 있는 여자를 발견한다. 막 동이 트려고 하던 참이다. 보름이 여자를 깨운다.

어허디, 아파요?

여자가 겨우 눈을 뜨며 보름을 쳐다본다. 목소리는 남자 같은데, 모습은 여자 같아 안심을 한다.

죄, 죄송한데요. 힘이 없어서 그러는데, 택시 좀 태워주세요.

보름은 여자를 부축하고 신사호텔 앞으로 간다. 출근길 정체가 벌써 시작됐다. 보름은 여자를 택시에 태운다.

택시비는 있어요?

고마워요, 언니.

여자가 탄 택시는 떠나고, 보름은 멍하니 신사호텔 앞에 서 있다. 날이 훤히 밝는다. 배가 불룩한 중년 하나가 다가와 보름에게 말을 건다.

혹시 조건?

네헤.

왜 이렇게 늦었어? 사이에 한 탕 또 뛰었잖아.

오흐빠, 미안해요.

중년 남자가 보름의 어깨에 팔을 두른다. 어깨에 얹혀진 팔이 불편하다.

오흐빠, 그냥 걸어가면 안 돼요?

조건, 연인처럼 편안하게. 기억 안 나?

보름과 중년의 남자는 복잡한 신사동 골목길 안으로 사라진다.

제이는 보름이 집을 나선 뒤 헛헛한 마음에 사로잡혔다. 소파에 앉아 있는데, 여동생이 거실로 나온다.

갔냐, 그 동물?

동물 아니야. 쉬멜이야. She's a male.

여동생은 TV를 켜고 우두커니 아침 뉴스를 본다.

안 잤냐?

밖에서 지랄들을 하는데, 잠이 오냐?

제이가 찬찬히 여동생을 바라본다. 자기와 많이 닮은 것도 같다.

야.

……

야.

아, 왜?

우리 결혼이나 할래? 잘 한번 살아보까?

미친놈.

여동생이 제이를 뻔히 쳐다본다. 눈물이 쏟아질 것처럼 반짝인다.

여자가 힘겹게 현관문을 밀고 집 안으로 들어선다. 남편이 졸린 눈을 비비며 뚜벅뚜벅 거실로 나온다.

너 뭐 하다 이제 오는 거야? 배고파 죽겠는데. 먹을 거 사왔냐?

미, 미안해. 깜박했네.

시발, 그럼 전화라도 하지. 돈이나 내놔봐.

여자는 가방에서 자신의 음부에 꽂혀 있었던 돈을 꺼내준다.

에게, 이게 뭐야. 뭘 하다 온 거야?

미안해. 힘들어서 택시 타고 왔어. 출근길이라 좀 막혀서……

나, 뭐 좀 먹고 올 테니까, 자라. 오늘부턴 정말 두 탕이라도 뛰어야지, 안 되겠다. 밖에 아직도 비 오냐?

남편은 여자가 택시비 하고 남은 돈을 가지고 이른 아침을 먹으러 간다. 여자는 옷도 벗지 않고 침대에 쓰러져 고단한 잠을 청한다.

구두

1

남자는 아내를 죽이기로 결심한다. 남자의 좁고 왜소한 어깨가 부들부들 떨린다. 남자는 멀리서 여관으로 들어가는 아내를 지켜본다. 차 안에서 멍하니 아내가 들어간 여관을 바라본다.

여관 이층의 한 방에 불이 들어온다. 가늘게 찢어진 남자의 눈이 반짝, 점점 커진다. 아내가 식당에 나간다고 한 것이 일 년쯤 전이다. 남자가 아내의 불륜을 알게 된 것은 한 달쯤 전이다. 아니 훨씬 그 이전이다. 몇 달 전, 자고 일어나니 성기 끝부분에 완두콩만한 응어리가 잡혀 있었다. 남자는 대수롭지 않게 생각했다. 며칠 지나자 흔적도 없이 사라졌기 때문이다. 병무청에 다니는 남자는 과로 때문이라고 생각했다.

한 달 전쯤, 이번엔 몸에 발진이 일기 시작했다. 처음엔 손에서 시작해서, 발, 머리, 온몸으로 번져나갔다. 가렵거나 아프거나 하지 않아서 이번에도 대수롭지 않게 생각했다. 그러나 이번에는 병원에 갈 수밖에 없었다. 민원이 들어왔기 때문이었다.

남자는 피부과를 찾았다. 피부병이 아니었다. 남자는 매독 2기 판정을 받았다. 남자는 어찌 된 일인가 어안이 벙벙했다. 매독이라니. 처음에는 미안해서 아내 얼굴을 똑바로 바라보지 못했다. 남자는 술에 취했던 날들을 기억해내려고 애썼다. 자신도 모르는 사이에 감염된 것인지도 모를 일이었다. 아무리 생각해봐도 다른 여자와 성관계를 가진 기억이 나질 않았다. 기억하고 있는 몇 번의 일은 너무 오래 전 일이었다. 감염된 시기도 비교적 정확해서 그때와는 맞지 않았다. 남자는 혼자 끙끙 앓았다. 피부과에서 맞은 주사 한 방으로 발진은 깨끗이 사라졌다. 계속 치료를 받아야 했지만 남자는 그뒤로 병원에 가지 않았다.

아내가 있는 여관방의 불이 꺼진다. 남자는 담배를 꺼내문다. 끊은 지 십 년 된 담배를 다시 피우기 시작한 것은 한 달 전쯤이다. 남자는 핸드폰을 열어 시간을 본다. 치매에 걸려 방문에 끈으로 묶어놓은 노모와 올해 초등학교에 들어간 딸아이가 겹쳐져 떠오른다. 둘이 앉아 아내가 차려놓고 나온 찬밥을 나누어 먹는 모습이 눈에 선하다. 남자는 담배를 차 안에 아무렇게나 비벼끄고 밖으로 나온다.

"이층 왼쪽에서 세번째 방이 몇호요?"

여관 주인은 아무 말 못 하고 남자를 멍하니 바라본다.

"방금 들어간 여자 남편이야."

"……203호요. 여기서 소란 피우지 말아요."

여관 주인은 남자를 아래위로 훑어보더니 흔히 있는 일이라는 듯, 대수롭지 않게 말한다.

"당신이 가만히 있으면, 나도 가만히 있어."

남자는 천천히 계단을 오른다. 여관 주인이 걱정스러운 듯 남자의 뒷모습을 바라본다. 남자는 후들거리는 다리에 힘을 준다. 남자는 203호 문 앞에 선다. 여기까지 오긴 했지만 뭘 어떻게 해야 할지 난감하기만 하다. 몸이 굳어버린 듯 문에 새겨진 '203'을 뚫어져라 쳐다본다. 결심한 듯 노크를 하려고 힘주어 주먹을 쥔다. 마치 문 건너의 풍경이 훤히 보이는 것처럼 문을 노려본다.

남자는 들었던 손을 힘없이 내리고, 가만히 문에 귀를 댄다. 아내가 내지르는 교성이 들린다. 한 번도 들어본 적이 없는 아내의 교성이다. 남자는 문에 새겨진 '203'을 물끄러미 쳐다보다 발걸음을 돌린다. 남자의 마음이 차분히 가라앉는다. 남자는 아내를 죽이기로 다짐한다.

"여자에게 아무 말 마쇼."

남자가 떨리는 목소리로 말하자, 주인은 남자가 불쌍하다는 듯이 고개를 끄덕인다.

여느 날과 다를 것 없는 평범한 하루가 저물고 있다. 모든 것이 어제와 다를 것 없는데, 남자의 마음만 어제와 사뭇 다르다. 남자는 오한이 들어 시동을 켜고 히터를 튼다. 남자는 아내가 있는 여관방을 멍하니 바라본다. 여관방에 꺼졌던 불이 환하게 들어온다.

남자는 전속력으로 차를 몰고 집으로 향한다.

2

여자를 부르는 벨이 울린다. 여자가 아주 천천히 더듬더듬 벽을 짚고 일어선다. 모든 신경은 왼손에 집중된다. 방향을 잃지 않기 위해서 기준을 왼쪽에 맞추고, 벽을 따라 잰걸음을 뗀다. 현관 턱에 발이 걸리자, 쭈그려앉는다. 여자는 신발을 찾아 앞에 가지런히 모은다. 항상 방 안으로 들어올 때마다 가지런히 벗어두어야지 하는 생각이 들곤 하지만 마음처럼 잘 되지 않는다. 슬리퍼는 벗을 때 살살 내두르는 발꼬리에 걸려 제각각 멀리 도망간다. 여자는 바닥에 앉아 슬리퍼를 한 짝씩 발에 끼운다. 손을 뻗어 벽을 짚고 천천히 일어선다. 밖으로 나오자 푹신한 카펫의 감촉이 느껴진다. 쾅. 여자는 움찔한다. 매번 살짝 닫아야지 하고 힘을 조절해보지만 도무지 잘 되지 않는다.

여자는 복도 벽을 따라 걷기 시작한다. 벽을 짚으면서 조심스럽게 발을 뗀다. 다섯 개의 객실을 지나면 아가씨들이 있는 카운터가 나온다. 여자는 걸음을 멈추고 벽을 더듬거리지만 카운터 유리창이 손에 닿지 않는다. 서두른 마음에 보폭이 좁아진 탓이다. 여자는 손으로 휘이 크게 내젓는다.

"언니, 313호."

'환타지아 8번' 지니의 목소리다. 여자는 고개를 끄덕이며 속으로 걸음 수를 센다. 313호는 한 층 올라가서 왼쪽 벽 세번째 객실이다.

"데려다줄까?"

"아니야, 괜찮아."

여자가 '환타지아 안마'에 온 지 삼 일째 되는 날이다. 하루에도 몇 번씩 왕복하는 계단이지만 아직 익숙하지가 않다. 방심했다간 계단을 구르기 십상이다. 여자는 서두르지 않고 조심조심 걸음 수를 센다. 계단을 다 올라가자 어디선가 문을 여는 소리가 난다. 여자는 걸음을 멈추고 가만히 귀를 기울인다. 복도에는 아무 기척이 없다. 여자는 이럴 때가 가장 난감하다. 자신을 주시하고 있는 사람 앞을 지나기가 가장 힘들다. 복도에 옅은 스킨 냄새가 떠돈다. 여자는 걸음을 멈추고 신경을 코에 집중시킨다. 여자는 하얀 이를 드러내며 애써 웃는 척한다. 곁에 사람이 있다는 것을 알고 있다는 표시기도 하지만, 긴장된 마음을 조금이나마 안정시키기 위한 것이기도 하다. 상대는 성큼성큼 멀어져간다. 여자는 앞으로 가지 못하고 보이지 않는 그 사람을 돌아본다. 그가 멈추는 소리는 나지 않는다. 계단을 뛰어내려가는 소리가 들리자 여자는 그제야 긴장을 푼다. 313호를 향해 몸을 돌렸지만 앞으로 갈 수가 없다. 걸음 수를 잊어버렸기 때문이다. 여자는 허겁지겁 계단 쪽으로 발걸음을 옮긴다. 처음부터 다시 세어야 한다.

"어머, 아직도 못 갔어?"

"어, 그게, 가다가 걸음 수를 까먹어가지고……"

"그러게 내가 데려다준다니까……"

"고마워."

지니가 여자 손을 잡고 앞장선다. 익숙하지 않은 걸음의 속도 때문에 여자는 불안해진다. 속도가 빨라지면 여자는 불안해진다. 속도가 빨라지며 달라지는 냄새, 소리 같은 것이 여자는 두렵다.

"지, 지니야, 처, 천천히 가자, 응?"

"천천히 가고 말 것도 없이 다 왔어. 언니, 수고해."

문 앞에 서자 긴장이 된다. 늦게 왔다고 뺨이라도 갈기는 손님을 만나게 될까봐 두렵다.

"늦어서 죄송합니다."

살금살금 걸음을 떼며 인사를 해보지만 아무 소리도 나지 않는다. 방 안 가득 담배 냄새만 난다. 여자는 내심 불안해지기 시작한다. 치맛자락을 꽉 쥔다. 그때, 아주 천천히 담배 빠는 소리가 들린다. 여자는 담배가 타들어가는, 불꽃이 이는 작은 소리를 명확하게 듣는다.

"담배 피우고 계셨으면 계속 피우셔도 됩니다."

여자는 천천히 앉아 희미한 소리가 나는 쪽으로 무릎걸음을 하며 다가간다.

"손님, 벽을 보고 누우세요."

계속 자신을 노려보고 있을지도 모를 상대 때문에 불안해지기 시작한 여자는 일을 서두른다. 담배를 비벼끄는 소리가 난다. 남자는 담배꽁초를 재떨이에 꾹꾹 여러 번 눌러끈다. 남자는 처음엔 바로 누웠다가, 여자가 다가가자 다시 오른쪽으로 벽을 보며 눕는다. 보지 않고도 남자의 동작에서 이는 미세한 바람으로 다 알 수 있다. 여자는 남자 몸을 빨리 만져보고 싶다. 손으로 만져봐야지 나름대로 어떤 사람인지 상상하고 판단할 수 있다.

"담배는 마저 피우셔도 돼요. 그리고, 편안하게 누워서 주무셔도 됩니다."

여자는 더듬더듬 남자의 목덜미로 손을 가져간다. 손끝에 남자의 가는 목뼈가 잡힌다. 남자는 불쌍할 정도로 가늘고 긴 목을 가지고 있다.

3

남자는 깜깜한 암흑의 집 안으로 들어선다. 반지하방은 골목길 가로등 불빛도 창으로 들어오지 않는다. 완전한 어둠이 집 안에 들어서 있다. 남자는 신발도 벗지 않고 우두커니 서서 깜깜한 집 안을 노려본다. 한참을 서 있자, 어렴풋이 부엌 맨바닥에 웅크리고 잠든 딸아이의 모습이 눈에 들어온다. 남자는 아이를 안아 안방 침대에 누인다. 잠든 아이의 머리를 가만히 쓰다듬는다. 아이의 눈가에 마른 눈물 자국이 딱지처럼 앉아 있다.

남자는 불을 켜고 밖에서 걸어잠근 노모의 방문을 연다. 문을 열자마자 역한 구린내가 진동한다. 불 꺼진 창고 같은 방에 노모가 웅크리고 앉아 있다. 남자는 방문에 묶어두었던 끈을 푼다. 노모는 남자를 보자 안아달라고 조른다. 남자는 노모를 목욕탕으로 데리고 가 씻기기 시작한다. 뼈만 앙상히 남은 노모의 몸이 드러난다. 뭉개지고 말라붙은 똥이 앙상한 엉덩이에 덕지덕지 달라붙어 있다. 남자는 정성스럽게 늙은 엄마의 몸을 닦는다. 노모는 횡설수설 아들에게 말을 늘어놓는다. 남자는 무심히 기계적으로 노모를 씻기는 데만 열중한다. 남자는 노모의 몸을 대충 닦고 깨끗한 옷으로 갈아

입힌다. 구린내도 가시고 깨끗한 옷으로 입으니 어머니는 아직도
고운 태가 남아 있다. 늘어진 주름 속에 숨은 노모의 천진한 눈은
멍하니 허공을 응시한다. 남자는 어머니의 눈을 바라본다. 흐릿해져
버린 눈 속에서 어린 시절 자신의 모습을 본다. 남자는 하루 종일
참았던 눈물을 쏟아낸다.

"엄마……"

늙은 어머니가 남자의 머리를 쓰다듬는다. 남자는 울음을 멈추고
일어나 불을 끈다. 어둠 속에서도 어머니의 눈은 밝게 빛난다. 남자
는 어머니의 품에 안겨 다시 울기 시작한다.

"누군디 너무 집에 와서 울고 그런댜."

어둠 속에서 아들을 알아보지 못한 노모는 남자를 품에서 밀어낸
다. 남자는 울음을 멈추고 마음을 가라앉힌다. 노모는 전쟁 때 죽은
오빠 이름을 고함치듯 부른다. 남자는 어둠 속에서 작심한 대로 어
머니를 죽이기 시작한다. 망설임 없이 가늘고 힘없는 목뼈를 와락
움켜쥐고 조르기 시작한다. 남자가 어머니를 죽이는 데는 별로 힘
이 들지 않는다. 늙은 어머니의 힘든 생이 순식간에 마감된다.

남자는 안방으로 들어가서 자고 있는 아이의 목을 조른다. 남자
의 정신은 멀쩡하다. 죄책감은 물론, 다른 어떠한 감정도 들지 않는
다. 두둑. 아이의 가녀린 목뼈가 어긋나는 소리가 방 안을 울린다.
아이는 고통 없이 죽는다. 남자는 어두워서 아무것도 볼 수가 없다.
남자는 천천히 아이의 목에서 손을 뗀다.

남자는 죽은 어머니를 안아다가 아이 옆에 누인다. 둘 다 편안한
모습이다. 곤히 자고 있는 것같이 보인다. 실제로 죽었다는 생각은

들지 않는다. 남자는 방문을 닫고 거실로 나와 쪼그리고 앉는다.

남자는 현관문을 노려보며 아내를 기다린다. 평소대로라면 돌아올 시간이다. 내심 여관 주인이 마음에 걸린다. 남자는 아내가 돌아오지 않을까봐, 죽이지 못할까봐 불안해진다. 남자는 왜 아내를 죽여야만 하는지 자문해본다. 특별한 이유는 떠오르지 않는다. 아내를 지극히 사랑하는 것도 아니고, 배신감이 몸서리치게 만드는 것도 아니다. 남자는 벌써 노모와 아이를 죽였으니, 당연히 아내도 죽여야 한다고 생각한다. 아내를 죽이기 위해 둘을 죽였으니 다른 생각이 나지 않는다.

아내는 평소보다 조금 늦게 집에 들어선다. 남자는 어둠 속에서 시계를 본다. 막 여덟시를 지나고 있다.

"유진아, 엄마 왔다."

아내는 더듬거리며 스위치를 찾는다.

"유진이 자."

"어머, 당신 벌써 왔어? 불 끄고 뭐 하고 있어?"

"그냥 뒤."

아내가 멈칫 남자를 뒤돌아본다. 남자가 천천히 일어선다. 아내는 불을 켠다. 남자가 달려가 불을 다시 끈다.

"왜 그래. 당신 무슨 일 있어?"

남자는 허리춤에 감추었던 칼을 바로 쥐고 망설임 없이 아내의 복부를 난자한다. 한 번, 두 번, 세 번. 남자가 속으로 센 것은 거기까지다. 아내는 비명 한마디 지르지 못하고 방바닥으로 꼬꾸라진다. 남자가 칼질을 멈추고서야 아내는 힘든 외마디 비명을 토해낸다.

아내의 피가 방바닥을 흥건하게 적신다. 어둠 속에서 아내의 피는 시커멓게 보인다. 남자가 씩씩거리던 숨을 가라앉히고 불을 켠다.

아내는 파르르 떨며 입술을 달싹거린다. 죽었을 줄 알았는데, 아내가 살아 있자 남자는 조금 당황한다. 남자는 마음을 가라앉히고 침착하게 아내를 내려다본다. 아내는 자꾸 뭔가 말하려고 입을 달싹거린다. 남자의 칼질은 다시 시작된다. 창자가 배 밖으로 흘러내린다. 아내는 천천히 죽어간다. 눈에는 피눈물이 고여 있다. 남자는 죽어가는 아내를 아무 느낌 없이 내려다보고 서 있다. 아내는 몸 안에 있는 피를 한 방울도 남김없이 쏟아내고 죽는다. 남자는 죽는 것도 사는 것만큼 고단하고 힘들다는 것을 깨닫는다.

남자는 손을 씻고 옷을 갈아입는다. 남자는 안방으로 들어가 죽은 딸과 어머니 얼굴을 번갈아 바라본다. 아이와 어머니를 죽인 게 후회되지 않는다. 손수건을 펴서 아이와 어머니의 얼굴 위에 얹어놓는다.

남자는 아내의 피가 묻지 않도록 조심조심 까치발을 해서 불을 끄고 밖으로 나간다. 밖으로 나온 남자는 죽으러 간다. 딱히 어떻게 죽어야 할지 떠오르지 않는다. 집에서 그냥 간단하게 해결할까 생각도 했지만, 자신이 죽인 가족들 옆에서 죽고 싶지는 않다.

남자는 무작정 강 쪽으로 방향을 잡고 걷는다. 남자는 걸으면서 죽기 전에 하고 싶은 일은 없는지 생각한다. 남자가 멈추어 서더니 발길을 다시 집으로 돌린다. 집으로 들어가 불을 켜고 아내의 가방을 뒤진다. 아내는 입을 반쯤 벌리고, 피눈물 맺힌 눈을 부릅뜨고 있다. 남자는 통장을 찾아서 밖으로 나온다.

남자가 횡단보도에 서서 신호를 기다리는데 '환타지아 안마'가
눈에 들어온다. 남자는 한 번도 안마를 받아본 적이 없다. 남자는
갑자기 목욕으로 그간 살아온 것에 대한 피로를 풀고 싶어진다. 깨
끗이 몸을 닦은 후 죽고 싶어진다. 목욕이 죽기 전에 가장 하고 싶
은 일처럼 느껴진다. 남자는 망설임 없이 '환타지아 안마'로 발걸음
을 돌린다.

4

"사우나는 하셨어요?"
"……"

대답 없는 남자를 향해 여자는 멋쩍게 웃는다. 여자는 남자에게
서 아무런 냄새도 맡을 수 없다. 대개 남자들은 스킨 냄새라도 옅게
풍기곤 하는데, 이 남자는 아무 냄새도 풍기지 않는다.

남자의 목덜미는 뻣뻣하게 굳어 있다. 여자는 모루뼈를 주무르기
시작한다. 가는 목뼈를 부러질까 살살 비비듯이 주무른다. 툭 튀어
나온 모루뼈 밑을 꾹꾹 눌러 지압한다. 남자가 약하게 신음소리를
낸다.

"살살 할까요?"
"……"

목덜미와 모루뼈를 다 주무르자 여자는 남자의 왼손을 잡는다.
남자가 슬그머니 손을 뺀다. 여자가 도망간 손을 더듬어 찾는다.

"아프세요? 살살 할게요. 제가 보기보다 힘이 세거든요."

여자는 팔죽지를 수제비를 떼어내듯이 주무른다. 연한 물살이 손아귀에서 엇갈려 쥐어진다. 연한 살을 가진 사람을 안마하는 것은 힘이 덜 들지만 뭉쳐진 근육이 풀리는 것을 느낄 수가 없어 어느 정도나 주물러야 하는지 난감해진다. 팔죽지에서 팔뚝으로 내려오며 여자는 너무 성의 없게 보이지는 않을까 걱정이 된다. 음성시계를 작동하지 않은 탓이다. 일을 시작하면 눈대중이라는 것이 없어 시간을 예측하기가 힘들다. 여자는 잠깐 남자의 팔을 놓고 허리에 차고 있는 음성시계를 켠다.

"십일월, 이십삼일, 공두시, 십칠분입니다."

남자가 놀랐는지 벌떡 일어나 앉는다. 여자는 이를 내보이며 미소를 짓는다. 스르륵. 남자가 다시 돌아눕는 소리가 난다.

"혹시 피아노 치세요?"

가늘고 긴 손가락을 만지작거리며 여자가 묻는다. 남자가 피식 웃는다. 소리는 나지 않았지만 민트 향의 치약 냄새가 살짝 풍겨온다.

여자는 살을 만지면서 남자가 무엇을 하는 사람일지 상상한다. 몸 구석구석을 만지다보면 직업적인 특성이 신체로 나타난다. 특히 손이 직업과 가장 민감하게 잘 들어맞는데, 대개는 여자의 짐작에서 크게 벗어나지 않는다. 여자는 남자가 궁금해진다. 남자의 몸이 너무 왜소했기 때문이다.

"손톱이 굉장히 크고 둥그네요…… 제 이름은 주혜예요. 안마사하고 어울리는 이름이죠? 히히."

여자는 다른 때와 달리 말이 많아진다. 여간해서는 소리내어 웃지 않는 여자의 어색한 웃음소리가 방 안의 담배 냄새와 뒤섞인다.

"십일월, 이십삼일, 공두시, 이십이분입니다."

음성시계가 작동하자 남자는 다시 일어나 앉는다.

"미안합니다. 오 분마다 작동하게 돼 있어서요. 신경쓰이세요?"

음성시계는 오 분마다 시간을 알려주어 마사지 부위를 바꾸게 한다. 여자는 남자를 왼쪽으로 돌아눕게 한 다음, 옆구리를 짚고 남자의 오른쪽으로 넘어간다. 원피스 치맛자락이 살짝 말려올라가자 여자는 수줍은 듯 옷매무새를 고친다. 치마 끝을 무릎 아래로 끌어내린다. 남자가 무안한 듯 마른기침을 뱉는다. 여자는 목덜미를 마사지하기 시작한다. 왼쪽보다 더 뻣뻣한 근육이 손에 들어온다. 근육은 목에서 오른쪽 어깨까지 심하게 뭉쳐 있다. 오른손을 주로 쓰며 일하는 사람. 여자의 짐작은 많이 좁혀진다. 손바닥으로 밑어깨를 둥글게 문지르지만, 여간해서 근육은 풀리지 않는다.

5

남자는 맹인 안마사를 신기한 듯 쳐다본다. 눈을 저렇게 크게 뜨고 있는데 아무것도 보이지 않는다니, 신기하게만 생각된다. 여자의 얼굴은 예쁘다. 아니 이렇게 예쁘게 생긴 맹인은 본 적이 없다. 화장기가 전혀 없는 얼굴. 짙고 숱 많은 눈썹, 크고 검은 눈, 살짝 들린 입술까지 예쁘지 않은 곳이 없다. 여자는 유난히 검은 눈동자를 가지고 있다. 여자의 눈은 깊고 고요하다. 남자는 여자 눈앞에 자신의 손을 천천히 갖다대본다. 눈동자의 흔들림이 전혀 없다. 남자는 마른침을 소리나지 않게 삼킨다. 남자는 아무 소리도 내지 않으려고 노력한다. 남자는 자기 손을 코에 붙이고 냄새를 맡아본다. 아직도 비릿한 피냄새가 나는 것 같다. 남자는 슬그머니 손을 감춘다.

남자는 여자가 입은 옅은 노란색 원피스를 무심히 쳐다본다. 무릎에 나 있는 아직 아물지 않은 상처에 눈길이 멈춘다. 상처 위로 하얗고 뽀얀 여자의 허벅지를 힐끔거린다. 아무리 앞을 못 본다고 해도, 눈을 크게 뜨고 있으니 시선이 자유롭진 못하다. 남자는 여자가 시키는 대로 자리에 누워 몸을 여자에게 맡긴다. 남자는 누운 상태에서도 여자에게서 시선을 떼지 않는다. 미루어두었던 피곤함이 몰려온다. 여자의 손길이 닿자 남자는 모처럼 나른함에 젖는다.

남자는 이미 알몸이다. 얇은 가운의 앞섶은 풀어헤쳐져 있다. 작고 마른 몸에 붙어 있는 시커먼 성기가 훤히 드러난다. 여자는 여전히 옅은 미소를 머금고 남자를 안마한다. 남자는 여자를 보며 자신의 성기를 만지작거린다. 서서히 남자의 성기가 일어선다. 남자는 안마받는 것엔 관심이 없다. 애써 자신의 의도를 숨기지 않는데, 여자는 전혀 알아차리지 못한다.

남자가 죽기로 결심한 날이다. 아니 죽어야만 하는 날이다. 남자는 시간이 갈수록 욕심이 많아지는 자신에 놀란다. 죽기 전에 목욕을 하고 싶어지고, 목욕을 하고 나니 여자와 자고 싶어진다. 죽기 전에 하고 싶은 일이 늘어나자 남자는 점점 혼란스러워진다.

아내를 난도질해 죽인 게 몇 시간 전이다. '여보, 제발 살려주세요.' 아내는 죽어가며 입만 달싹거렸다. 아내는 말하지 않았지만 남자는 알아들을 수 있었다. 창자가 방바닥으로 흘러나왔다. 남자는 우두커니 죽어가는 아내를 선 채로 바라보았다. 아내는 벌써 죽은 것이나 다름없었는데, 계속 살려달라고 애원했다. 소리를 낼 수 없었지만 간절하게 눈빛으로 말하고 있었다. 아내의 눈은 가족들을 위해 그런 것이라고 말하고 있었다. 아내는 죽어가며 자신의 가방을 곁눈질했다. 남자는 아내의 가슴에, 심장이 있을 거라고 생각되는 곳에 연거푸 칼을 꽂았다. 그래도 아내는 쉽게 죽지 않았다. 아내는 온몸에 있는 피를 모두 쏟아내며 천천히 죽어갔다. 남자는 아내의 숨이 완전히 끊어질 때까지 내려다보았다.

아내가 생각나자 남자의 성기는 금세 죽어버린다.

6

팔죽지, 팔뚝을 마사지하고 난 후, 여자는 남자의 오른손을 잡는다. 여자는 가만히 눈을 감는다. 남자의 몸을 만지면서 자꾸 아버지가 떠올랐다. 여자는 작고 왜소한 남자들의 몸을 만지면 으레 아버지가 생각나곤 한다.

감은 눈 속에서 검은 비닐봉지가 바람에 날고 있다. 금방 땅에 닿을 듯하다. 사뿐히 땅에 안착하려던 찰나, 바람은 다시 불어와 검은 봉지를 날린다. 그렇다고 바람은 봉지가 하늘로 날아갈 만큼 불어주지는 않는다. 비닐봉지는 여자의 눈앞에서만, 그만한 높이에서만 끊임없이 바람을 탄다.

아버지는 오른손 손가락이 두 개밖에 없었다. 아버지는 온전한 왼손을 두고 손가락이 두 개밖에 없는 오른손으로 모든 일을 했다. 오른손으로 붓을 잡고, 삼류극장 간판을 그렸다. 때때로 여자의 머리를 쓰다듬었다. 여자는 아버지의 손이 한 번도 친숙하게 느껴진 적이 없었다. 여자는 아버지의 손이 창피했다. 엄마를 도망가게 만든 손이 창피했다. 아버지와 마주치면 전봇대 뒤로 숨거나, 골목길 끝으로 도망가곤 했다.

"십일월, 이십삼일, 공두시, 이십칠분입니다."

여자가 감았던 눈을 뜬다. 음성시계가 다시 울렸지만 남자는 아무 반응도 없다.

"죄송합니다. 소, 손님, 이젠 엎드리세요."

여자는 엎드린 남자의 엉덩이를 사타구니에 끼고, 무릎을 세워 앉는다. 목부터 다시 마사지하기 시작한다. 여자는 어깨와 어깻죽지를 손아귀의 있는 힘을 다해서 쥐고 놓기를 반복한다. 여자는 일을 서두른다. 척추를 맞추기 시작한다. 양손 엄지로 척추를 사이에 두고 등마루를 지압한다. 누를 때마다 우두둑하고 뼈가 맞춰지는 소리가 난다.

남자의 등은 많이 굽어 있다. 등뿐만 아니라 어깨도 앞쪽으로 굽어 있고, 허리도 온전치 못하다. 죽은 아버지의 몸 같다. 여자는 척추를 맞추고 엉덩이 부분을 주무르기 시작한다. 엉덩이 살이 거의 없어 골반으로 이어지는 다리뼈가 손에 잡힌다. 여자는 야릇한 기분에 사로잡힌다. 남자의 엉성한 마른 몸이 만져지자 측은한 마음이 든다. 여자는 슬며시 엉덩이에서 손을 빼서 허리와 꼬리뼈를 손

116

바닥으로 지압한다.

"십일월, 이십삼일, 공두시, 삼십이분입니다."

여자는 빈약한 남자의 다리를 주무른다. 라이터 켜는 소리가 들린다. 희미한 불꽃의 윤곽이 보이자 여자는 얼굴을 찡그린다. 여자는 남자의 얼굴이 궁금하지만, 어두운 빛의 그림자 그 이상은 보이지 않는다. 어둡고 밝은 것 정도는 볼 수 있다.

담배연기에 섞인 민트 향이 밀려온다. 담배가 타들어가는 소리가 들린다.

남자의 다리는 빈약하다. 다리에도 근육이라고는 전혀 없다. 가는 뼈대와 그것을 둘러싼 최소한의 살점들. 남자의 다리는 뛰고 걷기 위해 있는 것이 아니라 몸의 균형을 맞추기 위한 최소한의 것처럼 느껴진다. 남자는 처음과 마찬가지로 꾹꾹 몇 차례나 눌러서 담배를 비벼끈다. 불씨기 사그리지는 소리가 난다.

여자의 눈앞에 어디선가 비닐봉지가 날아온다. 여자는 그것이 멀리 날아가주었으면 하고 바란다. 여자는 멍하니 바람을 본다.

"십일월, 이십삼일, 공두시, 삼십칠 분입니다."

노크도 없이 지니가 들어온다. 지니의 냄새는 독특하다. 지니는 하룻밤에 많게는 열 명 정도 남자를 받는데, 가슴팍에 묻어 있는 남자들의 침냄새를 가리느라 질샌더라는 향수를 짙게 뿌린다. 지니의 향수 냄새는 어떤 것보다도 좋다. 냄새 자체는 강하지 않고 순한 들꽃 냄새를 풍긴다. 방 안엔 들꽃 냄새가 가득해진다.

"어머, 언니 아직 있었어?"

"아, 아니, 다 했어. 손님 어디 부족한 부분 있으세요?"

"……"

"오빠, 이제는 연애를 할 시간이에요."

"그, 그럼 편히 쉬다 가세요."

"……"

"언니, 데려다줄까?"

"아니 됐어. 손님 기다리시는데, 나, 혼자 갈게."

여자는 일어서서 벽을 짚는다. 여자의 마음이 조급해진다. 가만히 왼손으로 벽을 짚던 평소와는 다르다. 양손을 허공에 세우고, 몸을 벽에 붙인 채 허둥지둥 문이 있는 쪽으로 간다. 서두른 탓에 현관 턱에 발이 걸린다. 넘어지려던 찰나 간신히 중심을 잡는다. 등뒤로 지니와 남자의 시선이 머무는 듯하다. 여자의 마음이 편치 않다.

여자는 쭈그려앉아서 더듬더듬 자신의 신발을 찾는다. 남자의 허름한 구두가 손에 잡힌다. 앞부리의 굵은 주름이 만져진다. 한 번도 닦아 신지 않은 듯한 구두, 먼지와 때가 굳어 가죽의 일부가 되어버린 구두가 만져진다. 여자는 신발 한 짝을 찾아서 앞에 놓는다.

굽 높은 지니의 슬리퍼가 손에 잡힌다. 차갑고 두꺼운 비닐의 감촉이 느껴진다. 지니의 신발은 가지런히 모아져 있다. 여자는 무릎을 꿇고 필사적으로 나머지 한 짝을 찾는다. 현관 구석에 뒤집혀 있는 자신의 슬리퍼를 집는다. 가지런히 신발을 놓고 슬리퍼에 발을 끼운다.

왼손으로 벽을 짚고 천천히 일어서는데, 지니가 옷을 벗는 소리가 들린다. 등뒤 지퍼를 내리자 스르륵하고 방바닥으로 옷이 떨어진다. 여자는 조용히 복도로 나간다.

7

남자는 살짝 말려올라간 여자의 치마 속을 훔쳐본다. 잠잠했던 성욕이 되살아난다. 여자는 자기 속살이 훤히 보이는 것을 알지 못한다. 남자는 여자 몸을 만져보고 싶다. 여자는 안마를 하다 말고 눈을 감는다. 남자는 배를 깔고 엎드린다. 속살을 훔쳐보다 들킨 것 같은 생각이 든다. 남자는 무안해져 마른기침을 뱉는다. 여자가 눈을 뜨더니 남자 엉덩이에 걸터앉아 등을 안마한다. 사타구니의 따뜻한 체온이 남자에게 전해진다.

남자는 아내의 가방에서 들고 나온 통장을 펼쳐든다. 남자 이름으로 된 통장엔 거의 하루도 빠짐없이 돈이 입금되어 있다. 돈의 액수는 일정하다. 남자는 아내가 바람이 난 게 아니라, 돈을 벌고 있었다는 것을 깨닫는다. 그렇다고 자신이 한 짓이 후회되지는 않는다. 남자는 숫자를 센다. 일 년여 동안 아내가 잔 남자 숫자를 센다. 전날에도 이십여 만원이 입금되어 있다. 아내는 돈을 통장에 넣고 오느라 다른 날보다 늦었던 모양이다. 남자는 돈이 입금된 날짜도 꼼꼼히 챙겨 본다. 그날들을 기억해보려 애쓰지만 아무것도 기억나는 것이 없다. 아내와 일 년 동안 어떻게 살았는지 기억해보려 하지만 아무것도 떠오르지 않는다. 이젠 아내 얼굴도 기억나지 않는다.

여자가 안마를 멈춘다. 남자는 고개를 돌려 여자를 쳐다본다. 여자는 먼 허공을 멍하니 쳐다보고 있다. 까만 눈동자는 허공의 무엇인가를 좇아 움직인다. 남자가 헛기침을 하자, 여자는 척추를 맞추기 시작한다.

느닷없이 빨간 원피스 유니폼을 입은 여자가 들어온다.

"오빠, 이제는 연애를 할 시간이에요."

이름표에는 '환타지아 8번 지니'라고 쓰여 있다. 여자가 허둥대며 밖으로 나간다. 어찌나 허둥대는지 여자는 앞으로 넘어질 뻔한다. 여자가 자기 신발을 찾는다. 남자는 자기가 신을 찾아 여자 발 앞에 모아주고 싶다. 남자가 지니에게 눈짓으로 신발을 찾아주라고 말하지만, 지니는 어깨만 으쓱할 뿐 도와주지 않는다. 여자가 신발을 찾아 신고 밖으로 나간다. 여자가 복도로 나가기도 전에 지니는 입고 있던 유니폼을 벗어버린다. 지니는 속옷을 입고 있지 않다. 쾅. 여자가 나가면서 문을 세차게 닫아버린다.

남자는 닫힌 문을 멍하니 쳐다본다. 지니가 다가오더니 남자를 반듯이 누인다. 지니는 남자의 성기를 입으로 빨기 시작한다. 남자는 가만히 눈을 감는다. 남자의 성기는 지니의 노력과는 상관없이 잠잠하다. 아내의 얼굴이 기억나고, 방금 나간 여자의 얼굴이 겹쳐져 떠오른다. 가만히 생각하니 젊었을 적 아내와 많이 닮은 것 같다.

"오빠, 딴생각 하지 말고, 집중 좀 해보세용."

남자는 꼼짝도 않고 반듯이 누워 있다. 여전히 죽은 아내와 여자의 얼굴이 떠오른다. 남자는 지니의 머리를 밀쳐낸다. 지니가 멍하니 남자의 얼굴을 바라본다.

"됐으니, 가봐."

"……빨기 전에 말해야죠."

지니가 남자를 쳐다보더니 주섬주섬 옷을 입는다.

"다른 여자 넣어줘요? 이것 좀 올려주세요."

지니는 자신이 마음에 들지 않아 남자가 퇴짜를 놓은 것이라고 생각하는 모양이다. 지니는 돌아앉아 지퍼 있는 쪽을 남자에게 퉁명스럽게 들이민다. 남자는 쳐다보지도 않고 지니의 지퍼를 올려준다.

"됐다니까, 여자."

"자고 갈 거예요? 잘 거면 다른 방으로 옮겨야 하는데."

"갈게. ……근데, 아까 맹인, 이름이 뭐였지?"

"글쎄, 뭐였더라. 잘 기억이 안 나는데. 자고 갈 거예요?"

"……갈 거야."

지니가 인사도 하지 않고 밖으로 나간다. 남자는 담배를 꺼내문다. 이제 곧 죽을 시간이라고 생각하니 마음이 착잡해진다. 겁이 나거나, 두렵지는 않은데, 맹인 여자가 보고 싶어진다. 그래서 죽기 싫어지려던 참이다. 남자는 담배 연기를 폐 속 깊숙이 빨아들인다. 숨을 참았다 천천히 내뿜는다.

8

여자는 아무 소리도 내지 않고 복도로 나온다. 걸음을 떼자 푹신한 카펫의 감촉이 느껴진다. 쾅. 여자는 움찔한다. 매번 살짝 닫아야지 하고 오른손의 힘을 조절하지만 이번에도 역시 자신도 놀랄 만큼 세게 닫아버린다. 여자는 쭈그려앉아 거꾸로 신었던 신발을 벗어, 자기 앞에 바로 놓는다. 잠깐 동안 그렇게 가만히 신발을 놓고 앉아 있다. 오래 전 앉아보았던 잔디의 감촉이 되살아나는 것 같다. 잔디의 마른 향기는 나지 않지만 카펫의 푹신한 감촉은 꼭 잔디와 같다. 여자는 천천히 일어나 신발을 손에 쥐고 걷기 시작한다. 여자는 걸음 수를 세지도 않고, 터덜터덜 팔을 길게 늘어뜨리며 계단 쪽으로 걸어간다.

"십일월, 이십삼일, 공두시, 사십이분입니다."

여자는 음성시계 파워버튼을 길게 누른다. 그러는 바람에 겨드랑이에 끼고 있던 슬리퍼가 바닥에 떨어진다. 여자는 쭈그려앉아 신발 한 짝을 가슴과 무릎 사이에 끼고, 양손으로 나머지 한 짝을 찾는다. 어느 쪽으로 튄지도 모르는 슬리퍼는 쉽사리 손에 잡히지 않는다. 여자는 무릎을 꿇고 엎드려 슬리퍼를 찾는다.

복도 끝에 아버지가 있다. 아버지는 여자를 노려보고 있다. 여자는 아버지를 못 본 척 눈을 감고 신발을 찾는다. 푹신한 카펫의 감촉은 온데간데없어진다. 여자는 힐끔 아버지가 서 있던 쪽을 쳐다본다. 여자와 아버지가 잠깐 눈을 맞추던 찰나, 아버지는 손가락 두 개로 꽉 움켜진 농약병을 벌컥벌컥 들이켜기 시작한다. 여자는 무릎 사이에 얼굴을 파묻는다. 아버지의 손가락 없는 손이 무섭다.

여자가 집에 돌아왔을 땐 이미 아버지가 죽고 난 후였다. 여자가 제초제를 사러 심부름 갔다 온 사이, 아버지는 그새를 못 참고 숨을 끊어버렸다. 농약을 사고 남은 거스름돈으로 친구들에게 아이스크림을 사주고 있던 사이, 아버지는 죽어버린 것이다.

여자가 돌아왔을 땐 담 위로 살짝 걸쳐져 있던 햇빛이 무릎을 꿇고 죽은 아버지의 엉덩이를 비추고 있었다. 아버지는 무릎을 꿇고, 방구석에 머리를 박고, 기도하는 모습으로, 저무는 해를 받으며 죽어 있었다. 여자가 들고 온 검정 비닐봉지에서 다 녹아버린 아이스크림이 방바닥으로 뚝뚝 떨어졌다. 여자는 문턱에 서서 아이스크림이 떨어질 때마다 발로 쓱 문질러버렸다.

여자는 신발 한 짝을 포기한다. 아버지는 여자가 사왔었던 아이스크림과 농약이 들어 있는 비닐봉지를 들고 서 있다. 푹신한 카펫 위로 아이스크림이 녹아 뚝뚝 떨어진다. 시뻘건 피가 뚝뚝 검은 봉지에서 떨어진다. 여자는 허겁지겁 일어나서 다시 계단 쪽으로 걸음을 옮긴다. 한참을 가도 복도의 끝은 나오지 않고, 계단도 나오지 않는다. 대신 그곳에 아버지가 서 있다. 여자는 신발을 찾느라고 기준인 왼쪽을 잊어버린다. 여자는 뒤돌아 걷기 시작한다. 한쪽 신발을 든 왼손은 축 늘어뜨리고 오른손은 앞을 휘저으며 앞으로 간다. 한참을 갔는데도 복도 끝은 나오지 않는다. 여자는 짧은 복도가 영원히 헤어날 수 없는 미로처럼 느껴진다. 아버지의 검은 방, 찐득거리는 아이스크림이 녹아 있는 검정 비닐봉지 안에 있는 것 같다.

여자는 다시 그날, 그 방 안에 있다. 무릎을 꿇고 죽은 아버지 주위에는 흥건하게 노란 물이 고여 있다. 여자는 그게 아버지의 오줌이 아닐까 방바닥을 짚어본다. 여자는 무서워서 울음을 터뜨린다. 여자는 눈을 비비며 소리내어 운다. 여자의 눈에 뿌연 막 같은 것이 생긴다. 여자는 더욱 열심히 눈을 헤친다. 아버지가 죽은 그날부터, 여자는 점점 눈이 멀기 시작한다.

여자는 뒤돌아서서 잠시 숨을 고른다. 왼손을 뻗어 벽에 붙는다. 벽을 타고 걷기 시작한다.

객실 문이 손에 잡히자 여자는 걸음 수를 세기 시작한다. 속으로 하나, 둘, 셋 하고 세 걸음을 걸었을 때, 갑자기 여자의 얼굴 바로 앞으로 세찬 바람이 스치듯 지나간다. 여자는 너무 놀라 그 자리에 주저앉고 만다.

"어머, 깜짝이야."

"지, 지니니? 아, 아니, 기, 길을 잃었어. 계단이, 지니야, 나오질 않아."

"여기가 무슨 시장바닥이야? 길을 잃다니……"

여자는 진정되지 않는 가슴을 손으로 가만히 쓸어내린다.

"근데 저게 뭐야?"

지니가 신경질적으로 여자의 굽 없는 슬리퍼를 주워다준다. 지니가 풍기는 들꽃 냄새가 복도에 가득 차는 듯하다.

9

남자가 '환타지아 안마'를 나선다. 멍하니 서서 거리를 두리번거린다. 남자는 화단에 걸터앉아 담배를 꺼내문다. 고개를 떨군 채 담배연기를 코로 길게 내뿜는다. 남자는 쉬지 않고 담배를 빤다. 남자는 새 담배를 물고 꽁초가 된 담배로 불을 붙인다. 입에서 담배를 떼지 않고 연신 연기를 들이마신다.

여자가 안마시술소를 나선다. 여자의 다리가 휘청거린다. 밖으로 나오더니 더듬더듬 더듬이 같은 지팡이를 길게 펴든다. 남자는 담배를 피우며 여자를 물끄러미 바라본다. 바라보는 남자의 눈빛이 불안하다. 여자가 허둥지둥 걷기 시작한다. 여자는 입고 있던 노란색 원피스를 벗고, 청바지에 빨간색 코트를 입고 있다. 여자가 휘청거리며 횡단보도 앞에 선다. 남자는 멀찍이 떨어져 여자를 바라본다. 신호가 바뀌고 여자가 뛰듯이 길을 건너기 시작한다. 반쯤 건너갔을 때, 남자도 담배를 끄고 뒤따라 횡단보도를 건넌다. 남자는 여자를 무작정 따라간다.

여자가 큰길가에서 좁은 골목길로 접어든다. 여자는 남자가 따라오는 것을 눈치채지 못한다. 골목길엔 가로등 불빛 하나 없다. 시커먼 골목길 안으로 여자는 사라진다. 남자는 눈을 크게 뜨고 여자를 찾지만, 밝은 큰길가에서 어두운 골목길 안은 잘 보이지 않는다. 남자는 천천히 골목 안으로 들어선다. 여자는 사라지고 없다. 남자는 담배를 꺼내물고 골목 안을 서성인다. 새벽 적막을 깨고 어디선가 개가 짖는다. 골목 안은 난데없이 소란스러워진다. 남자는 난감한 듯 주변 집들을 기웃거린다. 막 불이 켜지는 빌라의 반지하방이 눈에 들어온다. 남자는 망설이지 않고 조용히 계단을 내려간다.

남자는 문에 가만히 귀를 대고, 집 안에서 나는 소리에 귀를 기울인다. 샤워기에서 떨어지는 물소리가 들린다. 남자는 문 손잡이를 소리나지 않게 돌려본다. 텅. 경쾌한 소리를 내며 문이 열린다. 남자는 잽싸게 안으로 들어가서 가만히 문을 닫는다. 샤워기 물소리가 뚝 멈춘다. 남자도 가만히 서서 움직이지 않는다. 한참 동안 남자는 얼어붙은 듯 서 있는다.

끊겼던 물소리가 다시 흘러나오자, 남자는 구두를 벗고 집 안으로 들어선다.

색 바랜 벽지가 눈에 들어온다. 도배한 지 십 년은 되었을 것 같은 벽지. 깔끔하게 정돈된 가구들과 어울리지 않는다. 물소리가 끊기고, 곧 여자가 욕실에서 나온다. 알몸이다. 남자는 마른침을 소리 나지 않게 삼킨다. 여자가 방으로 들어가려다가 우뚝 멈춰 서며 몸을 가린다. 여자 몸에서 물이 뚝뚝 바닥으로 떨어진다.

"누, 누구 있어요?"

남자의 숨소리가 가늘어지고, 등뒤로 식은땀이 흘러내린다. 여자는 손으로 가슴을 가린 채 물을 뚝뚝 흘리며 얼어붙은 듯 서 있다. 뚝. 뚝. 바닥으로 떨어지는 물방울 소리가 남자의 심장을 관통한다. 남자가 긴장하며 여자의 몸을 바라본다. 살결이 너무나 하얘서 남자는 어디 한 곳에 눈을 두지 못한다. 여자가 황급히 방으로 들어간다. 남자도 때를 놓치지 않고 방으로 따라 들어간다. 여자가 비명을 지르려던 찰나, 남자는 여자의 입을 틀어막는다. 씩씩거리는 남자의 숨이 여자의 젖은 머리칼에 스며든다. 여자는 남자 품에서 벗어나려고 발버둥치지만, 그럴수록 여자를 틀어잡은 남자의 손은 우악스러워진다.

"소리내지 않으면, 주, 죽이지 않는다."

남자가 손에서 천천히 힘을 뺀다. 여자가 이빨을 달싹거리며 온몸을 부들부들 떤다.

"다, 다치지 않게 해주세요."

여자가 낡은 벽지를 쳐다보며 손을 모으고 빈다.

"저, 아무것도 가, 가진 게 없어요."

남자는 아무 말 없이 여자를 바라본다. 여자의 까만 눈동자가 여기저기 둘 곳을 찾지 못하고 흔들린다. 남자가 손끝으로 여자의 젖꼭지를 살짝 만져본다. 여자는 움찔 놀라며 가슴을 가리고 돌아앉는다. 여자는 여전히 겁에 질려 온몸을 떤다. 남자가 일어서더니 불을 끈다.

여자의 눈앞에 어디선가 검은 비닐봉지가 바람을 타고 날아온다. 남자가 옷을 벗고 여자를 덮친다. 여자는 아무 반항도 하지 못하고 떨기만 한다. 남자의 거친 손은 여자의 몸 여기저기를 헤집고 다닌다. 검은 비닐봉지가 너울너울 바람을 타며 춤을 춘다.

"무, 무서워요. 부, 불 좀 켜주세요."

거칠게 여자 몸을 탐하던 손을 멈추고, 남자는 여자를 내려다본다.

"제, 모, 몸을 원하는 거면, 가, 가만히 있을게요. 부, 불 좀……"

여자는 이런 일이 처음이 아니다. 상황에 빠르게 순응한다.

남자가 일어나서 불을 켜고 반듯이 누워 있는 여자를 내려다본다. 마르고 좁은 어깨, 작고 봉긋한 가슴, 군살 없는 허리, 숱 적은 음모를 내려다본다. 남자의 성기가 서서히 일어선다.

남자는 여자 안으로 들어간다. 여자가 자신의 입을 손으로 막는다. 남자는 여자의 깊은 눈을 똑바로 바라보지 못한다. 남자는 질 안 깊숙한 곳에 사정한다.

남자는 꼼짝도 않고 죽은 듯이 여자 위에 엎드려 있다. 남자의 몸은 여자의 가녀린 숨을 타고 움직인다.

"소, 손님 맞죠?"

"……"

남자는 한참을 여자 몸 위에 꼼짝하지 않고 엎드려 있다.

졸아든 남자의 성기가 미끄러지듯이 질 안에서 빠져나온다. 남자는 일어나서 밖으로 나간다. 여자는 한참을 그대로 누워 있다. 여자가 옷을 입고 방 안에서 가만히 남자를 기다린다. 시간이 지나도 남자는 방으로 돌아오지 않는다. 여자는 슬그머니 방문을 열고 거실로 나온다.

"저기요, 손님. 가셨어요?"

여자가 작은 목소리로 묻지만, 남자는 대답이 없다. 여자는 집 안 곳곳을 돌아다니며 냄새를 맡는다. 남자가 풍기는 담배 냄새가 여전히 집 안 가득하다.

남자는 벌거벗은 채로 천장에 매달려 있다. 거실 커튼을 묶는 타이백으로 목을 매고 죽어 있다. 부릅뜬 눈은 곧 튀어나올 듯하고, 벌어진 입에서는 혀가 늘어져 있다. 여자 앞으로 쓴 유서와 통장 위로 침이 주욱 흘러 떨어진다. 남자의 작고 왜소한 알몸을 여자는 보지 못한다.

여자는 열려 있는 현관문을 잠근다. 낯선 구두가 돌아서는 여자 발부리에 차인다. 여자는 쭈그려앉아 가지런히 모아져 있는 구두를 만져본다. 앞부리의 굵은 주름이 만져진다. 한 번도 닦아 신지 않은 듯한 구두. 먼지와 때가 굳어 가죽의 일부가 되어버린 구두를 여자는 가슴에 움켜쥔다.

전나무숲에서 바람이 분다

전나무숲에서 오래된 영혼들의 수군거림이 들려왔다.

바람은 전나무 사이를 오가며 가지 위에 앉아 잠깐 쉬기도 하고, 굵은 줄기를 타고 위로 솟구쳐 가만히 내려앉아 있던 눈발을 헤집어놓았다. 밤이 되면 바람의 수군거림이 심해져 산중은 더욱 소란스러웠다. 전나무 가지 위에 앉아 쉬던 영혼들은 밤이 되면 나무에서 내려와 산장 주변을 떠돌았다. 침묵과 고요 속에서 이는 바람 소리는 남자의 마음을 심란하게 했다. 바람 소리는 꼭 젊은 여자의 웃음소리를 닮아 그를 밖으로 불러내려 했다. 그때마다 남자는 난로에 가다귀를 집어넣거나, 근처 절에서 얻어온 양초 더미를 사그라지는 불꽃에 던져넣곤 했다. 무료한 겨울밤이 계속되었다. 산장은 아랫마을에서 두 시간 거리에 있었다. 며칠째 계속되는 폭설로 산을 오르는 등산객도 전혀 없어, 남자는 무료함을 이기기 힘들 지경이었다.

산속에서는 누구든지 침묵해야만 한다. 자신이 침묵하지 않으면 겨울 산중의 소란스러움에 마음을 빼앗겨버린다는 것을 남자는 알고 있었다. 산장 주변을 맴도는 까마귀떼의 울음소리, 얼음 틈새를 부지런히 가르는 계곡의 물소리, 영혼들의 수군거림 같은 것에 마음을 빼앗겨서는 안 되었다. 그것들에 귀를 기울이다보면 마음이 산란해지기 일쑤여서 금방 산에서 뛰쳐나가고 싶어졌다. 남자는 산속의 모든 것들을 모른 체하면서 지냈지만, 어느 것 하나 그냥 지나치지 않았다. 오직 침묵으로 그 모든 소음들을 묵묵히 버티고 있었다. 산속에서는 작은 소리도 큰 소리로 메아리쳐 들린다. 조용하기 때문에 작은 소리들이 더욱더 시끄럽다고 남자는 생각했다.

남자는 침묵이 견디기 힘들어 잠을 청하는 일이 얼마나 멍청한 일인지 잘 알고 있다. 잠을 오래 잘수록 산은 더욱 고통스러운 침묵의 시간을 요구했다. 남자는 자지 않으려고 노력했다. 난로의 불꽃을 보며 마른 장작이 타는 소리를 듣고 있거나, 촛농이 장작에 엉겨붙어 발악하는 소리에 귀를 기울였다. 산속의 밤은 너무 길어서 아주 열심히 잠을 자도 동이 트지 않을 때가 많았다. 남자가 산으로 돌아온 지 일 년이 지나고 있었다.

아침이 되면 남자는 드럼통으로 만든 난로에 불을 지폈다. 장작은 터널을 뚫느라 잘려진 잣나무를 얻어다 썼다. 두 해 겨울을 지낼 수 있을 만큼 많은 나무였다. 남자는 하루 쓸 만큼만 도끼로 팼다. 절대로 그 이상 나무를 하지는 않았다. 다음날 할 일이 없어지기 때문에 천천히 정성스럽게 아침마다 나무를 팼다. 소리없이 눈이 내리는 날에는 장작 패기도 그만두고 쌓이는 눈만 멍하니 바라보았

다. 산속에서는 시간이 과거로 흘렀다. 지난 일들은 점점 더 선명해
졌지만, 앞으로 올 미래에 대해서는 공상조차 떠오르지 않았다. 산
에 사는 사람에게 미래는 없는 시간이었다.

　한밤중에 여자가 소리없이 문을 열고 들어왔다. 바람이 아니었다
면 남자는 우두커니 서 있는 그녀를 알아채지 못했을지도 모른다.
그녀는 나무에서 내려온 오래된 영혼처럼 문 앞에 서 있었다. 눈길
을 오르며 느꼈을 공포와 두려움이 자잘한 얼음 알갱이가 되어 긴
속눈썹에 달라붙어 있었다. 목도리를 눈 밑까지 칭칭 감고 있었다.
내뿜는 숨의 열기가 속눈썹에 붙어 얼어버린 것이었다. 여자의 등
뒤로 어둡고 사나운 바람이 몰아쳤다. 여자는 문을 열어놓은 채 남
자를 뚫어져라 쳐다보았다. 남자가 가만히 일어나 문을 닫았다.
　남자가 스러져가는 불꽃에 마른 장작과 굵은 양초를 던졌다. 마
른 장작이 화염을 이기지 못하고 쩍 갈라지며 타들어가기 시작했
다. 남자가 여자에게 보리차를 건넸다. 여자는 보리차를 받아쥐며
남자의 다른 한 손에서 눈을 떼지 못했다. 분명 손가락이 여섯 개였
다. 어느 손가락이 하나 더 있는 것인지는 명확해 보이지 않았다.
엄지와 검지 사이에 여섯번째 손가락이 있는 것 같았다. 여자는 처
음 보는 손 때문에 남자의 얼굴을 제대로 볼 수 없었다.
　"저기 화장실을 좀……"
　기운이 다 빠진 목소리였다. 남자는 여자의 말을 알아듣지 못했
지만 짐작으로 뒷문을 가리켰다. 여자는 엉거주춤 일어나 그쪽으로
갔다. 여자가 문을 열고 나가자 남자는 화장실에 불을 켰다. 산 능

선에 붙어 있는 외진 건물에 불이 들어왔다. 여자는 화장실 뒤로 펼쳐진 시커먼 전나무숲을 보자 그곳까지 갈 용기가 나지 않았다. 오래된 영혼들이 거대한 나무를 세차게 흔들어댔다. 전나무숲이 여자의 혼을 슬그머니 잡아당겼다. 여자는 그 자리에 힘없이 쓰러졌다. 여자의 얼굴이 눈 속에 파묻혔다. 숲에서 오래된 할머니가 내려와 여자의 주위를 돌며 머리를 쓰다듬었다. '살려주세요, 할머니.' 미지근한 오줌이 여자의 사타구니를 적시기 시작했다.

눈은 멎었지만 바람은 더욱 심해졌다. 바람은 요란하게 온 산의 눈을 헤집어놓았다. 남자는 산이 여자를 받아들이지 않는 것인가 생각했다. 남자가 떨리는 손으로 여자의 바지를 벗겨냈다. 그새 뜨뜻했던 오줌이 여자의 다리를 얼려버렸기 때문이다. 얼어붙은 여자의 바지를 벗기자 핏기 가신 하얀 살이 나타났다. 하얀 살결에 더욱 선명해 보이는 피범벅된 팬티를 보자 남자는 겁이 났다. 피는 익숙하지만 여자의 그것은 남자를 당황하게 했다. 남자는 그것까지 어찌해볼 방법이 없었다. 말로만 들었지 여자의 하혈을 직접 눈으로 본 것은 이번이 처음이었다. 남자는 방의 온도를 높이고 침낭을 덮어주었다.

여자는 꼬박 이틀을 앓았다. 여자가 앓는 동안 남자도 여자 옆에 누워 잠을 잤다. 가끔 여자 팬티 안에 거즈를 대주기도 하고, 이마에 맺힌 땀을 닦아주기도 했다.

희미하게 의식이 돌아온 여자는 심한 갈증을 느꼈다. 하혈이 계속되고 있었지만 몸을 추스를 수 없었다. 여자는 혼미한 정신을 겨우 붙잡고 있었다.

남자를 깨운 건 여자가 아니었다. 날이 밝기 무섭게 마을 청년들이 들이닥쳤다. 청년들은 산장에 들어오자마자 남자의 방문을 열어젖혔다. 모두 '산악구조대'라고 쓰여진 조끼들을 맞춰 입고 있었다. 여자가 놀라서 비명을 질렀으나, 비명은 마른 입술 안에서만 맴돌았다.

"어무야라, 빙신이 육갑한다기래요."

남자는 실눈을 뜨고 몸을 움츠리기만 할 뿐, 일어나 앉지는 않았다. 여자는 휘둥그레졌던 눈을 꼭 감았다.

"어이, 육손이 재주도 좋다니. 길도 끊겼는데, 어데서 갑즉스리 여자를 구했나. 차암, 기괴한 산장이랑 말기래요. 육손이가 오고부터는 있던 사람도 없어지고 없던 사람도 생긴다니."

남자가 몸을 일으켰다. 청년들의 말 때문이 아니었다. 여자의 숨이 점점 가빠지고 있었다. 남자가 일어서자 청년들이 뒤로 물러났다. 남자는 방에서 나와 난로에 불을 지피기 시작했다.

여자가 일어나 앉아서 자신의 팬티를 내려다봤다. 여자가 거망빛 팬티를 들추었다. 생리대 대신 팬티 속에서 하혈을 받아내고 있는 것은 남자의 해진 속옷이었다. 여자는 밖에서 들리는 소리에 귀를 기울이려고 애썼지만 윙윙대는 바람 소리 같은 것만 들렸다.

여자는 산을 올라오던 밤을 떠올렸다. 자신의 발목을 잡던 눈과, 올라오지 못하게 막아서는 눈바람, 그 모든 것 위에 군림해 있던 어둠들, 어둠 속에 숨어서 여자를 주시하며 숨죽이던 오래된 영혼들의 핏발 선 눈들, 모두가 떠올랐다. 남자의 손과 자신에게 달려들던 시커먼 전나무숲이 생각나자 여자의 이마에는 마른땀이 송송 맺히기 시작했다.

"육손씨, 정말 이러기래요? 막무가내로 여서 버티면 어쩐다니?"

남자는 청년의 말을 못 들은 척 난로에 불을 넣기 시작했다. 구조대장이 남자 옆으로 의자를 끌어다 앉았다.

"강선구, 무작정 버팅기면 우린 뭘 먹고 산다나?"

"시, 시발. 사, 산장이 니 거냐? 고향에서 같이 좀 사, 살자는데……"

"고향? 어무이랑 도독같이 들어왔다가, 어무이 죽은게 슬그머니 달군 게 고행이다니?"

"시, 시발. 나한테는 여기가 고, 고향이다."

남자는 자리를 박차고 산장 밖으로 나왔다. 얼음바람이 남자를 향해 몰아쳤다. 구조대장과 동네 청년들이 우르르 몰려나왔다. 오늘은 결판을 낼 작정을 하고 눈길을 헤쳐온 그들이었다. 남자는 도끼를 집어 나무를 패기 시작했다. 하늘을 가른 도끼가 내려쳐질 때마다 단 한 번의 예외도 없이 나무는 두 동강이 났다. 남자는 그들에게 눈길을 주지 않고, 나무가 아니라 땅을 둘로 가르려는 듯 무섭게 도끼를 내려찍었다.

"도끼로 대갈통이라도 뽀갤 작정이나? 영식이도 그리 뽀갠 기나?"

남자가 도끼를 쳐든 채로 구조대장을 노려보았다.

남자는 영식과 산천어와 열목어를 잡으러 귀어연(歸漁淵)으로 갔었다. 영식은 귀어연 한가운데 있었고, 남자도 몇 걸음 얼음 위로 올라온 뒤였다. 쩌억. 둘은 그 자리에 돌처럼 굳어버렸다. 길게 손을 뻗으면 서로 맞잡을 수 있는 거리였다. 영식이 아주 천천히 남자 쪽으로 돌아서고 있었다. 뼈억. 영식은 고개만 남자 쪽으로 돌리고 아직 발은 돌아서지 못한 상태였다. 얼음이 완전하게 얼기 전에 내려앉은 눈이 문제였다. 얼음이 얼마나 단단하게 얼었는지 확인하지 않은 것이 실수였다. 남자와 영식의 눈이 마주쳤다. 영식은 천천히 손을 들어올렸다. 남자는 슬슬 뒤꽁무니를 빼고 있었다. 뒤로 물러 서는 남자를 보고 영식이 새파랗게 질렸다. 쩍. 영식이 순간 다리에 힘을 주었다. 남자 쪽으로 멀리 뛰기 위해서였다. 남자도 얼른 가상 으로 폴짝 뛰었다. 눈 때문에 어디서부터가 땅인지 알 수 없었다. 영식은 얼음 구멍 속으로 빠져버렸다. 영식이 부지런히 구멍에서 발을 빼어 얼음 위로 두 걸음을 딛는 데 성공하였지만, 그로 인해 얼음 구멍은 걷잡을 수 없이 커져버렸다. 영식이 짚거나 딛는 곳 모 두가 갈라졌다. 남자가 겨우 땅으로 올라와 뒤돌아봤을 때, 영식은 가라앉고 없었다. 돌아온 칠성장어가 영식을 잡아먹은 것이었다. 남 자는 운이 좋았다. 폴짝 뛰어서 땅에 닿았다.

남자는 쳐들었던 도끼를 내팽개쳤다.

"시, 시발. 내가 영식이를 주, 죽이기라도 했단 말이여?"

남자는 두 주먹을 꽉 쥐고, 권투 자세를 잡았다.

땡. 4라운드의 종이 울렸다. 남자는 게임에 이길 자신이 있었다. 1라운드에 상대로부터 다운을 빼앗았기 때문이었다. 2, 3라운드에 몇 대 맞기는 했지만 다운을 능가할 점수를 받기는 힘들 것이라고 생각했다. 상대는 이를 악물고 덤벼들었다. 남자도 물러날 수 없었 다. 물러나봐야 코너에 갇히기 십상이었다. 남자는 속으로 '신인왕,

신인왕 강선구' 하고 말해보았다. 속으로만 말했는데도 벌써 전나무숲이 병풍처럼 펼쳐졌다.

"시발. 니들이 두 번씩이나 내, 내쫓으려고 하는데. 시, 시발. 난 여기 죽으러 왔어, 시발놈들아!"

남자가 구조대장을 비롯한 청년들에게 달려들었다. 동네 청년들이 우악스럽게 쥔 남자의 육손을 보고 움찔 뒤로 물러났다. 소란은 남자가 도끼를 들고 날뛰고서야 잠잠해졌다. 동네 청년들이 뿔뿔이 줄행랑을 놓았다. 도끼가 무섭기도 했지만 도끼를 쳐든 남자의 육손이 꼭 일을 낼 것 같았다.

남자는 여자가 잠시 정신이 들었을 때 먹을 것을 챙겨주지 못한 것이 마음 아팠다. 남자는 다려놓았던 자신의 낡은 속옷을 들고 여자가 있는 방으로 들어갔다. 남자가 침낭을 들추고 여자의 검붉은 팬티를 벗겨냈다. 남자는 가운데로 예쁘게 모인 여자의 거웃을 쓸어보았다. 여자가 아랫입술을 힘없이 깨물었다. 남자는 따뜻한 물에 적셔온 수건으로 여자의 사타구니를 정성스럽게 닦아내고, 새 거즈를 대주었다.

남자는 귀어연으로 갔다. 시원하게 떨어지던 폭포는 모두 얼어버려 거대한 얼음 덩어리로 변해 있었다. 남자는 영식과 왔던 날에 졸졸 흐르던 물줄기가 생각났다. 얼음이 두껍게 얼지 않았다는 것을 남자는 알고 있었는지도 모를 일이었다. 남자는 영식이 귀어연 위로 올라서 두어 번 발을 구를 때도 낚싯대만 만지작거렸던 게 생각났다. 남자가 큰 돌덩이를 들어다가 있는 힘껏 던졌다. 돌덩이는 얼음에 퉁겨 미끄러져 굴러갔다. 남자는 발을 내딛고서도 미심쩍어

발을 여러 번 더 굴러보았다. 남자는 한가운데 솟아 있는 바위 옆에 자리를 잡고 얼음 구멍을 파기 시작했다. 얼음 구멍을 내고 오목하게 어항을 만들었을 때는 어둠이 슬그머니 내려앉은 후였다.

오랜만에 달이 떴다. 낚시를 해본 지도 오래되어 그 감각이 아직 남아 있을지 남자는 걱정됐다. 놈들이 바다를 기억해야 할 텐데. 미끼로 준비해온 멸치를 그놈들이 잘 물어줄지 걱정이었다. 아직도 이곳에 칠성장어가 있는지 의문이었다. 영식이 죽기 전에 귀어연에 칠성장어가 돌아왔다고 했으니 그의 말을 믿을 수밖에 없었다.

어둠이 완전해지는 것을 멍하니 보고 있는데 팔뚝만한 열목이가 올라왔다. 귀어연에 사는 물고기들은 대부분이 연어류였다. 열목이의 시뻘건 눈이 달빛을 받고 있었다. 달빛에 비친 열목이는 아름다웠다. 막 뜨기 시작한 붉은 달 같은 주홍빛 눈, 하얀 턱에 잔잔한 털, 날씬한 가을빛 등에 검은 점들, 열목이의 몸엔 계절이 있다. 열목이의 눈을 남자가 손으로 가렸다. 열목이에서 바늘을 빼내고 놈의 배를 잡아보았다. 알이 가득했다. 이놈은 겨울 내내 뱃속에서 알을 키워 봄이 되면 산란하고 생을 마감한다. 열목이를 보면 엄마가 떠올랐다. '엄마' 하고 남자는 참으로 오랜만에 속으로 불러보았다. 면도날 같은 바람이 남자의 볼을 갈랐다.

그믐밤, 동네 아줌마들이 불도 없이 움막으로 올라왔다. 다행히 엄마는 전나무숲으로 도망친 후였다. 남자와 엄마가 산에 오고부터 아랫마을에선 몇 년째 지독한 성병이 돌고 있었다. 누구도 선뜻 전나무숲으로 들어갈 엄두를 내지 못했다. 칠흑 같은 어둠이 전나무숲에서 시작되고 있었다. 전나무숲에는 오래된 영혼들이 살아 그믐

날, 그곳으로 들어오는 자들을 잡아먹었다. 동네 아낙들은 어린 남자를 볼모로 움막에서 남자의 엄마가 돌아오기를 기다렸다.

고기가 제법 올라왔다. 알을 밴 놈들만 골라서 담고, 자잘한 것은 놓아주었다. 고기가 충분히 모아졌음에도 남자는 선뜻 산장으로 내려갈 수 없었다. 칠성장어가 아직 잡히지 않아서였다.

4라운드 중반이 되자 남자의 다리가 풀리기 시작했다. 상대 선수도 체력이 바닥을 보이고 있었다. 버티기만 하면 신인왕 타이틀을 거머쥘 수 있는 좋은 기회였다. '출세해서 고향으로 가는 거야.' 남자가 전나무숲을 향해 말했다. 숲을 떠돌고 있는 엄마를 보고 있었다. 상대의 레프트가 남자의 옆구리에 송곳처럼 꽂힌 건 그때였다. 남자가 옆구리의 통증을 느끼기도 전에 연이어 상대의 라이트 어퍼컷이 남자의 턱에 정확히 명중되었다. 턱이 들리고 고개가 뒤로 넘어갔지만 남자는 쓰러지지 않았다. 몇 발자국 뒤로 물러났을 뿐이었다. 상대 선수가 급히 달려들었다. 남자는 고개를 숙이며 천천히 쭈그려앉았다. 엉덩이를 바닥에 대지 않고 잠깐 그렇게 쉬었다.

남자가 쭈그려앉아 글러브로 바닥을 짚고 심판을 올려다봤을 땐 심판이 다섯을 외치고 있었다. 남자는 상대를 찾았다. 링 구석에 전나무들이 서 있었다. 전나무숲 한가운데 상대 선수는 우뚝 서 있었다. 상대 선수의 키가 전나무만큼 높아 보였다. 심판이 남자의 볼을 가볍게 쳤다. 남자는 일어서며 글러브를 앞으로 모으고 정중히 심판에게 고개를 숙였다. 박스. 심판이 우렁차게 외쳤다. 전나무 한 그루가 자신의 복부를 두드리며 남자에게 다가왔다. 남자는 라이트 훅을 크게 휘둘렀다. 그것은 전나무에 대한 위협이었다. 상대 선수는 바람을 타는 가지처럼 살짝 남자의 주먹을 피했다.

동이 트고 있었다. 까마귀가 먼저 알고 정적을 깼다. 남자는 밤새 구부렸던 다리를 앉은 채로 펴보았다. 뻑뻑한 관절에서 우두둑하고 소리가 났다. 그때, 구멍 속으로 낚싯대가 빨려들어갔다. 남자가 놀라 재빠르게 낚싯대를 움켜쥐었다. 묵직한 놈이 물밑에서 요동치고 있었다. 낚싯줄이 팽팽하게 섰다. 남자를 얼음 구멍 속으로 끌고 들어갈 태세였다. 영식이 물속에서 자신을 끌어당기는 것 같은 생각이 들었다. 낚싯줄이 끊어질까 싶어 막무가내로 끌어당길 수도 없는 노릇이었다. 놈이 지칠 때까지 기다려야 했다. 남자는 낚싯줄을 풀어줬다 당기길 반복했다. 조금 풀어주고 많이 당기기를 반복하자 드디어 칠성장어가 모습을 드러냈다. 팔 길이만한 칠성장어가 얼음 위에서 몸을 필사적으로 꼬았다. 칠성장어의 등은 바다를 닮았다. 이놈도 열목이와 마찬가지로 꼭 한 번 바다에서 알을 낳으러 이곳까지 올라와 봄에 알을 낳고 죽었다. 칠성장어와 씨름을 끝냈을 땐 미명이 밝아 있었다.

남자는 산장으로 돌아와 하루 종일 장어와 열목이를 고았다. 하루 종일 가마솥을 지키면서 하루를 보냈다. 산도 조용했다. 바람도 눈도 잠잠한 하루가 지났다.

남자는 고아낸 장어탕을 여자에게 내밀었다. 국물 위에 뜬 황갈색 기름이 잘 섞이도록 육손으로 휘휘 저었다. 누렇고 텁텁한 국물이 힘겹게 여자의 식도로 내려갔다. 반을 먹이자 여자가 심하게 기침을 했다. 여자의 눈꼬리에 눈물이 말라붙어 있었다.

여자가 자리를 털고 일어났다. 확인할 수 없었지만 하혈도 멈추었을 거라고 남자는 생각했다. 남자는 여자가 입고 왔던 옷을 슬그머니 방 안으로 넣어주고, 죽을 끓이기 시작했다. 쌀을 불리고 주걱으로 눌지 않게 휘휘 저어가며 죽을 끓였다. 남자는 콧노래를 흥얼거렸다. 산에 산에는 진달래 피네. 어떤 노래의 한 부분인지도 모르고, 가사가 맞는지도 몰랐지만 남자는 그 부분만 반복해서 흥얼거렸다. 마음은 벌써 여자와 산장 문턱에 앉아 따뜻한 봄 햇살을 쬐고 있었다.

여자는 가벼워진 몸에 익숙해지려고 애썼다. 살짝 오른 미열이 여자를 기분 좋게 했다. 남자가 멀뚱히 여자를 쳐다보았다. 여자는 남자를 보자 가볍게 고개를 숙였고, 남자는 손사래를 치려다 말았다. 여자가 밖으로 나가 산장 주위를 한 바퀴 돌았다. 바람이 무섭게 몰아치던 그날, 마지막으로 본 전나무숲이 모처럼 정다운 햇살을 받고 있었다. 아침 해가 전나무숲에서 뜨고 있었다. 북쪽으로 흐르는 계곡을 건너 맞은편 산으로, 하루 동안 해는 움직였다. 여자가 꼼짝 않고 전나무숲을 향해 서 있는 것을 남자는 산장 안에서 훔쳐보고 있었다.

남자와 여자는 죽을 사이에 놓고 처음으로 마주 보았다.

"예, 옛날에 우, 울 어무이가 애, 애 떼는 것도 나, 낳는 거하고 또, 똑같다고 했었쇼. 차, 찬바람 쐬지 말고, 며, 며칠은 사, 산장에서 꼼짝 말고……"

남자가 말을 멈추고 육손으로 입을 가렸다. 여자는 살짝 고개를 들어 남자의 얼굴을 보고 다시 고개를 숙였다. 남자의 얼굴과 몸 어디도 친숙하게 느껴지는 곳이 없었다. 반쯤 벌어져 있는 두꺼운 입술, 입가에 고여 있는 끈끈한 침, 그것을 천천히 훔치는 손, 느리게 깜박이는 작은 눈에 짙은 쌍꺼풀, 구부정한 허리. 여자는 자세히 남자를 보자 스멀스멀 벌레가 등을 기어오르는 것 같은 느낌이 들었다.

"잘 먹고, 쉬, 쉬쇼."

남자가 죽을 먹기 시작했다. 여자는 고개를 묻고 조용히 죽을 떠넘겼다. 남자는 여자의 음성이 듣고 싶어 여자의 얼굴을 힐끔거렸지만, 여자는 모른 척 죽을 먹고 방으로 들어갔다. 방문을 살짝 열어보니 여자는 벽 쪽을 보고 누워 있었다. 남자가 소리나지 않게 문을 닫았다. 남자는 거즈로 사용됐던 속옷을 잿물에 담갔다. 다시 삶을 참이었다. 아무리 빨아도 여자가 남긴 누런 얼룩이 지워지지 않았다. 남자는 빨래를 난로 위에 올려놓고 밖으로 나와 나무를 패기 시작했다.

남자가 도끼를 놓고 전나무숲을 바라보았다. 전나무숲에서 짙푸른 바람이 불어왔다. 남자는 밧줄과 톱을 들고 전나무숲으로 갔다. 남자는 숲 한가운데에서 가장 굵은 전나무 아래에 섰다. 그리고 절을 하기 시작했다. 남자는 전나무를 향해 삼배(三拜)했다. 남자가 하늘을 올려다보았다. 울창한 숲은 짙푸른 습기를 땅으로 내려보내고 있었다. 밧줄을 걸고 나무에 올라타서 남자는 제법 굵은 가지 하나를 잘라냈다. 가지 하나지만 웬만한 나무보다 키가 컸다. 밑동 한가운데에 작은 구멍을 내었다. 전나무는 젖이 흘러 전나무였다. 젖을 받을 요량으로 홈을 낸 자리에 호스를 꽂고 작은 물통을 받쳐놓았다. 전나무 껍질을 벗겨 포대에 담고서야 남자는 숲에서 나왔다. 여자는 숲에서 나오는 남자를 훔쳐보고 있었다.

남자는 바늘 같은 잎들이 붙은 잔가지와, 나무껍질, 소주를 가마솥에 붓고 끓이기 시작했다. 정신없이 도끼질을 하고 쪼개진 나무를 아궁이에 집어넣었다. 솥이 곧 펄펄 끓기 시작했다. 약 달이는 일은 다음날 아침이 될 때까지 계속되었다. 센 불에서 약한 불로 열 시간도 넘게 고아냈다. 남자는 지친 기색도 없이 밤새 도끼질을 했다. 여자는 산장 안에서 남자를 훔쳐보고 있었다. 여자가 자리에서 일어난 후로 계속 날씨가 좋은 것이 남자는 불안했다. 며칠째 봄날 같은 날씨였다. 얼어붙었던 산이 녹고 있었다. 남자는 동트기에 허리를 젖히고 하늘을 유심히 바라보았다.

남자는 찌꺼기를 체로 걸러낸 다음, 약한 불로 고(膏)가 될 때까지 졸이기 시작했다. 전나무에서 나온 젖으로 물통은 가득 채워져 있었다. 남자는 물통에 입을 대고 벌컥벌컥 들이마셨다. 시원하고 단맛이 혀에 돌았다. 남자는 식힌 고와 전나무 젖을 들고 산장으로 들어갔다. 여자가 난로에 불을 붙이고 있었다. 흠칫 놀라 여자가 돌아앉았다. 남자는 대접에 전나무 물을 붓고 고를 묽게 개어 여자에게 내밀었다. 여자는 힐끔 쳐다볼 뿐 남자가 건넨 그릇을 받지 않았다.

"그게 뭐예요?"

여자는 남자의 얼굴을 보지 않고 작게 속삭였다. 남자는 여자의 음성이 기분 좋았다. 힘없고, 여린 그녀의 음성이 남자의 마음을 들뜨게 했다.

"이건, 저, 전나무요. 저, 전나무는 여, 여자라서 여자 몸에 딱이요. 이걸 음수(陰樹)라고도 허는데, 울 어무이가 사, 살았을 적에 이, 이렇게 먹는 걸 봤었쇼."

전나무 가지는 햇살 좋은 하늘을 향해 뻗지 않고 땅을 향해 자랐다.

"저 다 나았어요."

남자가 대접을 여자의 코밑까지 들이밀었다. 여자가 고개를 살짝 돌려 냄새를 맡았다. 전나무숲에서 불던 바람이 여자의 코에 살랑거렸다. 여자가 대접을 들고 마시기 시작했다. 남자가 준비한 사탕 하나를 여자에게 내밀었다.

남자는 아침을 짓기 시작했다. 남자는 겨울이 벌써 지나간 것인가 생각했다. 날씨도 마음도 모두 녹아 한겨울에 봄이 뒤섞인 것 같은 착각을 들게 했다. 여자가 부엌으로 들어와 남자를 조용히 밀쳐냈다. 남자는 멋쩍게 여자를 바라보았다. 여자의 쌀 씻는 소리가 봄날 따뜻한 햇살처럼 남자의 귓불에 와 앉았다. 남자는 콧노래를 흥얼거렸다. 산에 산에는 진달래 피네. 어떤 노래의 한 부분인지도 모르고, 가사가 맞는지도 몰랐지만 남자는 그 부분만 반복해서 흥얼거렸다. 남자는 콧노래를 흥얼거리며 여자가 피우다가 만 난로에 불을 놓았다.

남자는 여자가 아침 하는 모습이 궁금해서 밖에 걸어둔 황태를 들고 부엌으로 가서 주뼛거렸다. 단정하게 뒤로 묶은 여자의 머리를 쓰다듬고 싶었다. 남자는 황태국과 황태조림이 올려진 밥상을 받았다. 눈물이 글썽했다. 엄마가 죽고 나서 처음으로 남에게 받아보는 밥상이었다. 여자는 마주 앉지 않고 밖으로 나갔다. 남자는 여자가 창피해서 그러나 싶어 굳이 붙잡지 않고, 감격스러운 아침을 혼자 먹기 시작했다.

여자는 전나무숲으로 갔다. 산에 올라온 다음부터 전나무숲에서 항상 자기를 부르는 것 같은 환청이 들렸다. 대부분 바람 소리나 먹을 것을 찾아 내려온 동물들의 나지막한 울음소리였지만, 그것은 꼭 여자에게만 속삭이는 밀어처럼 여자를 숲으로 끌어들였다. 여자는 숲 한가운데로 들어갔다. 날이 밝은 지도 한참 되었지만, 숲 한가운데는 어두컴컴했다. 전나무숲을 떠도는 오래된 영혼들은 가지 위로 올라가 자리를 잡은 뒤였지만, 여자는 자신을 지켜보는 누군가를 두리번거리며 찾았다. 여자는 오랫동안 한 자리에 서서 주위를 두리번거렸다.

어느새 남자가 여자 옆에 와 있었다. 여자는 굵은 전나무에 등을 기대고 눈을 감고 있었다. 방금 울었던 것 같았다. 감은 눈의 속눈썹에 아직 떨어지지 않은 눈물이 맺혀 있었다. 남자는 괜히 여자를 찾아 숲으로 왔다는 생각을 했다.

"숲냄새가 참 좋아요."

"여가 구신들이 마, 많이 살기로 유명해요오. 나, 낮에도 사람들이 잘 안 들어오는 곳이요."

"곧 내려갈까 해요."

남자는 당황했다. 한 번도 여자가 산을 내려갈 것이란 생각을 하지 못했다.

"아, 아직 모, 몸도 펴, 편치……"

남자가 심하게 말을 더듬었다. 여자는 남자를 똑바로 쳐다보지 않았다. 남자의 얼굴이 눈가에 스쳐도 여자의 시선은 남자에게 고정되지 못했다.

남자는 크게 휘두른 라이트훅 때문에 중심을 잃고 넘어졌다. 박스. 남자는 정신을 차릴 수 없었다. 자꾸 상대 선수를 보는 눈이 흐트러졌다. 상대 선수도 지치기는 마찬가지였다. 이제 그는 자신이 이길 수도 있을 거란 확신이 들었을 것이다. 남자가 홍코너에 몰렸다. 상대 선수의 무차별적인 주먹을 본능으로 견뎌내고 있었다. 남자는 날아오는 펀치를 팔꿈치로 막거나 빗맞은 주먹을 겨드랑이에 끼고 놔주지 않았다. 상대 선수의 마우스피스 사이로 발음이 샜다. 시이발놈. 그도 맘대로 안 되기는 마찬가지였다. 때리고 싶으나 이젠 그에게도 힘이 없었다. 남자가 상대 선수의 양팔을 겨드랑이에 끼우고 클린치 상태로 버텼다. 상대 선수도 남자의 겨드랑이에서 팔을 빼지 않고 있었다. 심판이 둘을 갈라놓았다. 박스. 상대 선수가 팔을 휘저으며 달려들었다. 이제 상대 선수의 주먹도 위력이 없었다. 때리는 사람도 맞는 사람과 똑같이 기운이 빠졌다. 남자에게 다운의 충격이 가시고 있었다. 남자는 다시 클린치로 상대를 껴안았다. 상대 선수가 빠져나가려고 남자를 밀쳐냈다. 남자가 천천히 팔을 빼는 척하다가 있는 힘을 다해 라이트훅을 날렸다. 라이트훅은 상대 선수의 관자놀이에 정확히 명중되었다. 남자의 다음 펀치가 나가기도 전에 상대 선수는 링 위에 꼬꾸라졌다. 그가 쓰러지지 않았더라도 남자는 더 때릴 힘이 없었다. 남자는 휘우뚱 청코너로 가서 숨을 골랐다. 다시 전나무숲이 링 위에 병풍처럼 펼쳐졌다.

군데군데 때 이른 진달래가 피었다. 일주일 전까지만 해도 온통 눈으로 뒤덮였던 산이 드문드문 선홍빛으로 물들고 있었다. 오후엔 마을에서 올라오는 등산로 일부가 허물어졌다. 계속된 봄날씨에 얼었던 길이 갑자기 녹으며 길 폭의 절반 이상이 허물어졌다. 입산 일체가 금지되었다. 찾는 사람도 없었지만 이제 산장은 완전히 마을과 단절되었다.

어색한 저녁식사가 끝났다. 여자는 방으로 들어가고 남자는 난롯가에 앉아 불을 죽였다 살리기를 반복했다. 바람이 물러간 지도 여러 날 되어 남자는 소음 하나도 간절했다. 장작 타는 소리가 남자의 마음을 심란하게 했다. 저녁을 먹으며 여자에게 길이 끊겼으니 복구될 때까지 이곳에 있어달라 간청한 것이 영 마음에 걸렸다. 용기를 내어 말한 것도 반나절을 끙끙 앓은 후였지만, 시큰둥한 여자의 표정이 못내 남자는 아쉽게 생각됐다. 급기야 산을 마치 자기 것인 양 여자에게 줄 테니 그냥 여기에 눌러앉자고 말한 대목에서 여자는 밥그릇을 들고 일어섰는데, 언뜻 본 웃는 듯 마는 듯한 여자의 표정을 남자는 떨칠 수가 없었다. 남자는 밖으로 나와 전나무숲을 바라보았다. 전나무 위로 붉고 음침한 보름달이 떴다. 짙게 달무리가 져 있었다.

엄마는 새벽이 되어도 움막으로 돌아오지 않았다. 남자가 여러 차례 전나무숲으로 들어가려 했지만 동네 아낙들과 그녀들의 아들들은 그를 놓아주지 않았다. 아무도 남자를 따라 숲으로 가려 하지 않았다. 전나무숲에서 소란을 피워 해를 입을까 두려웠기 때문이었다. 기온은 바닥으로 떨어지고 있었다. 움막 안에 모여 있던 사람들은 마을로 내려갈 용기도 숲으로 들어갈 용기도 나지 않았다. 사람들은 남자만을 붙잡고 남자에게 쌍욕을 퍼부으며 남자의 엄마가 추위에 지쳐 돌아오기를 기대하고 있었다.

여자가 남자를 나지막이 불렀다. 이틀째 난로 옆에서 새우잠을 자는 남자가 안쓰러워서였다. 남자는 멋쩍게 윗목에 자리를 잡고 돌아누웠다. 여자도 벽을 보고 돌아누웠다. 서로의 숨소리마저 숨기느라 방 안은 어색한 적막만 흘렀다.

남자가 몸을 일으키며 적막을 깼다.

"저, 저기 수, 술 하, 한잔 안 하겠쇼?"

여자가 일어나 앉았다. 긍정도 부정도 하지 않고 시선을 모로 내리깔았다.

남자는 소주와 참치를 들고 들어왔다. 남자가 맥주컵에 소주를 가득 채워 연거푸 두 잔을 마셨다. 여자는 가까이 다가앉지 않고 남자를 힐끔거렸다. 남자가 참치를 우물우물 씹었다. 두꺼운 입술가에 참치 기름이 번질거렸다. 남자가 술을 반만 따라 맞은편에 놓았다. 여자가 무릎걸음으로 다가와 앉았다. 남자가 만족한 듯 참치를 소리나게 벌쭉거리며 씹었다.

여자는 천천히 잔을 들어 마시기 시작했다. 젖혀지는 머리를 따라 남자의 시선은 움직였고, 하얀 목을 보자 입안 가득 침이 고였다. 가운데로 예쁘게 모여 있던 여자의 거웃이 생각나자 남자는 참치를 입에 넣고 오물거렸다.

"이, 이름이 뭐요?"

"한, 수진이요."

남자는 덧난 자신의 여섯번째 손가락을 만지작거리며 '한수진' 하고 작게 다시 말해보았다. 여자는 남자의 손가락을 보고 있었다. 남자의 여섯번째 손가락. 그것은 여자가 예상했던 것처럼 엄지와 검지 사이에 있던 것이 아니었다. 새끼손가락이 두 개였다. 새끼손가락들이 쌍둥이처럼 나란히 붙어 있었다. 남자가 얼른 다른 손으로 육손을 감싸쥐었다. 여자가 급히 시선을 돌리느라 둘 사이에 다시 어색한 분위기가 흘렀다. 남자는 술을 치우고 여자는 다시 벽을 보고 돌아누웠다. 여자가 미안했던지 등뒤로 이불을 밀어냈다. 남자는 슬쩍 등을 맞대고 누웠다. 따뜻한 여자의 체온이 남자의 등에 와 닿았다. 남자의 심장 뛰는 소리가 조용한 방 안을 울렸다. 잠을 자려고 애썼지만 모든 게 부자연스러웠다. 남자는 천천히 일어나 앉았다. 어두운 방 안에서 여자의 가는 목이 하얗게 빛났다. 남자의 육손이 천천히 여자의 목을 쓰다듬었다. 여자는 힘없이 입술을 깨물었다. 얇고 선이 뚜렷한 여자의 입술을 손가락으로 살짝 훑었다. 여자가 남자의 마지막 손가락을 아프지 않게 물었다. 남자는 여자의 몸을 파고들었다. 작고 동실한 가슴이 나긋나긋 남자의 손안에 들어왔다. 크고 붉던 보름달은 구름에 가려 그 빛이 점점 희미해져갔다.

날이 다시 추워지며 눈이 내리기 시작했다. 녹았던 산이 다시 얼어붙고 있었다. 때 모르고 피었던 진달래 위에 눈이 내려앉았다.
산책을 나간 여자가 돌아오지 않고 있었다. 서둘러 아침을 해놓고 남자는 문가에서 오랫동안 서성였다. 눈이 오는 것을 알았다면 아마 남자는 여자를 붙잡았을 것이다. 찌개가 다 식어도 여자가 돌아오지 않자 남자는 등산로를 따라 마을 쪽으로 내려가기 시작했다. 남자가 입가에 손을 모으고 여자의 이름을 불러보았지만, 고함소리는 바람에 묻혀 남자 주위만 맴돌았다. 길이 끊어진 곳까지 갔는데도 여자의 흔적은 찾을 수 없었다.

남자는 반대로 거슬러올라갔다. 여자가 길을 벗어나 산속으로 들어갈 리 없었다. 종종 울부짖는 짐승의 소리를 여자도 들은 적이 있을 터였다. 남자는 여자가 돌아왔는지 산장 안을 살펴봤다. 차려놓은 밥상만 난롯가에 뎅그러니 놓여 있었다. 남자는 계곡을 따라 허둥지둥 올라가기 시작했다. 지난밤에 칠성장어와 열목이 얘기를 해줬던 것이 마음에 걸렸다. 눈발이 굵어지며 남자의 눈앞을 가로막았다. 눈이 조금씩 쌓이기 시작해서 발이 자꾸 미끄러졌다. 귀어연에 가까워져도 여자의 모습은 보이지 않았다.

귀어연에 다다르자 남자는 주저앉고 말았다. 담(潭)의 한가운데 사람이 떠 있었다. 남자는 힘겹게 발을 물가로 옮겼다. 물 위로 살짝 올라온 등에 눈이 쌓이고 있었다. 얼음이 얼지 않아 귀어연 한가운데로 갈 수 없었다.

카운트를 세는 도중에 경기는 끝나고 판정에 들어갔다. 억울했지만 어쩔 수 없는 일이었다. 남자도 상대 선수도 숨을 제대로 쉴 수 없을 정도로 지쳐 있었다. 다리가 후들거렸다. 주심이 둘을 가운데로 모아 손목을 잡았다. 상대 선수의 팔이 들어올려졌다. 남자는 졌다. 두 번의 다운을 빼앗고도 남자는 판정패했다. 박빙의 승부이긴했지만 남자는 승복할 수 없었다. 남자는 갑자기 상대 선수의 팔을 들고 있는 주심의 얼굴에 라이트훅을 먹였다. 주심은 상대 선수의 팔을 잡고 뒤로 꼬꾸라졌고, 바로 상대 선수가 달려들었다. 순식간에 링은 난장판이 되었다. 남자는 사람들에게 둘러싸여 뭇매를 맞고서야 링에서 질질 끌려내려왔다.

가슴이 먹먹했다. 남자는 난로에 불을 피우고 소주를 나발 불기 시작했다. 남자는 쉬지 않고 찬 소주를 들이부었다. 술이 취할수록 가냘픈 여자의 몸이 선명하게 떠올랐다. 전나무숲은 얌전히 눈을 맞고 있었다.

남자가 잠에서 깬 건 어스름한 무렵이다. 그때까지도 눈은 쉬지 않고 내려 쌓인 눈이 발목을 잡았다. 전나무숲도 다시 살아났다. 그간 잠잠했던 자신의 존재를 남자에게 호소하려는 듯 무섭게 산장을 뒤흔들었다. 남자는 뒷문으로 나가 전나무숲 앞에 섰다. 전나무는 허리가 꺾일 듯이 앞뒤로 흔들렸다. 남자를 향해 춤을 추는 것 같기도 하고, 남자를 부르는 것 같기도 했다. 남자는 전나무숲에서 몰아치는 바람을 맞으며 숲을 향해 소리없이 흐느껴 울었다.

엄마는 날이 훤히 새도 움막으로 돌아오지 않았다. 바람이 잠잠해지자 사람들은 마을로 하나둘 내려가기 시작했다. 남자는 엄마를 찾아 전나무숲으로 들어갔다. 남자의 엄마는 얼어 죽어 있었다. 야생 동물을 잡기 위해 남자가 쳐놓은 덫에 한쪽 발이 걸려 있는 상태였다. 전나무숲에 쳐놓은 덫이 엄마의 발목뼈를 꽉 움켜쥐고 있었다.

달이 뜨지 않은 밤이 왔다. 바람은 기세 좋게 산을 흔들었다. 하얀 옷을 입은 영혼들이 남자 주위를 돌며 너울너울 춤을 췄다. 절룩이는 여인도 있고, 머리를 가지런히 쪽 찌고 어깨춤을 추는 할머니도 있었다. 오래된 영혼들은 나무에서 내려와 남자를 위한 굿판을 벌이고 있었다. 남자가 도끼를 들고 한가운데에서 덩실덩실 춤을 추었다.

사람들이 산장으로 들이닥친 것은 깜깜해지고도 한참 뒤였다. 남

152

자는 도끼를 들고 미친 듯이 전나무를 베고 있었다. 전나무숲에 사는 오래된 영혼들이 나무에서 내려와 남자를 부추겼다. 수많은 혼들이 남자의 몸을 드나들었다. 갑자기 어두웠던 사위가 환하게 밝아졌다. 산장의 화장실에 불을 켜고 사람들이 남자를 찾았다. 환하게 들어온 불빛에 남자는 도끼질을 멈추고 산장을 내려다봤다. 눈밭에 난 남자의 발자국을 발견하고 사람들은 전나무숲을 향해 섰다. 경찰 옆에 여자가 서 있었다. 전나무숲을 똑바로 보지 못하고, 비스듬히 서서 바람을 피하고 있었다. 남자는 끊임없이 젖이 흐르던, 조그맣게 부풀어오른 여자의 젖가슴이 떠올랐다.

바람 소리에 묻혀 말소리가 더듬더듬 들려왔다.

"가앙서언구우, 자아수……사알인…… 이 여자를 가앙가안, 혀염……"

전나무숲에서 오래된 영혼들의 수군거림이 들려왔다. 전나무숲에는 오래된 영혼들이 살아 달이 뜨지 않는 밤에 숲으로 들어온 이를 잡아먹었다.

배(船)의 무덤

파나마 국적 삼만오천 톤급 희망 21호. 남자가 그렇게 큰 배를 본 것은 막 스물이 되었을 때였습니다. 외항선을 타는 것이 남자에게는 어렸을 적 꿈이자 희망이었습니다. 거대한 대양 한가운데서 참치나 고래를 잡는 것이 대장부가 할 일이라고 생각했습니다. 망망한 암흑 속에서 참치나 고래같이 큰 물고기와 씨름하는 것, 그것만큼 멋진 일은 없을 거라고 생각했습니다.

남자는 진주를 거쳐 부산으로 갔습니다. 가까운 서해바다에는 원양어선이 없었기 때문입니다. 물이 얕고 작은 고기들이 많아서 먼 바다까지 나갈 이유가 없어서이기도 했습니다. 하제 앞바다에는 모래나 자갈을 퍼나르는 바지선이 가장 큰 배였습니다. 부산은 남자가 생각한 것 이상이었습니다. 그렇게 큰 바다도 일찍이 본 적이 없었습니다. 남자는 부산에 간 지 한 달 만에 큰 바다로 나갔습니다. 희망 21호는 출항을 준비하는 데만도 한 달이나 걸리는 큰 배였습니다. 남자는 정박해 있는 배에서 한 번도 내리지 않았습니다.

남자를 제일 먼저 맞은 건 암흑의 바다였습니다. 갑판에서 보는 노을은 아름다워 보였으나, 해가 지자마자 무서워서 견딜 수가 없었습니다. 때론 잔잔한 파도 소리도 들리지 않았습니다. 고요함. 남자는 그것이 무서웠습니다. 엔진이 내는 굉음은 바다의 고요함을 깨기에는 역부족이었습니다. 거대한 배는 앞으로 나가는 것인지 바다 위에 가만히 떠 있는 것인지, 분간이 되지 않았습니다. 남자는 매일 밤 깜깜한 바다에 대고 목놓아 울었습니다. 선원들은 남자를 위로하지 않았습니다. 오히려 몰려들어 매질을 했습니다. 남자의 울음소리가 고기를 쫓고 비와 바람을 부른다고 믿었기 때문입니다. 누군가 먼저 남자를 때리기 시작하면 선원 모두가 달려들어 같이 때렸습니다. 매질을 하지 않으면 자기 자신도 같이 맞아야 했기 때문에 모두들 남자를 두들겨패는 일에 열심이었습니다. 몰매맞는 일은 남자뿐만이 아니라 적절하게 돌아가며 모두에게 한 번씩은 있는 일이었습니다. 다만 남자가 그 맨 처음이었을 뿐입니다.

남자는 배가 출항하고 사십 일이 지나는 동안 아무 일도 하지 않았습니다. 선원들은 가끔 무료함을 달래기 위해 누군가를 두들겨팼습니다. 고기를 잡으러 가는 시간. 선원들은 지루한 시간을 버티기 위해 뭐든지 해야만 했습니다. 문신을 새로 새겨넣는 선원도 있었고, 충분히 날카로운 칼을 더욱 날카롭게 가는 선원도 있었습니다.

남자는 하루에 두 번씩 아침저녁으로 자위를 했습니다. 성욕을 다스리기 위해서라기보다, 그것은 하나의 습관이고 일과였습니다. 조용히 수음할 시간을 기다리며 남자는 잠을 청하곤 했습니다.

남자는 자기가 탄 배가 참치잡이배가 아니라는 것을 한참 후에나 알게 되었습니다. 아무도 그에게 말을 거는 이가 없었기 때문입니다. 왜소한 체구가 뱃일과는 어울리지 않았기 때문에 남자는 따돌림을 받았습니다. 남자는 꿈꾸었던 낭만적인 고기와의 씨름은 없을 거란 것도 알게 되었습니다. 중간에 배에서 내릴 수 있는 유일한 방법은 사고를 치는 것뿐이었습니다. 살인이나 하극상이 일어나면 어디선가 헬기가 날아와 그들을 데려갔습니다. 육지에서 일으킨 것보다 형량이 무거웠기 때문에 사고를 저지르는 선원은 드물었습니다. 선원들이 배에서 내리려면 창고 가득 삼만오천 톤의 명태를 잡아야만 했습니다. 선원들은 그만큼의 명태를 잡기 위해서 얼마의 시간이 필요한지 알 수 없었습니다. 넓은 대양 어디에 그물을 던져야 명태가 잡힐지는 아무도 알지 못했습니다.

희망 21호가 첫 그물을 던진 곳은 북알래스카 근처였습니다. 예인선 두 척이 옆에 붙어다녔는데, 그 배들이 바다 위에 큰 원을 그리며 그물을 던졌습니다. 원체 넓은 곳에 그물을 쳤기 때문에 그물을 던지는 데만도 반나절이 걸렸습니다. 그물을 던지고 끌어올리는 일은 기계가 했으므로, 선원들은 올려진 고기를 상자에 담는 일을 했습니다.

하루에 두 번씩 그물을 던졌지만, 작은 물고기 한 마리도 올라오지 않는 날이 계속됐습니다. 선원들은 명태가 올라오기만 밤낮을 뜬눈으로 기다렸습니다. 바다 위에서 일을 하지 않고 뭔가 기다리는 일은 고통스러운 일이었습니다.

빈 바다. 바다 위에도 바닷속에도 아무것도 없었습니다. 남자는 이렇게 넓은 바다에 아무것도 없다는 것이 이해가 되지 않았습니다. 괜히 외롭고 쓸쓸해졌습니다. 빈 바다 위에 남자가 있었습니다. 간혹 멀리서 배가 보이기도 했지만 서로를 알아보면 가까이 다가오지 않고 서둘러 뱃머리를 돌렸습니다. 던져놓은 그물이 서로 엉키지 않게 하기 위해서였습니다. 선원들은 동그란 선창에 들러붙어 배가 서서히 사라져가는 모습을 오래도록 바라보았습니다.

몇 주가 지나자 명태떼를 만나는 일도 가끔 있었습니다. 선원들 사이에서는 석 달이면 바닥 창고에 명태가 가득 찰 것이란 소문이 돌았습니다. 캐나다의 어느 항구에 곧 정박하게 될 것이라는 소문도 있었습니다. 그러나 그것은 삼만오천 톤의 명태가 얼마나 되는지 알지 못하고 하는 얘기들이었습니다. 명태가 올라오던 것도 며칠, 희망 21호는 다시 빈 바다를 떠다녔습니다.

어느 날, 잡히라는 명태는 잡히지 않고, 바다사자 한 마리가 그물에 딸려 올라왔습니다. 남자는 배를 타고 처음으로 고기다운 고기를 잡았습니다. 남자를 비롯한 선원들은 갑판 위에 던져진 바다사자 주위로 빙 둘러섰습니다.

남자가 쪼그려앉아서 캄캄한 바다 저편을 노려봅니다. 새벽 바다는 고요합니다. 바람 소리도 들리지 않습니다.

젖꽃판 같은 태양이 떠오릅니다. 바다가 천천히 모습을 드러냅니다. 잔잔히 물결치는 파도와 수면 위를 낮게 가르는 갈매기. 남자의 쌍꺼풀진 눈이 반짝 그것을 좇아갑니다. 남자가 쪼그려앉은 채로 주머니를 뒤져 담배를 찾습니다. 남자는 천천히 담배연기를 들이마셨다가 숨을 참습니다. 서서히 남자의 코에서 연기가 뿜어져나오고, 눈물은 볼을 타고 흘러내립니다. 남자가 주위를 두리번거리며 소매로 눈물을 재빠르게 훔쳐냅니다.

사위가 금세 밝아집니다. 남자는 조용히 흐느낍니다. 소리내지 않고 조용히 어깨를 들썩입니다. 남자는 어금니를 앙다물며 울음을 참아보려 하지만, 좁고 굽은 어깨가 여전히 들썩거립니다.

어둠이 서서히 걷히기 시작하자, 순식간에 안개가 밀려옵니다. 안개는 밤새 금강을 타고 내려와, 이른 새벽 바다와 만나는 곳, 하제포구에 자리잡습니다. 키 작은 남자가 안개 속으로 사라집니다. 곧 작은 바다도, 하제포구도, 몇몇 남은 마을의 집들도 안개 속으로 사라집니다.

남자의 키는 백오십 센티가 간신히 넘습니다. 작은 키와 좁은 어깨가 남자의 나이를 가늠할 수 없게 만듭니다. 남자는 자욱하게 내려앉은 안개 속을 걷고 있습니다. 선창에 늘어선 집들이 하나둘 얼굴을 디밀었다가 뒤편으로 사라집니다. 남자는 '은실네' 앞에 서서 문틈으로 안을 들여다봅니다.

너, 백영철……

한 사내가 술을 마시다 남자를 보자 벌떡 일어섭니다. 넘어진 의자를 은실네가 얼른 달려와 일으켜놓습니다. 사내는 가슴까지 올라오는 노란색 긴 장화를 신고 있습니다.

병순이 형, 오래만이유. 어이, 여기 소주 한 병 주슈.

남자는 태연스럽게 자리에 앉으며 소주를 시키고, 사내를 돌아보며 엷은 웃음을 짓습니다. 바다를 바라보며 눈물 흘리던 남자는 사라지고 없습니다.

니가 여기가 어디라고, ……경찰, 경찰 불러.

나중에 합시다. 술 좀 마시고……

은실네가 따뜻한 홍합국물과 소주를 내옵니다. 남자는 소주를 맥주컵에 가득 부어 마십니다. 그냥 소주를 마셨을 뿐인데, 사내는 겁먹은 듯 뒤로 물러섭니다.

한 병 더 주슈.

남자는 술잔을 내려놓고 홍합을 까먹기 시작합니다. 사내가 슬금슬금 가게 밖으로 나갑니다. 남자는 홍합 까먹는 데만 정신이 팔려 있습니다. 테이블 위에 홍합 껍데기가 수북이 쌓입니다. 남자는 또 소주 한 병을 맥주컵에 가득 부어 마십니다. 그리고 다시 소주를 주문합니다.

꺼, 꺼어억.

남자가 억지로 트림을 합니다. 가져온 소주를 가방에 넣으며 밖으로 나갑니다.

……저기, 돈은……

남자가 문을 열고 나가다가 은실네를 돌아봅니다. 은실네는 남자와 눈이 마주치자, 슬그머니 고개를 돌리며 테이블을 정리합니다.

남자는 하제포구를 빠져나와 강둑을 따라 천천히 걷습니다. 금영천이 금강으로 접어드는 길목입니다. 금영천은 육지의 시장과 연결되는 곳이었습니다. 하제포구에서 고기를 옮겨 실은 작은 배가 금영천을 따라 올라갔습니다. 배가 섰던 포구는 공원으로 바뀌었습니다. 남자는 자신이 술에 취해 엉뚱한 길로 들어선 것 같아 주위를 둘러봅니다. 야트막한 옥녀봉 꼭대기 점집 깃발이 술 취한 남자의 눈에 들어옵니다. 금영천을 가로지르는 다리 위의 불빛을 남자는 오래도록 바라봅니다.

남자가 걸음을 돌려 갈대밭으로 들어갑니다. 쏴아. 갈대밭에 사는 바람이 남자를 맞습니다. 남자는 갈대밭에 자리를 잡고 술을 마시기 시작합니다. 바람이 남자 주위로 모여듭니다. 남자는 눈을 감고 가만히 바람을 봅니다. 아주 오래 전 잊혀졌던 기억들이 보입니다. 남자가 또 울기 시작합니다. 짙은 안개는 갈대밭에도 내려앉고, 남자는 아주 작게 웅크리고 울면서 잠이 듭니다. 봄빛이 스며들기 시작한지도 모르고 남자는 술에 취해 밀린 잠 속으로 빠져듭니다.

남자는 하루 종일 갈대밭에서 나오지 않았습니다. 갈대밭을 오가는 바람 소리를 들으며 남자는 꼼짝도 하지 않고 누워 있었습니다. 날이 어둑어둑해지자 남자가 자리를 털고 일어섭니다.

완전한 어둠이 강변을 채워갑니다. 남자는 강변에 사람이 살지 않는 것을 알게 됩니다. 이제 옥녀봉의 늙은 무당만이 낡은 강변을 지키고 있습니다. 강가에 줄지어 서 있던 집들도 헐리고 집터만 남아 있습니다. 휑뎅그렁하니 남아 있는 몇 채의 빈집들이 강을 지키고 있습니다. 남자는 오래 전 알래스카의 빈 바다에 다시 온 것 같은 생각이 듭니다. 시커먼 빈집들의 그림자가 남자를 맞습니다.

남자가 비틀거리던 걸음을 멈춥니다. 부서진 대문 안으로 철쭉이 피어 있는 집 앞에서였습니다. 마당에 들어서자 진분홍 철쭉이 군락을 이루고 있습니다. 빈집 마루에도 어린 철쭉이 들어앉아 있습니다. 남자는 마른 입맛을 다시며 알아들을 수 없는 말을 중얼거립니다. 남자가 들고 있던 소주를 마루에 자리잡은 철쭉에 붓습니다. 남자는 한동안 멍하니 그것을 바라보고 섰습니다. 마른입을 달싹거립니다. 남자는 천천히 발걸음을 돌려 빈집에서 나옵니다.

달이 뜨기 시작합니다. 막 뜨기 시작한 달은 음산한 핏빛입니다. 남자는 집을 향해 걷기 시작합니다. 군데군데 기억 속에서 잊혀진 사람들의 집터가 보입니다. 그때마다 남자는 걸음을 멈추고 기억을 더듬어 오래 전 친구의 이름을 부릅니다. 마당에 핀 철쭉이 마치 아주 오래 전 동무인 듯 작게 불러봅니다. 빈집의 그림자는 대답이 없습니다. 폭격이라도 맞은 것같이 성한 채로 남아 있는 집은 거의 없습니다. 겨울 내내 잔뜩 움츠리고 있었던 풀이며 나무 들이 빈집 곳곳을 메우고 있습니다. 남자는 주위를 둘러보지만 불빛 하나 보이지 않습니다. 반겨줄 사람을 기대한 것은 아니지만, 쓸쓸했던 마음이 발밑으로 떨어집니다.

시이발놈들. 아무도 없냐?

남자는 이제 반쯤 허물어진 빈집이 나타날 때마다 욕을 하기 시작합니다. 빈집에 대고, 집 안에 핀 철쭉에게 욕을 퍼붓습니다. 돌을 집어 빈집 안으로 던집니다. 남자가 내뱉는 욕설이 말없이 흐르던 강을 깨웁니다. 돌을 맞은 진분홍 철쭉 꽃잎이 후드득 떨어집니다.

난 처음부터 니가 싫었다고. 그 색깔도 싫다고, 이 시이발년아.

취기가 오른 남자는 똑바로 걷질 못합니다. 벌어진 입으로 침이 주욱 흐릅니다. 남자는 저 멀리 희미한 불빛이 나타나자 걸음을 멈추고 땅바닥에 주저앉습니다. 빈집들이 늘어서 있던 길이 끝나고 작은 길이 나타납니다. 금영천의 폭도 작아집니다.

넓은 논이 끝나는 곳에 작은 동산이 있고, 그 아래 남자의 집이 있습니다. 동산 아래 작은 마을은 없어졌습니다. 시커먼 빈집들의 그림자가 그곳에도 우두커니 서 있습니다. 오로지 동네 맨 꼭대기에 있는 남자의 집에서만 불빛이 새어나옵니다. 남자는 땅바닥에 주저앉아 담배를 피웁니다. 엉덩이에 풀물이 스며듭니다. 남자는 선뜻 발이 떨어지지 않습니다. 지난 이십여 년간 편지 한 통 없었던 그였습니다.

남자는 무릎에 고개를 묻고 가만히 있습니다. 또 눈물이 나려고 하는 것을 억지로 참고 있습니다. 세월은 사람의 성격도 바꾸는 것이 분명합니다. 고향을 떠나기 전까지만 해도 한 번도 울어본 적 없던 그였습니다. 작고 왜소한 체격 때문에 남자는 언제나 필요 이상 강한 척해야 했기 때문입니다. 남자는 천천히 일어나서 터벅터벅 집을 향해 걷기 시작합니다. 따뜻한 강바람이 자꾸만 불어와 남자의 발목을 잡고 늘어집니다.

바다사자를 잡는 것은 국제법으로 금지되어 있었습니다. 선장은 울부짖는 바다사자를 놓아주라고 명령했지만, 선원들은 바다사자가 어서 죽기를 기다렸습니다. 삼 미터가 넘는 바다사자를 누구 하나가 나서서 어떻게 하기란 불가능한 일이었습니다. 언제나 그렇듯이 선원 모두가 바다사자를 잡는 일에 공모해야 했습니다. 부산 출신의 선원 하나가 한 뼘도 안 되는 짧은 칼을 들고 나섰습니다. 짧은 칼은 얼마나 갈았던지 날이 보이지도 않을 정도였습니다. 나머지 선원들은 주둥이와 꼬리에 얽어맨 올가미를 꽉 붙잡고, 부산 출신은 오래 전 고래를 회치던 실력을 선보였습니다. 살짝 다가가 정확하게 바다사자의 목을 땄습니다. 선원들 중 아무도 칼이 바다사자의 목에 들어가는 것을 보지 못했습니다. 손이 부드럽게 바다사자의 목덜미를 살짝 만지는 것처럼 보일 뿐이었습니다. 바다사자도 자기 목이 베인 줄도 모르고 잠잠했습니다. 곧 바다사자의 목에서 피가 분수처럼 뿜어져나왔습니다. 선원들은 밧줄을 있는 힘을 다해 움켜쥐었습니다. 바다사자가 몸을 비틀 때마다 목에 난 작은 홈에서 피가 콸콸 쏟아져나왔습니다. 바다사자는 서서히 죽어갔습니다. 성질 급한 선원들이 아직 살아 있는 바다사자의 가죽을 벗기기 시작했습니다. 보다 못한 남자가 도끼로 머리를 내리쳐 숨통을 완전히 끊어버렸습니다. 머리가 몸에서 떨어지자 선원들이 달려들어 바다사자의 송곳니를 뽑기 시작했습니다. 송곳니를 뽑는 일은 쉽지 않았습니다. 해머로 머리를 으깨고서야 송곳니 두 개를 얻을 수 있었습니다. 벌그죽죽한 뇌수가 이리저리 선원들에게 튀었습니다. 머리는 없고, 가죽은 벗겨지고, 벌건 속살만 남은 바다사자는 바다에 버려졌습니다. 구워서 먹어보자는 선원도 있었지만, 뇌수를 뒤집어쓴 남자가 계속 구토를 하고 있었으므로, 남자를 위해 선원들은 참기로 했습니다. 처음 있는 배려였습니다.

갑판은 바다사자가 흘린 피로 흥건해져 선원들이 걸을 때마다 철벅거렸습니다.

남자는 까치발을 하고 오래된 집 담에 붙어섰습니다. 선뜻 문을 열고 들어가지 못하고 집 안을 기웃거립니다. 불은 켜져 있지만 인

기척이 나지 않습니다. 다른 사람이 살고 있을지도 모른다는 생각에 남자는 불안해집니다. 가만히 낡은 함석문을 밀어보지만 잠겨 있습니다. 남자는 결심한 듯 문 앞에 섭니다. 주먹을 쥐고 망설이다가 문을 두드립니다. 빈 동네에 이것도 소란이라면 소란이라 빈집의 그림자들이 수군거립니다. 남자의 가슴이 요동치고 안에서 사람이 나옵니다.

밤중에 누구댜?

……나요, 영철이.

지나간 세월이 무색하리만치 평범한 대답입니다. 아침에 나갔던 남자가 저녁이 되어서 돌아온 것 같습니다. 남자가 까치발을 해서 문 위로 집 안을 들여다봅니다. 늙은 어머니가 미동도 하지 않습니다.

누구여? 밤중에?

어머니는 겁먹은 듯 몸을 움츠립니다.

나랑게, 영철이. 문 열어.

남자가 담에 붙어 발을 세웁니다. 겨우 담 위로 얼굴이 살짝 솟았다가 사라집니다. 어머니는 오랜만에 보는 아들의 얼굴을 단번에 알아봅니다.

……어이고, 이게 뭔 일이댜.

남자의 늙은 어머니가 맨발로 뛰어나와 녹슨 함석문을 열어젖힙니다. 목이 메어 말을 못 하고 신기한 듯 남자의 얼굴만 바라봅니다.

남자의 어머니는 중늙은이가 되어 있습니다. 어머니는 남자를 황급히 대문 안으로 끌어당기며 문 밖을 두리번거립니다.

낮에, 너 잡으러 마을 사람들이 댕겨갔어야.

남자의 늙은 어머니가 녹슨 함석문을 서둘러 잠그며 작은 소리로
중얼거립니다.

좁은 방 안에서 어머니는 남자를 끌어안고 조용히 울고 있습니
다. 소리내지 않으려고 입을 막고 있습니다.

고만혀. 누가 죽었댜?

남자가 어머니를 밀쳐냅니다. 어머니가 뭔가 생각났다는 듯이 밖
으로 나갑니다. 남자는 눈을 훔치며 방 안을 둘러봅니다. 벽에 걸려
있는 아버지의 영정 사진을 무심히 쳐다봅니다.

근디, 너 이렇게 돌아댕겨도 되냐? 잡혀가면 워쩔려고……

방으로 돌아온 어머니가 목소리를 낮추며 조용히 묻습니다.

공소시효 넘은 지가 언젠디, 인자 암시랑토 안 혀. 근디 아버지는
언제……?

남자가 고개를 돌리자 어머니 옆에 키 작은 어린 여자애가 하나
서 있습니다. 아니, 봉긋한 가슴을 보니 열댓 살은 먹은 것처럼 보
입니다. 남자는 눈으로 어머니에게 누구냐고 묻습니다.

니 애비여. 인사혀, 이 썩을 년아.

남자는 눈이 휘둥그레져서 어린 여자애를 바라봅니다. 크고 둥근
눈이 남자를 닮은 것처럼 보입니다. 작고 좁은 어깨도 남자를 닮아
있습니다. 어머니가 억지로 여자애를 앉힙니다. 남자는 눈을 떼지
못하고 여자애를 쳐다봅니다. 나이가 이제 스물에 가까울 텐데 여
자애는 중학생 정도로밖에는 보이지 않습니다.

그 씹어먹을 년이, 너 없어지고 몇 년 지났는디, 데리고 왔더라
고. 니 애라는디, 워쩍혀. 크다보니 그런 것도 같고. 지 에미 닮아갖

고, 이년이 가랑이에 털도 잡히기 전에, 아이고, 니가 허고 다닌 일
은 하도 오래 전이라 다 잊혀졌어. 내가 이년 땜에 챙피혀서……

남자는 말없이 담배만 피웁니다.

이름이 뭐여?

남자가 고개를 숙이고 퉁명스럽게 묻습니다. 여자애는 손톱만 깨
물고 있습니다. 지루해 죽겠다는 표정입니다.

희망 21호는 결국 북알래스카를 지나 대서양으로 넘어갔습니다.
보이지 않는 명태떼를 따라갔습니다. 선장의 지시에 따라 배는 쉬
지 않고 움직였습니다. 배에 탄 열아홉 명의 선원들은 배가 정박할
날만 손꼽아 기다렸습니다. 부산을 떠난 지 넉 달이 넘고 있었습니
다. 지루함을 견디기 힘든 선원들의 싸움이 잦아졌습니다. 선원들
간의 주먹다짐은 스트레스나 풀자는 것이었기 때문에 큰 사고로 이
어지지는 않았습니다. 선원들 대부분은 공평하게 나누어 받은 바다
사자 송곳니 조각을 아침저녁으로 부지런히 갈았습니다. 갈면 갈수
록 은은한 우윳빛이 돌았습니다. 새끼손톱보다도 작은 조각으로 목
걸이를 만들어 거는 선원도 있었지만, 대부분은 성기에 박아넣었습
니다. 칼로 성기의 표피를 살짝 가르고 틈이 벌어지면, 송곳니 조각
을 밀어넣었습니다. 그것은 선원들이 벌이는 일종의 의식 같은 것
이었습니다. 남자는 자기 손으로 페니스 가죽을 찢지 못해 부산 칼
잡이가 넣어주었습니다. 등에서는 식은땀이 흘렀지만 남자는 태연
한 척했습니다. 부산 칼잡이는 친절하게 구슬이 들어가고 생긴 틈
을 작은 바늘로 꿰매주기까지 했습니다. 생살을 찢고 생살에 바느

배(船)의 무덤 169

질을 하는 것보다, 그 일을 보는 것이 더 고통스러웠습니다.

배가 부산을 떠난 지 반년이 지나도록 명태잡이는 신통치 않았습니다. 러시아와 미국이 공해를 내주지 않은 게 문제였습니다. 선장은 명태떼가 그물을 피해 러시아와 미국의 연해로 이동했다고 했습니다. 연해에 접근하자 러시아와 미국의 배가 희망 21호의 어획량을 감시했습니다. 선장은 안절부절못했지만 선원들은 일정한 보수를 약속받았기 때문에 마음이 느긋했습니다.

희망 21호는 결국 명태잡이를 포기하고 남하하기 시작했습니다. 냉동창고에는 명태가 반도 차지 않았습니다. 희망 21호는 화물선으로 바뀌었습니다. 참치운반선 희망 21호가 된 것이었습니다. 참치를 잡는 일도 아니고 다른 배가 잡은 참치를 옮겨싣기 위해 먼 나라 우루과이로 가고 있었습니다.

그나마 그쯤에서 일을 포기한 것은 잘된 일이었습니다. 선원들은 하나둘 난폭해져가고 있었습니다. 처음으로 살인사건이 났습니다. 부산 출신 선원은 애지중지하던 자신의 날렵한 칼에 목이 베였습니다. 인도네시아 선원은 헬기에 태워져 어딘가로 날아갔습니다. 죽은 선원의 시신은 명태와 함께 냉동창고에 보관되었습니다.

배는 전속력을 다해 우루과이를 향해 갔습니다. 선원들은 들뜨기 시작했습니다. 통장으로 돈을 받지 않는 사람은 약속받은 돈의 절반을 정박항에서 받기로 되어 있었습니다. 남자와 같이 말 못 할 사정으로 배를 탄 사람을 위한 배려였습니다. 페루에 가본 적이 있는 선원 하나가 밤마다 선원들을 모아놓고 페루 여자 얘기를 했습니다. 그는 우루과이와 가장 가까운 곳까지 가본 사람이었습니다. 금발의 여자와 보낸 하룻밤의 정사를 끝도 없이 매일 밤 주절댔습니다. 매일 밤 선원들은 갑판에 모여, 페루 여자 얘기를 들으며 우루과이에서 만날 여자를 상상했습니다. 선원들 대부분은 우루과이라는 나라가 어디에 붙어 있는지도 알지 못했습니다. 페루 여자의 애칭은 금잔디였는데, 그 선원의 입에서 금잔디, 금털이란 말이 나올 때마다, 얘기를 듣고 있던 선원들은 페루 여자가 자신 앞에서 가랑이를 벌리고 있는 것처럼 느껴졌습니다. 매일 밤, 선원들은 거의 사정할 것 같은 기분이 들곤 했습니다.

희망 21호는 기선을 돌린 지 보름 만에 우루과이 연안에 도착했습니다. 몬테비데오 외항은 부산의 것과는 비교도 되지 않을 정도로 어마어마하게 큰 항구였습니다. 남자는 처음 보는 이국의 모습에 눈이 휘둥그레졌습니다. 밤이 되면 선원들은 갑판에 모여서 페루 여자 얘기를 열성적으로 들었습니다. 가벼운 수속만 밟으면 몬테비데오에 내릴 수 있을 거란 기대에 선원들 대부분은 들떠 있었습니다. 선장은 참치를 옮겨싣는 일이 끝날 때까지는 배에서 내릴 수 없다고 했습니다. 선원들은 배에서 내리기 위해 열심히 일했습니다. 선원들은 갑판에 모여 몬테비데오의 야경을 바라보며 수다를 떨었습니다. 남자는 일찍이 그렇게 큰 도시를 본 적이 없었습니다. 남미 대륙의 거대함에 남자의 가슴은 부풀어올라 진정되지 않았습니다. 일주일 만에 하역작업은 마무리되고 선원들에게 짧은 휴가가 주어졌습니다. 남자도 배에서 내리는 데는 별문제가 없었습니다. 임금은 다른 선원의 반이었지만, 가짜 신분을 얻을 수 있어서 오히려 홀가분한 마음이 들었습니다.

난 남자가 좋아.

남자?

휴, 이 썩을 년이 벌써부터 이 지랄이니⋯⋯

시발, 가만히 좀 있어봐.

남자는 구석에 앉아 있는 늙은 어머니에게 소리를 버럭 지릅니다. 어머니는 한숨을 내쉬며 중얼거립니다. 주혜는 분유통을 가랑이 사이에 끼고 분유가루를 퍼먹고 있습니다. 플라스틱 스푼으로 분유가루를 수북하게 푼 다음, 스푼 위로 올라온 분유를 손가락으로 덜어내고 입안에 털어넣습니다. 입안에 넣은 분유가루를 침으로 녹여가며 먹고 있습니다. 침이 고이기를 기다렸다가 조금씩 삼킵니다. 주혜는 입을 오물거리며 천장만 보고 있습니다.

너는 내가 반갑지가 않냐?

방가워.

주혜는 천장을 바라보며 대충 대답합니다.

밥을 좀 먹지그려. 내동 굶었다면서.

밥 머거면 살쪄. 나 다이어트중이야. 여기에 영양소 다 들어 있어. 괜찮아.

주혜의 몸은 깡말라 있습니다. 광대뼈가 툭 튀어나오고, 눈은 쑥 들어가 있습니다. 키도 작고, 가슴도 거의 없습니다. 어린애로밖에는 보이지 않습니다. 주혜는 처음 보는 아버지에게는 관심도 없습니다. 남자의 등뒤에서 늙은 어머니가 한숨을 길게 내쉽니다.

보내주면 밥도 먹을 건데.

어딜?

남자가 어머니를 돌아봅니다. 어머니는 남자와 눈이 마주치자 손으로 맥없이 방바닥을 씁니다.

뭔데 그려?

호적상 미성년이라, 부모 동의서가 있어야 하거덩. 아저씨가 해줘도 되는데.

저년이, 아저씨가 뭐여.

뭐냐니까?

나, 다방 나가.

레지 말여?

촌스럽게, 레지가 뭐야. 도우미지, 차 도우미.

누구 딸년 아니랄까봐. 어이구, 지미나……

시발, 고만하라니까.

주혜는 입에 분유가루를 털어넣습니다. 입을 오물거리며 천장만 바라봅니다.

자가 어렸을 때부터 모잘라. 뱃놈들만 졸졸 따라다녔쌓더니……

남자는 몬테비데오에 내려섰습니다. 검은 머리와 새까만 눈동자를 가진 여자들이 아주 먼 이방에서 온 사람들을 맞았습니다. 선원들의 성기에 쑤셔박은 바다사자 송곳니 구슬이 우루과이 여자들을 불러모았습니다. 대부분의 선원들은 반년간 번 돈을 휴가기간 동안 여자들에게 모두 써버렸습니다.

남자는 이사벨 그루니아란 여자와 휴가를 보냈습니다. 허리까지 늘어진 검은 머리와 새까맣고 맑은 눈을 가진 여자였습니다. 그녀는 마치 오랫동안 남자를 기다려온 것 같았습니다. 남자는 사랑에 빠졌습니다. 남자의 키는 여자의 어깨에 간신히 가 닿았습니다. 아무 말도 통하지 않았지만, 남자는 여자와 꿈같은 며칠을 보냈습니다. 이사벨 그루니아를 가만히 보고 있는 것만으로도 행복은 충분했습니다. 휴가가 끝나고 예인선으로 돌아가야 할 날이 되었지만, 남자는 배로 돌아가지 않았습니다. 처음부터 돌아가지 않을 작정이었습니다. 한국으로 돌아가봤자 감옥에 갈 것이 뻔했기 때문이었습니다. 같이 휴가 나온 선원들도 남자를 이해하고 눈감아주었습니다. 원양어선을 타는 선원들에게는 흔히 있는 일이었습니다. 돌아가야 한다면 한국으로 돌아가는 다른 배를 타고 돌아가도 될 일이었습니다.

이사벨 그루니아에겐 딸린 가족이 많았습니다. 늙은 부모와 어린 동생들, 자신이 낳은 두 명의 아이까지 모두 일곱이나 되는 식구들이 이사벨 그루니아가 벌어오는 돈으로 살아가고 있었습니다. 한동안은 남자가 가져온 돈으로 모든 식구가 굶지 않고 생활할 수 있었습니다. 돈이 떨어지기 전까지는 모든 것이 나쁘지 않았습니다. 그루니아의 식구들 모두 먼 나라에서 온 남자를 반겼습니다. 왜소한 남자를 경계하는 사람도 없었습니다. 처음으로 행복을 느껴본 짧은 시간이었습니다. 정확히 두 달간이었습니다. 남자는 돈이 떨어지자 이사벨 그루니아에게 버림받았습니다. 남자는 모든 것을 이해했습니다. 많은 식구들에게 생계수단은 오로지 이사벨 그루니아의 아름다움뿐이었는데, 그것을 남자 혼자서 벌이도 없이 독차지하고 있을 수는 없는 일이었습니다.

몬테비데오 항에 들어오는 외국배는 넘쳐났고, 배에서 내린 선원들은 꿈같은 며칠의 휴가를 보내기 위해 돈을 아끼지 않았습니다. 그루니아는 남자에게 다가갔던 것처럼 배에서 내리는 다른 선원을 찾아 떠났습니다.

선창에서는 왜소한 작은 체구의 남자를 아무도 받아주지 않았습니다. 남자는 라플라타 강을 따라 떠돌기 시작했습니다. 라플라타 강은 은(銀)강이라는 뜻의, 몬테비데오 만으로 흘러나가는 강이었습니다. 금강 옆에 살았던 남자는 라플라타 강이 좋았습니다. 남자는 강가를 떠돌다 강의 북쪽에 있는 초원지대에 자리를 잡고 양을 몰았습니다. 양 치는 일은 우루과이 사람들도 꺼리는 일이었기 때문에 손쉽게 일자리를 얻을 수 있었습니다. 남자의 작고 왜소한 몸이 목동과 너무나 잘 어울렸습니다.

남자는 변하지 않는 계절 때문에 시간이 멈춘 듯한 착각이 들었습니다. 가끔은 강가에서 은을 캐기도 했습니다. 남자의 난폭했던 성격도 점점 양을 닮아갔습니다. 하루하루가 똑같았지만 전혀 지루하지 않았습니다.

이십여 년 동안 매일 똑같은 하루가 흘렀습니다. 정확히 십팔 년 동안 아무 일도 일어나지 않았습니다. 남자는 이십여 년 전의 그 모습 그대로였습니다. 다만 스무 살에 박아넣은 구슬이 이제 곧 마흔이 되는 남자의 성기에서 어색하게 덜그럭거렸습니다.

어여, 날 밝기 전에 떠나야. 또 마을 사람들이 몰려올 팅게.

가긴, 어딜가. 이제 떳떳한 몸이여. 공소시효도 지났고. 엄니랑,

조그만 배라도 몰아야지…… 저것도 사람 좀 만들고.

여서 무신 괴기가 잡힌다고. 글지 말고 왔던 디로 가그라. 또 사고치지 말고로……

남자의 눈이 어둠 속에서 반짝 어머니를 노려봅니다.

니를 못 믿어서 그런 게 아니라…… 아적까지 당한 사람들이 버젓이 있응게……

시발, 다 덤비라고 그려. 그런 게 무섰으면, 먼 디서 여까지 오지도 않았어.

좁은 방 안에 남자는 늙은 어머니와 누워 있습니다. 은은한 달빛이 작은 창을 넘어 들어옵니다. 남자의 어머니는 연신 한숨만 내쉽니다.

근디, 뭐 해먹고 살았대?

뭘 허긴. 조개도 캐고, 낙지도 잡고…… 휴우, 그것도 강이 맥히는 바람에 갯벌이 싹 다 죽어버렸어야. 사람들도 다 떠나불고.

늙은 어머니는 말을 잇지 못하고 긴 한숨을 토해냅니다.

다, 그년 땜에. 그런 갈보년에 눈이 멀어갖고…… 니가 건든 여편네들은 다 쫓겨났어야. 어찌나……

시발, 다 지난 얘기를 뭐 땜시 꺼내고 지랄이여.

남자가 벌떡 일어나 앉아 소리를 지릅니다. 남자는 아주 오래 전의 모습으로 돌아갑니다. 지난 세월이 무색하게 남자는 변하지 않았습니다. 남자가 일어나 밖으로 나갑니다. 뒤에서 어머니가 작은 소리로 남자를 애타게 불러보지만, 뒤도 돌아보지 않고 나가버립니다. 남자는 텅 빈 동네를 어슬렁거립니다. 술 생각이 간절해지자 남자는 마른입만 다십니다. 빈 동네 한 바퀴를 돈 게 전부였습니다. 남자는 터벅터벅 집으로 돌아옵니다.

남자는 마당에 들어서서 하늘을 올려다봅니다. 별빛이 멀리서 애타게 남자에게 달려옵니다. 달빛을 받은 키 작은 그림자가 어깨를 움츠립니다. 남자는 주혜가 자고 있는 방 앞에 섭니다. 문고리에는 숟가락이 꽂혀 있습니다. 남자가 천천히 숟가락을 뽑고 문을 엽니다. 작은 방 구석에 주혜가 웅크리고 앉아 있습니다. 방구석에 깡마르고 야윈 어둠이 몰려 있습니다. 캄캄한 방 안에서 주혜가 남자를 노려봅니다. 무릎 사이에 분유통을 끼고 분유가루를 퍼먹고 있습니다.

안 자고 뭐 혀?

남자가 방문 앞에서 말을 걸어봅니다. 남자는 방 안으로 들어갈 엄두가 나지 않습니다.

잠 아 나.

주혜는 플라스틱 스푼으로 분유가루를 수북하게 푼 다음, 스푼 위로 올라온 분유를 손가락으로 덜어내고 입안에 털어넣습니다. 입안에 넣은 분유가루를 침으로 녹여가며 먹고 있습니다. 침이 고이기를 기다렸다가 조금씩 삼킵니다. 남자가 천천히 컴컴한 방으로 들어섭니다. 벽면 가득 빈 분유통이 쌓여 있습니다. 남자는 멀찍이 떨어져 앉습니다. 방문을 닫았다가 어색한 공기가 방 안에 돌자 다시 방문을 열어놓습니다.

학교는 어디까지 마쳤냐?

무슨 학교? 그런 거 머 할라고 다녀.

그래도……

아빠가 보내줘. 거기 나쁜 데 아냐. 옛날하고 달라.

남자는 처음 들어보는 '아빠'라는 말에 말문이 막힙니다. 주혜를 바라보지도 못하고 고개만 푹 숙이고 있습니다.

안 보내주면 굶어 죽을 거야.

……잠은 집에 와서 자. 날 밝으면 댕겨올 팅게. 수다방이라고 했지?

남자는 너무 쉽게 주혜의 요구를 들어줍니다. 주혜는 밝은 표정을 짓지도 않습니다. 눈을 동그랗게 뜨고 남자를 쳐다봅니다. 천천히 분유가루를 입안으로 털어넣습니다. 남자는 밖으로 나와 가만히 방문을 닫습니다. 문고리에 걸려 있는 숟가락을 만지작거리다 주머니에 넣습니다.

남자의 늙은 어머니는 고된 숨을 몰아쉬며 자고 있습니다. 남자는 어머니의 불규칙한 숨소리를 밤새 들으며 잠을 이루지 못합니다.

동이 트려면 멀었는데 남자가 집을 나설 준비를 합니다.

새벽부터 어딜 갈라고……?

자다 깬 어머니가 묻지만 남자는 대답이 없습니다. 어머니가 대문까지 따라나오며 걱정스럽게 남자를 쳐다봅니다. 남자는 등에 꽂히는 시선을 모른 체합니다. 짙은 안개가 남자 주위를 둘러쌉니다. 안개 속에서 남자의 작은 키는 더욱 낮아 보입니다.

남자는 바쁘게 걸어 갈대밭으로 들어갑니다. 남자는 밖에서 자는 데 익숙해져 있습니다. 갈대밭을 오가는 바람 소리가 요란스럽습니다. 바람이 남자의 가슴속을 훑고 지나갑니다. 지나간 세월이 남자를 약하게 만들었습니다. 남자는 도무지 일어설 용기가 나지 않습니다. 먼 나라에 두고 온 양들이 그립습니다. 남자는 눈을 감고 양들을 떠올려봅니다. 미치도록 그것들이 보고 싶어집니다. 눈을 감고 양을 셉니다. 남자는 다시 양떼에게로 돌아가야 할 것 같은 생각이 듭니다. 한 마리 한 마리, 붙여준 이름을 불러봅니다. 어느새 스르륵 잠이 밀려옵니다.

남자가 일어났을 땐 점심을 훌쩍 넘긴 후였습니다. 하늘은 잔뜩 흐리고 바람도 잠잠해져 있습니다. 남자는 무거운 발걸음을 떼기 시작합니다.

수다방 마담이 남자에게 수표를 건넵니다. 남자는 마담에게 보호자 동의서를 써줍니다. 지장을 꾹 눌러찍고서는 다방을 둘러봅니다. 남자의 외모만큼이나 변하지 않은 모습입니다.

반년 치 선불이야. 내일부터 보내.

……

남자는 수표를 접어 안주머니에 넣고 말없이 일어섭니다. 밖에는 부슬부슬 봄비가 내리고 있습니다. 아직 밤이 되려면 멀었는데 어둑어둑합니다. 부서진 십수 척의 폐선이 물 빠진 작은 포구를 메우고 있습니다. 간혹 멀쩡해 보이는 배들도 뻘에 처박혀 있습니다. 꼭 배의 무덤 같습니다.

바다는 육지에서 멀리 도망가 있습니다. 저 멀리 갯벌의 끝이 보입니다. 머리에 수건을 두른 한 여인이 갯벌에서 뭔가를 캐고 있습니다. 바다는 쓸모없는 폐선들이 지키고 있습니다. 아무리 둘러봐도 사람들 모습은 보이지 않습니다. 점점 빗방울이 굵어집니다. 남자의 어깨 위에 추적추적 빗방울이 쌓이기 시작합니다.

　남자는 강둑을 걷습니다. 저 멀리 늙은 무당이 사는 점집이 희미하게 보입니다. 날은 금세 어두워집니다. 옷 속에 스며든 비 때문에 남자는 한기를 느낍니다. 남자의 걸음이 빨라집니다. 완전한 어둠이 강변에 내려앉습니다. 시커먼 암흑이 앞을 가로막기 시작합니다.

　땅만 보고 한참을 걷던 남자가 우뚝 멈춰 섭니다. 무너진 빈집 안에 핀 철쭉이 슬금슬금 움직이는 것 같습니다. 남자가 눈을 가늘게 뜨고 빈집을 노려보지만 굵은 빗방울에 앞이 가려 아무것도 보이지 않습니다. 남자는 강변이 낯설고 무섭습니다. 처음 보았던 고요한 암흑의 바다에 서 있는 것 같습니다. 발걸음을 돌리려던 찰나, 둔중하고 묵직한 무엇이 남자의 머리를 후려갈깁니다. 남자는 질퍽거리는 땅바닥으로 꼬꾸라집니다.

　남자는 시간이 얼마나 지났는지 알 길이 없습니다. 정신이 들었지만 몸을 움직일 수가 없습니다. 입에는 테이핑이 되어 있어 숨을 쉬기가 힘듭니다. 손은 뒤로 묶여 있고, 두 발도 묶여서 다시 손과 묶여 있습니다. 남자는 작은 포대 안에 담겨져 있습니다. 눈을 아무리 크게 떠도 아무것도 볼 수 없습니다.

　사내 여럿이 사내를 담은 포대를 가운데 놓고 빙 둘러서 있습니다.

　진짜, 죽여도 될랑가 몰러.

　그냥, 쥑여. 그려도 속이 시원치 않고만.

　감옥소에도 안 간다잖여. 공소시혼가 다 지나버렸다고. 뭔 법이 그런댜.

남자가 포대 안에서 있는 힘을 다해 꿈틀거립니다.

오메, 인자 깼능가보네잉.

시벌놈, 잘됐고만. 안 일나면 어쩌나 걱정했고만.

사내들은 모두 똑같이 가슴까지 오는 노란 장화를 신고, 우의를 걸치고 있습니다.

시벌놈, 내가 누군 줄은 아냐? 목소리만 듣고는 모르겠지? 인자 우리 얼굴을 보여줄라고 그려. 자기를 죽인 놈이 누군 줄은 알아야 죽어서 구천이라도 제대로 떠돌지. 안 그려, 시벌놈?

사내 중 하나가 묶어놓았던 포대를 풀어줍니다. 남자는 겨우 포대 밖으로 얼굴을 내밉니다. 한 사내가 남자의 얼굴에 플래시를 비춥니다. 얼굴에 비춰진 플래시 때문에 남자는 아무것도 볼 수 없습니다. 남자는 코로 겨우 가쁜 숨만 내쉽니다.

나, 만수 형 동생 영수여, 영철아. 너 못 만나고 죽으면 어쩌나, 억울혀서 어떻게 죽을지 걱정했어야.

참, 용감시러, 백영철. 지 발로 죽으러 찾아와주고. 난 선구여. 용관아, 아버지 친군디 인사드려야지. 여피 야는 내 아들여.

……

플래시를 든 사내는 아무 말도 없습니다. 남자가 발버둥을 치며 고함쳐보지만, 입속에서만 맴돕니다. 겨우 테이프 밖으로 새어나오는 소리는 빗소리에 묻힙니다.

너도 그렇게 억울허지는 않을 것이다. 동네 색시들은 다 따먹었잖냐. 우리들이 니 각시랑 재미 좀 봤다고, 그러믄 안 되잖냐. 니 각시는 원래 다방 레지잖여. 원래 갈보였잖여.

참, 저기 길 입구에서 승관이랑, 병순이는 망보고 있다. 가들도 기억나지?

니가 강제로 따먹은 부인네가 몇인 줄은 아냐? 열넷이여. 솔직히 지금은 화 안 나. 다들 잊은 지 오래 전이고. 마을에 몇 남지도 아녔어. 그래도 우리가 너한티 당한 사람들 대표로 최소한의 성의는 보여줘야지 않겄냐.

목맨 사람들도 많어. 집 나간 여편네들도 많고. 어떻게 한 집도 안 빼놓고, 재주 좋아, 영철이.

동네가 아주 죽었어. 바다도 죽고. 니 딸년이 온 동네 남자들 다 받아줘서, 그만헌 줄 알어. 니 딸이 무신 고생이냐, 어린 것이. 이제 고생 고만 시키고, 우리가 그것은 약속헐 팅게. 걱정허지 말고 가그라.

인자 플래시 끄고 묻더라고. 곧 날 밝어.

일 미터 깊이는 돼 보이는 구덩이에 남자는 던져집니다. 남자가 질퍽한 땅에 묻힙니다. 파놓은 구덩이에 벌써 물이 많이 차 있습니다. 목 없고, 가죽 벗겨진 바다사자가 바다에 버려졌듯이, 남자는 구덩이 안의 작은 바다에 던져집니다. 콧속으로 고여 있던 빗물이 들어옵니다. 남자의 눈이 뒤집힙니다. 푸른 초원 위에 양떼가 보입니다. 사내들은 흙으로 구덩이를 메우기 시작합니다. 남자는 산 채로 질퍽한 땅에 매장됩니다. 몇 삽 뜨지도 않았는데, 남자의 모습은 보이지 않습니다.

좋은 날 다시 와야것어. 대충 허고.

마루에 들어앉았던 철쭉 꽃잎이 비를 맞고 모두 떨어졌습니다.

182

사내들이 줄지어 강둑을 걷습니다. 허물어진 빈집들이 사내들 가는
길에 우두커니 비를 맞으며 늘어서 있습니다.

남자의 늙은 어머니는 마루에 앉아서 비 오는 것을 넋놓고 바라
봅니다. 주혜도 방문에 걸어두었던 숟가락도, 온종일 아무리 찾아도
없습니다. 어제 새벽에 나간 남자도 돌아오지 않습니다.
한 무리의 사람들이 마당으로 들어섭니다.
내 이럴 줄 알았다니까.
할머니, 아들 어딨어요?
수다방 마담과 경찰이 맨 앞에 서서 남자의 늙은 어머니를 다그
칩니다. 남자의 어머니는 굵은 봄비만 바라봅니다.
아들 왔다면서요. 어딨어요?
돌아갔겠지. 있었어, 여기?
가슴까지 올라오는 노란색 장화를 신고, 우의를 입은 사내들이
경찰 뒤에 서서 말을 거듭니다.
그럼 내 돈 어떡해. 할머니 손녀는 어딨어요? 그거 할머니가 갚
아요.
근디 공소시효가 끝난 거 아닌가?
외국에서 도피중인 기간은 중지라잖여.
우의를 입은 사내 중 하나가 말하며 마른 입맛을 다십니다.
천만원 아들 줬으니까, 알아서 해요. 미스 백을 찾아오든지.
할머니 아들 오면 신고해야 돼요. 신고 안 하면 할머니도 들어가
니까, 숨겨주지 말고 꼭 신고하세요. 네?

우루과이로 돌아갔겠지. 여기 있었어? 우린 다 용서했응게. 이제 그만 묻자고. 오래 전 일인디 뭐.

몰려왔던 사람들이 하나둘 집을 나섭니다. 남자의 어머니는 초점을 잃고 멍하니 비 오는 것만 바라봅니다.

시간이 흘러 질퍽했던 땅은 마르고, 남자는 썩어갑니다. 남자가 묻힌 자리에 철쭉이 피고, 성기에 박아넣었던 바다사자 송곳니만 무덤에 남습니다.

2시
31
분

2시 31분, 사내아이

칠석날 2시 31분, 사내아이는 컴퓨터 앞에 앉아 마스터베이션을 하고 있었다. 사내아이가 편하게 행동할 수 있는 곳은 컴퓨터 앞밖에 없었다. 사내아이는 하루 종일 집 밖으로 나가지 않고 방 안에서 게임과 인터넷을 했다.

사내아이는 곧 남자가 올 것이라는 것을 알고 있었다. 남자로부터 밤늦게 전화가 왔었다. 사내아이는 항상 남자가 집에 오기 전에 PC방에 가 있었다. 평소 같으면 벌써 조용히 집을 나간 후였겠지만, 2시 31분은 다른 때와는 달리 마음이 느슨해지고 있었다. 2시 31분은 남자가 오는 시간이 아니기 때문이었다. 무언의 약속을 깬 사람은 남자였다.

사내아이는 잡고 있던 성기를 놓고 잽싸게 마우스를 클릭했다.

허둥댄 탓에 옆에 세워둔 기타가 쿵 하고 방바닥으로 쓰러졌다.

엄마 없어?

남자가 소리없이 들어와 사내아이 등뒤에 서 있었다. 우웅. 바닥으로 쓰러진 기타에서 울리는 여음 때문에 사내아이는 당황했다. 남자가 비릿한 냄새를 눈치챈 것 같지는 않았다. 남자는 문틀을 짚고 서서 사내아이의 등을 바라보고 있었다.

승훈아, 오늘은 독서실에 왜 안 갔어?

가, 가는 날이 아니니까. 그, 근데, 오늘 왜, 왜 왔어요? 오, 오는 날이 아닌데.

사내아이는 심하게 말을 더듬었다. 사내아이는 애초부터 독서실 따위는 가본 적이 없었다. 사내아이는 학교도 그만둔 지 오래 전이었다. 사내아이는 아무것도 하지 않고 방 안에만 있었다. 남자가 가끔 오지 않는다면 집 밖으로 나갈 이유가 하나도 없었다. 사내아이는 그것이 불만이었다.

사내아이는 남자 앞에서 멈칫거리고 있었다. 엄마가 집에 없었기 때문에 더욱 부자연스러웠다. 낯선 사람과 좁은 공간에 같이 있는 것을 사내아이는 견디기 힘들었다. 2시 31분, 사내아이의 평온함이 깨지고 있었다. 남자는 말없이 사내아이를 바라봤다. 여자가 어디에 있는지 눈으로 묻고 있었다. 사내아이는 남자와 눈을 맞추지 못하고, 남자 쪽과 컴퓨터의 어중간한 사이, 벽과 장판의 경계선을 바라봤다.

어, 엄마. 저, 전, 전화. 바, 바, 받고 나, 나갔는데요.

그게 언제쯤인데?

바, 밥 먹고 나, 나갔는데요.

저녁?

사내아이는 고개를 내저었다. 사내아이는 간혹 말을 더듬었다. 거짓말을 하거나 긴장하거나 그런 경우에 말이다. 사내아이는 남자가 마스터베이션한 자기를 모두 지켜봤을 거라고 생각했다. 사내아이는 걱정되기 시작했다. 사내아이는 남자를 똑바로 볼 수 없었다.

그럼, 점심?

사내아이는 남자의 눈을 힐끔거렸다. 남자는 사내아이를 보고 웃고 있었다. 사내아이는 남자가 자신의 수치심을 보았기 때문에 웃고 있는 것이라고 생각했다. 사내아이는 고개를 푹 숙였다. 남자가 다가와 사내아이에게 불쑥 손을 내밀었다.

우리 악수나 하자. 만나서 반갑다.

평온함은 사내아이에게서 남자에게로 넘어가고 있었다. 사내아이는 얼떨결에 남자의 손을 덥석 잡았다. 사내아이는 자기 손에서 비릿한 냄새가 날까봐 걱정됐다. 사내아이는 남자가 모든 것을 봤다고 생각했다. 남자에게서 좋은 스킨 냄새가 강하게 풍겨왔다. 사내아이는 고개를 들지 못했다. 사내아이는 남자에게 엄마만 빼앗긴 것이 아니라 자기도 남자의 손에 넘어간 듯한 생각이 들었다.

2시 31분, 견우와 직녀가 오작교(烏鵲橋)를 건너 서로에게 가고 있을 때, 사내아이는 남자에게 장악당하고 있었다.

2시 30분, 남자

2시 30분, 남자는 골목길 어귀에서 몸을 숨기고 수정을 기다렸다. 아무것도 분간할 수 없는 어둠이 달빛을 등진 골목길 안에 자리잡고 있었다. 남자는 어둠 속에 몸을 숨기고, 벌써 두 시간째 수정을 기다리고 있었다. 수정은 집에 없었다. 남자는 골목길 입구 쪽을 응시하며 꼼짝도 하지 않았다. 남자는 그곳을 지나는 사람이 그녀밖에 없다는 것을 알고 있었다. 그녀의 집은 외진 곳에 동떨어져 있었다.

남자는 그녀가 늦은 시간까지 집에 돌아오지 않은 것이 걱정되는 것이 아니었다. 다만 남자의 짐작을 모두 벗어난 것에 화가 조금 났다. 수정이 갈 만한 곳을 모두 연락해보았는데도 찾을 수 없었다. 남자는 자신이 아직도 그녀를 사랑하고 있는 것은 아닌지, 불안해졌다. 사랑하는 늙은 애인과도 하루 종일 연락이 닿지 않고 있었다.

남자가 사랑하는 늙은 여자는 여덟 살이 많았다. 여자는 즐거움을 되찾고 싶었다. 그것이 사랑이건 섹스건 간에 말이다. 하지만 사랑도 섹스도 남자만 독차지했다. 여자의 뻑뻑한 느낌이 남자는 좋았다. 여자는 이제 남자가 떠나주기를 바랐고, 남자도 여자에게 머물러 있으면 안 된다는 것을 알았다. 하지만 남자는 그 느낌, 즐거움 때문에 여자를 떠나지 못하는 것이 아니었다. 여자는 남자에게 엄마 같았다. 엄마 같은 여자와 섹스를 할 수는 없는 노릇이니, 남자는 여자를 떠나야 했다. 남자는 여자를 볼 때마다 여자에게 말했다. 이젠 떠나겠다고 말이다. 하지만 그럴 수 없었다. 남자는 무엇인가 확연히 구분짓는 것을 두려워했다. 그것이 남자는 사랑이라고 생각했다. 하지만 여자는 달랐다. 남자에게 흥미가 없어진 것이었다. 여자는 남자를 사랑하지 않았다.

남자는 가끔 여자에게 엄마라고 불렀다. 남자는 실제로 어릴 때부터 엄마가 없었다. 여자가 남자보다 여덟 살이 많은 것은 사실이 아니었다. 여자는 나이를 줄여서 말했고, 남자는 나이를 높여서 말했다. 여자 역시 남자와 마찬가지로 무엇인가 확연히 드러나는 것을 두려워했다. 여자는 남자가 엄마라고 부르는 것이 끔찍스러웠다. 애초부터 여자에게는 남자보다 조금 어린 사내아이가 있었다. 여자는 남자를 만나면 사내아이가 생각났다. 일찍 아버지를 여읜 사내아이가 생각났다. 여자는 자식 같은 남자와 연애를 할 수 없었다.

남자는 여자를 밖에서 만나지 않고 항상 여자의 집으로 찾아갔다. 여자가 여관이나 다른 곳에서 만나는 것을 원치 않았기 때문이었다. 남자는 별 상관이 없었지만 여자는 절대로 집 아닌 어디에서도 남자를 만나지 않았다. 사람들이 이상한 눈으로 쳐다보기 때문이었다. 남자는 요일과 시간을 정해놓고 여자 집으로 찾아갔다. 사내아이가 집에 없는 시간이었다. 사내아이는 남자가 집에 오기 전에 집을 나갔다. 사내아이는 자기가 집을 나선 바로 다음에 남자가 오는 것을 알고 있었지만, 모르는 척했다.

두 시간을 기다려도 수정이 오지 않자, 남자는 단념했다. 막 짙은 어둠 속에서 한 걸음을 떼려 했을 때, 골목길 어귀에서 어둠보다 더 짙은 그림자 하나가 일렁이기 시작했다. 수정이 골목길 안으로 힘없이 걸어오고 있었다.

어머.

수정은 남자에게 다가서지 않고 움찔, 한 발짝 뒤로 물러섰다. 수정의 얼굴은 어둠 속에서도 윤곽이 뚜렷했다. 날 선 콧날과 갸름한 턱이 어둠 속에서 환하게 빛났다.

첫, 웃기는 일이군. 난 당신 집에서 당신을 기다렸어. 언제나 그랬듯이 말야. 웃기지 않아? 우리가 서로를 기다릴 때도 있으니 말야.

남자는 고개를 숙인 채 말이 없었다. 그녀가 나타나기 전 그대로의 모습, 여전히 전봇대에 몸을 가리고, 자세히 보지 않으면 사람의 형체를 알아보기 힘든 모습 그대로 말이 없었다.

당신이 날 찾아온 게 얼마 만인지 알아? 방금 전에 이천사백 시간이 지났어. 당신이 날 마지막으로 찾아온 그때부터 이천사백 시간이나 지났다구. 그래서 겁이 나. 이천사백 시간 만에 날 찾아온 당신이 겁나. 지난 백일 동안, 난 하루도 거르지 않고 당신을 찾아갔잖아. 둘 중 하나가 상대에게 갈 일이 있다면 그것은 내 일이란 얘기라구. 내가 당신에게 가는 것이 정상인 거야.

남자는 천천히 고개를 들어 그녀를 바라보았다.

너, 어디에 갔었어?

말했잖아, 당신에게 갔었다고. 당신 집 앞에서 당신을 기다렸어. 당신은 오지 않더군. 그런데, 당신이 내게 왔을 줄이야. 정말이지 웃기는군. 그러는 당신이야말로 무슨 일 있어? 웬일이야, 당신.

할 얘기가 있어. 좀 조용한 곳으로 가자.

꼭 죽으러 가자는 말처럼 들리는군. 이곳도 충분히 한적하고 조용한데 말야. 고개를 어디로 돌려도 어둠뿐이잖아. 그런데 더 조용한 곳을 찾는 당신이 왜 이렇게 두렵게 느껴지지? 당신은 예전에 나보다도 조용한 내 집이 더 좋다고 말했잖아. 어디로 가자는 얘기야? 집으로 가면 안 되겠어? 할 얘기라는 게 그 여자 얘기야? 그렇다면 당신 좋을 대로 해. 어차피, 아니야, 어디로 가지?

남자는 어둠을 등에 지고 골목길을 앞서 나갔다. 그의 등을 보자 수정은 슬퍼졌다. 수정은 남자를 보면 줄곧 눈물을 흘렸다. 그녀는 남자를 사랑했다. 그런데 석 달 만에 자신을 찾아온 남자를 보자, 고맙고 반가운 마음이 드는 것이 아니라 덜컥 겁이 먼저 났다. 자신도 예상치 못한 감정들이 그녀의 마음속에 교차하고 있었다. 수정은 조바심이 일었다. 그럴 리야 없겠지만 혹시 남자가 모든 것을 알아버린 것인지도 모를 일이었다.

수정은 평소보다 말이 많았다. 어둠이 무섭고 어둠 속에 서 있는 남자가 무서웠다. 수정은 긴장하고 있었다. 남자도 마찬가지였다. 남자의 이마에 땀이 맺혔지만 마음은 추워서 이빨이 덜그럭거렸다. 남자는 그럴 때마다 힘주어 어금니를 뿌드득 소리가 나도록 깨물었다.

조용히 따라오던 수정이 멈춰 서더니, 다시 집 쪽을 향해 뛰기 시작했다. 남자는 뒤돌아 그녀를 따라갔다. 조급해하지 않고, 당황해하지 않고 조용히 그녀 뒤를 밟았다. 수정이 남자를 등지고 달아나는 것은 처음 있는 일이었다. 수정이 몇 걸음 뛰지 못하고 멈춰 섰다. 남자도 따라 멈춰 섰다. 수정은 숨을 헐떡이며 뒤돌아 서서 남자를 바라보았다. 수정은 남자에게 손짓을 했다. 남자는 그것이 자기더러 돌아가라는 뜻인지, 아니면 그쪽으로 오라는 것인지 알 수가 없었다. 수정도 남자가 보이지 않기는 마찬가지였다. 수정은 어둠 속에 대고 '저리 가라' 손짓하고 있었다. 남자는 우두커니 서서 수정을 바라보았다. 수정은 양쪽 무릎에 손을 짚고 숨을 골랐다. 몇 발짝 뛰지 않았는데도, 숨이 턱밑까지 차올랐다. 남자가 조용히 다가가 손을 내밀었다. 수정은 그대로 움직이지 않았다. 남자는 수정의 등을 쓸며 그녀를 진정시켰다. 남자는 수정의 뺨을 가만히 어루만졌다. 수정은 고개를 들어 남자를 바라보았다. 남자를 보는 그녀의 눈빛이 아주 잠깐 반짝였다. 수정은 울고 있었다. 수정은 쭈그려 앉아 남자의 바짓가랑이를 쥐었다.

우리 왜 이렇게 됐지? 모두 내 탓이야. 내가 잘못했어.

남자도 눈물이 났다. 남자는 자신이 울고 있는 것을 들키지 않기 위해 수정이 일어서지 못하도록 머리를 안고 쓰다듬었다.

당신에게 할 말이 있어. 그런데 당신이 무서워서 말 못 하겠어. 당신이 무서워. 무서워 죽겠단 말야. 당신이 날 죽이지 않을까, 무서워. 두려워.

말하기 싫으면 안 해도 돼. 이제 일어나. 같이 가야 할 곳이 있어. 겁내지 마. 다 잘될 거야.

그런데 당신, 방금 나보고 마지막이라고 그랬어? 그랬지? 마지막이라고 말야. 뭐가 마지막이라는 거야?

무슨 말이야, 그게.

미안, 미안해.

빨리 일어나. 가야 할 곳이 있다니까.

어딘데?

나도 몰라.

나, 당신 사랑해. 당신만 사랑한다구. 앞으로 내가 당신 앞에서 사라져줄 거란 생각은 하지 마. 당신이 아무리 날 밀어내도 난, 당신만 더 열심히 사랑할 거야. 아주 열심히 사랑할 거야.

남자는 담배를 빼어물었다. 담배는 후덥지근한 날씨 탓에 잘 빨리지 않았다. 남자는 그것이 짜증났다. 자기를 사랑한다고 말하는 수정 때문에 화가 나는 것이 아니었다.

남자는 매달리는 수정을 뿌리치고 골목길을 빠져나갔다. 남자는 차에 시동을 걸고, 창문을 열어놓은 채 수정이 오기를 기다렸다. 차 안의 뜨거운 공기가 빠져나가기를 기다렸다.

넌 나, 사랑한다며. 그럼 아무 말 하지 말고 따라오면 돼.

수정은 말없이 눈을 감고 남자의 얘기를 순순히 들었다.

수정은 앞을 보지 않으려고 눈을 꼭 감았다. 자기를 어디로 데리고 가는지 알고 싶지 않았다. 졸음이 몰려왔다. 이젠 눈을 떠야겠다고 생각했으나, 생각과는 달리 수정은 점점 깊은 잠으로 빠져들었다.

남자의 차가 한적한 길로 들어섰다. 남자도 그곳이 어디인지 알지 못했다. 수정이 자는 동안 남자는 점점 늙어가는 여자 생각을 했다. 여자를 생각하면 수정이 짐스러웠다. 남자는 차를 멈추고 시동을 껐다. 완벽한 보름달이 환하게 남자와 여자를 비추었다. 하늘에서는 견우와 직녀가 만날 시간이 가까워지고 있었다.

남자는 망설였다. 수정은 여전히 자고 있었다. 엷고 고른 숨소리를 감춘 채 깊은 잠을 자고 있었다. 남자는 수정의 얼굴을 바라보자 눈물이 났다. 앞이 어른거렸지만 손으로 눈물을 훔치지는 않았다. 남자는 마음이 약해지려고 하자, 두 손으로 수정의 가는 목을 덥석 움켜쥐었다. 수정이 놀라서 눈을 뜨고 남자를 쳐다보았다. 남자가 고개를 돌리며 가만히 눈을 감았다. 수정도 눈을 꼭 감았다. 남자는 그저 수정의 목을 힘없이 움켜쥐고만 있었다. 수정의 숨소리가 거칠어졌다. 수정은 두려웠다. 남자도 두렵기는 마찬가지였다. 남자 손이 덜덜 떨리기 시작했다. 눈물이 볼을 타고 흘러내려 팔뚝으로 뚝뚝 떨어졌다. 콧물이 질질 흐르기 시작했다. 남자는 천천히 손에 힘을 주기 시작했다. 수정은 눈을 꼭 감은 채 자신의 치맛자락을 움켜쥐었다. 남자는 있는 힘을 다해 수정의 목을 조르기 시작했다. 남자는 자기 가슴 쪽으로 수정의 머리를 끌어당겼다. 수정은 치맛자락을 더욱 세게 움켜쥐었다. 수정도 눈물이 났다. 마지막으로 남자의 얼굴이 보고 싶어졌다. 수정은 치맛자락을 놓고 남자의 얼굴을 만졌다. 그저 남자의 얼굴을 어루만지면서 조용히 숨을 거뒀다.

2시 29분, 수정

수정은 여자 집 앞에서 여자에게 전화를 했다.

여름 한낮의 아스팔트, 보도블록 위로는 개미 한 마리도 없었다. 수정만이 한낮의 햇빛을 모두 받고서 넋나간 사람처럼 우두커니 여자를 기다렸다. 한낮 태양은 날이 갈수록 무서운 위엄을 더해갔다. 수정은 이마에 손을 얹고 하늘을 한번 올려다봤다. 곧 시선을 밑으

로 내리깔았으나 아무것도 볼 수 없었다. 눈을 깜박일 때마다 빛의
환영이 수정의 감은 눈 속에서 잠깐씩 일렁였다. 수정은 어지러워
쓰러질 것만 같았다. 남자의 아이를 지운 날의 흔들거림이 몰려오
고 있었다.

여자는 약속시간을 넘기고 있었다. 수정은 여자를 보기로 한 것
이 후회됐다. 여자를 만나서 무슨 말을 할지 속으로 정리하고 있었
지만, 엉뚱한 생각들이 수정의 의식을 흐리게 했다. 굳이 석 달이나
지난 지금에 와서야, 그녀를 만날 필요가 있을까 하는 생각도 들었
다. 수정은 그래도 무슨 이야기든 해야 한다고 생각했다. 남자 얘기
를 면전에서 조리 있게 할 자신이 없었다. 그냥 여자가 한번 보고 싶
었을 뿐이었는데, 괜한 일을 벌였다는 생각이 들었다. 수정은 여자
에게 무엇을 요구하지도 강요하지도 않을 작정이었다. 수정은 속으
로 다시 한번 다짐했다. 하지만 지금이야 이런저런 생각을 한다고
해도 막상 그녀의 얼굴을 보게 되면 또 어떻게 될지 몰라 불안했다.

수정 앞에 검정색 차가 멈춰 섰다.

수정씨 맞죠?

수정은 차 안의 여자를 빤히 바라보았다.

아, 네에, 네, 맞아요.

기다리게 해서 미안해요.

수정은 여자를 만나기로 했던 것이 후회됐다. 여자는 검정색 고
급 승용차를 타고 있었다. 남자가 수정을 만날 때 가끔 가지고 나왔
던 차였다. 승용차는 강한 햇빛을 받아 눈이 부시도록 빛이 났다.
수정은 얼굴을 찌푸렸다.

수정씨, 타세요.

네? 네에.

수정은 여자를 왜 만나려고 했었는지 생각했으나 도무지 아무것도 떠오르지 않았다. 여자가 한없이 불편하고 어색하여 똑바로 눈도 맞추지 못했다. 수정은 가만히, 천천히 차 문을 열었다. 텅. 문 열리는 소리가 경쾌했다.

더운데 어디라도 좀 들어가 있지그랬어요.

수정은 등받이에 살짝, 소리나지 않게 등을 붙였다. 땀에 젖은 블라우스가 등받이에 들러붙었다.

여자의 승용차는 강변을 타고 외곽으로 빠져나갔다. 수정은 강변에서 물놀이하는 사람들을 바라봤다. 조정 연습하는 사람들도 눈에 들어왔다. 카누 앞꼭지에 한 사람이 앉아 구령을 붙이고, 나머지 사람들은 열심히 구령에 맞춰 노를 저었다. 여자를 보려고 한 것은 아니었지만, 카누를 보고 있으면 금세 물줄기를 타고 뒤로 내려와 여자의 얼굴에서 시선이 멈췄다. 여자가 수정 쪽으로 고개를 돌려 잠깐 쳐다보았다.

수정씨, 얘기해봐요. 내게 할 얘기가 많은 것 같은데.

아, 네에, 아니에요. 근데 지금 어디로 가는 거예요?

양수리 쪽에 조용한 곳이 있어요.

여자는 한 번도 수정을 쳐다보지 않았다. 수정은 긴장이 풀리고 있었다. 이제는 여자를 찬찬히, 꼼꼼히 쳐다볼 수 있었다. 수정은 여자 쪽으로 고개를 돌렸다. 여자도 수정의 바뀐 시선을 눈치챘는지 앞만 보고 운전했다. 여자는 가끔 차창으로 고개를 돌려 수정의 시선을 피했다. 수정의 시선은 여자의 목에서 멈추었다. 목에 난 몇 겹의 주름을 수정은 편안한 마음으로 들여다보았다. 차는 강변을 빠져나와 한적한 길로 들어섰다. 차는 흉가나 다름없는 어느 집 앞에서 멈추었다. 밝은 대낮이었지만 숲으로 둘러싸인 집은 음침한 습기를 머금고 어둠침침하게 서 있었다.

아이 아빠 별장이에요.

여자는 차에서 내려서 담배를 피웠다. 수정은 앉은 그대로 차 앞으로 펼쳐진 풍경을 응시했다. 여자가 수정이 내리기 쉽도록 차 문을 열어주었다. 여름이었지만 제법 서늘한 바람이 숲을 뚫고 수정에게 불어왔다.

여자는 담배를 피우며 숲속으로 들어갔다. 없어진 지 오래된 길이어서 나무들이 길을 막아서고 있었다. 여자의 모습은 금세 사라져버렸다. 수정은 잠시 망설이다 여자가 사라진 곳으로 들어갔다. 살 속으로 벌레들이 스멀스멀 파고드는 듯한 기분이 들었다. 나뭇잎들이 살에 착착 엉겨붙었다. 마치 작은 나무들이 살아 움직여 수정의 앞길을 막아서는 것 같았다. 조금 시야가 트인 곳이 나오고, 그곳에 여자가 서 있었다.

아이 아버지가 좋아하던 곳이었어요.

수정은 옷과 팔에 달라붙어 있는 나뭇잎과 벌레 들을 숨을 고르면서 떼어냈다. 하나씩 떼어낼 때마다 가지와 억센 잎사귀에 긁힌 자국이 벌겋게 달아올랐다.

힘들었어요? 예전엔 길이 잘 닦여 있었는데, 사람들이 잘 다니지 않아서 그런지…… 미안해요, 힘들게 해서.

아니, 괜찮아요. 한적하고 좋은걸요.

수정은 여자와 마주 앉지 않고, 멀찍이 떨어진 옆쪽으로 자리를 잡고 앉았다. 수정은 바지를 입지 않은 것이 후회됐다. 이렇게 숲속으로 들어오리라고 예상하지 못한 것은 당연한 일이었지만 여간 불편한 것이 아니었다. 아니, 그보다도 자신의 분홍색 원피스가 초라하게 느껴졌다. 여자는 한여름이었음에도 검정색 바지 정장을 입고 있었다.

남자가 말했던 것처럼 여자는 나이들어 보이지 않았다. 보통의 중년 여자들이 그렇듯이 뚱뚱하거나 촌스럽지도 않았다. 일부러 티내지 않아도 세련미와 완숙함이 풍겨왔다. 수정은 맥없이 분홍색 원피스를 만지작거렸다.

무슨 특별히 할 얘기가 있어서 연락드린 것은 아니에요. 아니, 전화한 것 자체가 그렇게 생각될 수도 있겠지만, 저 아무것도 바라는 것 없으니까, 아니, 그냥, 한번 보고 싶었어요. 단지, 그냥. 그 남자가, 사랑하는 여자가, 그냥 궁금해서 전화한 거예요.

있잖아요, 알고 있는지 잘 모르겠지만 전 그 남자 사랑하지 않아요. 별 관심도 없구요. 그냥 재미 좀 본 건데. 그게 수정씨에게 더욱 미안한 일이 될지도 모르겠지만, 되돌려줄 수 있는 거라면 돌려주고 싶어요.

그 남자를 돌려받기 위해서 당신을 만나러 온 게 아니라, 난 단지, 그냥, 좀전에 말했잖아요. 그게, 바라는 게 없다고 얘기했었나요? 그래요, 난 당신에게 아무것도 바라지 않아요. 그냥 보고 싶었어요.

수정은 화가 났다. 여자의 말대로 처음으로 돌려놓으라고 얘기하고 싶었다. 하지만 수정은 그렇게 말하지 못했다. 숲속 어디선가 새가 날아올랐다. 퍼드덕거리는 소리에 수정은 하던 말을 멈추고 주위를 둘러보았다.

우리가 왔던 길이 어느 쪽이었죠?

그 남자, 자꾸 욕심을 내요. 수정씨도 알겠지만 그 남잔 제가 얼마나 늙었는지 알지 못해요. 아니 믿지 않아요. 제 아이를 보니 안 되겠다는 생각을 했어요. 원점으로 돌릴 수 있다면, 그랬으면 좋겠어요. 그 남자 때문에 짜증나요. 수정씨가 좀 도와주세요.

수정은 고개를 숙이고 아무 말도 하지 않았다. 수정도 여자의 말대로 처음으로 돌아가면 얼마나 좋을까 생각했다. 그것은 수정이 지난 석 달 동안 여자에게 하고 싶었던 얘기였다. 예전처럼 돌려놓으라고 얘기하고 싶었다. 그건 수정이 지난 석 달 동안 하루도 빼먹지 않고 남자 집으로 찾아가 한 말이었다.

그 남자, 수정씨하고는 완전히 정리된 건가요? 내가 그러지 말라고 부탁했는데, 사실 그 남자에게 수정씨가 없다면, 전 좀 많이 부담스럽거든요.

우리 왔던 길을 잃어버린 것 같아요. 처음 왔던 길이 어느 쪽이에요?

그 남자, 오해하고 있어요. 수정씨, 제 말 잘 들어요. 그 남자는 제가 자기를 받아들이지 않는 것이 수정씨 때문이라고 생각해요. 수정씨가 자기를 포기하지 않기 때문에 제가 망설인다고 생각해요. 제가 그런 게임을 하기에는 너무 늙었다는 걸 그는 받아들이지 못

해요. 자기하고 연애를 하기엔 너무 늙었다는 걸 알지 못해요.

　우리가 왔던 길이 이쪽 맞나요?

　수정은 그만 돌아가야겠다고 생각했다. 수정은 대답을 듣기 전에 나무를 헤치며 앞으로 나갔다. 귓속이 윙윙댔다. 하루 종일 아무것도 입에 대지 않아서 어지럼증이 일었다. 뒤에서 수정을 부르는 여자의 목소리가 들리는 것 같았다. 수정은 정신없이 싸리나무숲을 헤치며 앞으로 나갔다. 자잘한 나뭇가지들이 수정의 팔과 목과 얼굴을 사정없이 긁어대며 앞을 가로막았다. 수정은 나무 밑으로 기어가기 시작했다. 한참을 가자 축축한 습기가 수정의 얼굴에 앉기 시작했다. 강이었다.

　강은 일렁임도 없이 묵묵히 흘러가고 있었다. 수정은 양손으로 땅을 짚고 엎드린 채로 강을 바라보았다. 일어설 용기가 나지 않았다. 수정은 천천히 기어가 하늘을 보고 누웠다. 머리맡에 소나무가 있었다. 솔잎 사이로 수정에게 언뜻 빛이 스며들었다. 바람에 가지가 흔들릴 때마다 햇빛이 눈앞에서 어른거렸다. 개미가 옷 속으로 들어갔지만 내버려두었다. 수정이 눈을 감자, 감은 눈 속에서 빛이 눈물로 스며들었다.

　수정씨.

　수정은 고개만 돌려 소리나는 쪽을 쳐다보았다. 여자는 강변에 바짝 붙어 있는 소나무 그늘 아래, 큰 바위 위에 앉고 있었다. 수정은 허리를 세워 앉았다. 수정은 단추를 풀고 옷을 풀어헤쳐, 옷 속으로 들어간 개미를 찾았다. 옷 속으로 들어간 개미는 보이지 않았다. 대신 빈약한 가슴이 보였다. 수정은 넌지시 여자의 몸을 힐끔거렸다. 겉보기에도 풍만한 여자의 가슴이 부러워졌다. 수정은 자기 가슴을 손으로 가만히 쓸어보았다. 여자의 눈과 마주치자 수정은 단추를 채우고, 여자가 있는 쪽으로 갔다.

우리가 왔던 길이 아니었어요.

여자는 잠깐 뒤돌아볼 뿐, 말없이 강 건너를 보고 있었다. 강 저쪽에는 나무도 없는 텅 빈 들녘이 있었다. 수정은 주위를 둘러봤다. 오른쪽으로 샛길이 강변을 따라 이어져 있었다. 땀 한 줄기가 목선을 타고 흘러내렸다. 수정은 쓰라린 목을 손으로 가만히 쓸었다. 수정의 손에 찐득거리는 피가 묻어났다. 수정은 여기저기 쓰라린 곳들을 손가락으로 만져보았다. 칼날 같은 자국들이 만져졌다. 여자는 일어서서 담배를 피웠다. 여자가 내뿜은 담배연기가 강바람을 타고 수정에게 몰려들었다. 수정은 가만히 여자의 뒷모습을 바라보았다. 햇빛에 눈이 부셔 여자를 제대로 볼 수 없었다. 수정은 앉은 채로 한 걸음 여자에게 다가갔다. 여자가 잠깐 뒤돌아 수정을 쳐다보았다. 수정은 소나무 그늘로 들어서고 나서야 눈을 크게 뜨고 여자를 볼 수 있었다. 여자가 서 있는 바위 아래는 낭떠러지였다. 강물이 바위에 부딪혀 첨벙거렸다. 수정은 발밑으로 첨벙이는 강물을 보면서 슬금슬금 여자에게 다가갔다. 여자는 돌아보지 않았다. 여전히 팔짱을 낀 채 담배를 피우고 있었다. 첨벙이는 강물 속에서 흰 거품으로 살아나는 남자의 얼굴이 잠깐 보였다 사라졌다. 수정은 눈을 감았다. 감은 눈꺼풀 위가 쓰라렸다. 수정은 손을 앞으로 쭉 뻗고 여자를 낭떠러지 아래로 밀었다.

수정은 여자가 물에 빠져 허우적대는 소리가 나도 눈을 뜨지 않왔다. 수정은 눈을 뜨고 있었음에도 아무것도 볼 수 없었다. 수정은 물속에서 허우적대는 여자를 멍하니 쳐다보았다. 수정은 돌아서서 숲 쪽으로 걸음을 옮겼다. 숲으로 들어왔던 샛길이 나타나자 수정은 뛰기 시작했다. 그러면서 강 쪽을 힐끔 돌아보았다. 물에 젖은 담배를 꼭 쥐고 있는 여자의 손이 보였다. 수정은 신발이 벗겨진 줄도 모르고 계속 뛰었다. 신을 신고 있는 한쪽 발이 불편해지자 나머지도 벗어던지고 수정은 뛰고, 또 뛰었다.

다시, 2시 31분, 사내아이

남자는 거실 소파에 앉아 덜그럭거리는 창을 멍하니 바라보고 있었다. 차 트렁크엔 수정의 시체가 실려 있었다. 남자는 그것을 어떻게 처리해야 할지 생각했지만, 졸음만 몰려왔다.

견우와 직녀가 만나는 시간, 2시 31분이 되자 서늘했던 바람은 광풍으로 바뀌어 곧 비를 쏟아낼 것처럼 구름을 몰고 다녔다. 아무래도 견우와 직녀의 만남은 실패로 돌아간 듯싶었다. 완벽한 보름달은 구름 뒤에 가려져 볼 수 없었다.

남자는 소파에 기댄 채로 눈을 감았다. 남자는 담배를 꺼내물었다. 쏟아지는 잠을 참기 위해서였다. 여자에게 다른 남자가 생긴 것인지도 몰랐다. 남자는 화가 나기 시작했다. 수정의 죽음이 아무 쓸모 없어지는 것은 아닌지 초조해졌다. 하루 동안 일어난 모든 일들이 아득히 먼 옛날의 추억처럼 머릿속에서 아른거렸다. 남자는 담배를 입술로만 물고 있었다. 스스로 타들어간 담뱃재는 끝이 위로 살짝 말려올라가 아슬아슬하게 붙어 있었다. 남자는 쏟아지는 잠을 도저히 참을 수 없었다. 남자가 물고 있는 담배는 필터 부근까지 타들어갔다. 숨만 내쉬어도 소파 위로 담뱃재는 떨어질 참이었다.

사내아이는 컴퓨터를 보고 있었지만, 모든 감각과 신경은 뒤통수에 몰려 있었다. 남자가 자기를 지켜보고 있을 것만 같았다. 사내아이는 엄지발가락만 바닥에 대고 쉴새없이 발을 떨었다. 삼십 분째 사내아이는 발만 떨고 있었다. 사내아이의 무릎이 세게 쾅, 키보드 받침대와 부딪쳤다. 남자가 잠에서 잠깐 깼다 도로 눈을 감았다. 담뱃재는 고스란히 소파 위로 떨어졌고, 담뱃불은 제풀에 꺼져 있었다. 남자는 물고 있던 담배꽁초를 거실 탁자 위에 던지고 다리를 탁자 위로 올려 길게 뻗었다. 고개를 등받이 너머로 젖히고, 남자는 잠을 자기 시작했다. 남자는 금세 깊은 잠에 빠져들었다.

뒤돌아봐도 거실에서 별 기척이 없자, 사내아이는 자리에서 일어났다. 사내아이는 까치발을 해서 살금살금 방문으로 갔다. 소리나지 않게 방문을 닫으며 힐끔 거실의 남자를 쳐다봤다. 곤히 잠을 자고 있는 남자를 보자 더욱 불안해졌다.

사내아이는 남자에게 빼앗긴 평온함을 용서할 수 없었다. 빼앗긴 엄마도 다시 찾아야 했다. 느닷없이 개시된 남자의 방문에 사내아이는 당황한 마음을 가라앉힐 수가 없었다.

사내아이는 방 안을 빙글빙글 돌기 시작했다. 방문 쪽으로 갈 때면 눈을 문틈에 대고 거실의 동태를 살폈다. 남자가 완전한 잠 속으로 빠져들수록 사내아이의 불안함은 상대적으로 커져만 갔다. 사내

아이는 방 안을 빙글빙글 돌며 입으로는 알아들을 수 없는 말들을
중얼거렸다. 방 안을 돌며 주문 같은 것을 외우자 마음이 가라앉기
시작했다. 사내아이는 땀으로 온몸이 젖었다. 사내아이는 돌연 중얼
거림을 멈추었다. 머리에서 흐르는 땀방울이 방바닥으로 뚝, 뚝 떨
어졌다. 사내아이는 방문을 소리나지 않게 가만히 열고, 조용히 남
자에게 다가갔다. 사내아이는 당당히 남자의 젖혀진 머리맡에 우뚝
서서 남자를 내려다봤다. 남자가 내쉬는 숨소리가 조그맣게 들렸다.
남자에게서 좋은 냄새가 풍겨왔다.

사내아이는 자신의 방으로 돌아와 문을 살며시 닫았다. 방바닥에
엎어진 채 그대로 있었던 기타를 안고, 침대로 갔다. 사내아이는 기
타에서 가장 가는 6번 줄을 풀기 시작했다. 팽팽했던 줄이 풀어지며
바람 소리 같은 것이 났다. 사내아이는 6번 줄을 완전히 기타에서
떼어내어 양손에 감았다. 사내아이의 양손은 금세 벌겋게 달아올랐
다. 혹시나 줄이 미끄러져 빠지지 않을까 사내아이는 다시 한번 양
손을 잡아당겨보았다. 곡선을 그리던 6번 줄이 반듯하게 펴질 때마
다 위잉, 하고 소리가 났다. 사내아이는 줄을 팽팽히 당기면서 자고
있는 남자에게 다가갔다. 당긴 줄은 한 뼘이 조금 넘었다.

사내아이는 다시 남자의 머리맡에 섰다. 남자는 입을 벌리고 가쁜
숨을 몰아쉬었다. 사내아이는 가만히 남자의 얼굴을 보며 바닥에 앉
았다. 남자의 정수리가 사내아이의 눈높이에 왔다. 사내아이는 천천
히 남자의 젖혀진 목으로 6번 줄을 가져갔다. 사내아이는 남자의 목
에 줄이 살짝 닿자, 있는 힘을 다해 양쪽 손에 힘을 주었다. 6번 줄
이 사내아이의 손을 먼저 파고들었다. 사내아이는 남자가 자기 쪽

으로 떨어지지 않게 소파에 발을 고정시켰다. 남자는 뒤늦게 잠에서 깼으나 6번 줄이 이미 목에 깊이 박힌 뒤였다. 남자가 앞으로 몸을 일으키려 할 때마다 6번 줄은 목을 더욱 깊숙이 파고들었다. 저항할 방법이 없었다. 그렇게 일 분도 채 지나지 않아서 남자의 숨은 끊어졌다. 아주 잠깐이었다. 사내아이는 남자의 몸이 늘어지는 것을 느낄 수 있었다. 사내아이는 입술을 꽉 다물고, 코로 거친 숨을 내쉬었다. 사내아이의 손에서 피가 흐르고 있었다. 사내아이는 천천히 자신의 손에 박힌 6번 줄을 풀었다. 남자의 머리가 소파 뒤로 완전히 꺾였다. 사내아이의 눈과 남자의 눈이 거꾸로 마주쳤다. 남자의 뒤집힌 눈을 보고도 사내아이는 겁먹지 않았다. 남자의 목을 파고든 기타 줄이 잘 빠지지 않았다. 힘겹게 6번 줄을 완전히 남자의 목과 분리시키자, 금세 상처가 피로 메워졌다. 검고 붉은 피는 남자의 목뒤를 타고 흘러내려 사내아이의 양말 위로 떨어졌다. 사내아이는 서둘렀다. 사내아이는 피를 보자 잽싸게 일어나 뒤쪽에서 남자를 안아 가슴에 깍지를 끼고 남자를 욕탕으로 옮겼다. 사내아이는 남자의 옷을 모두 벗겨내 욕조에 담그고 미지근한 물을 받았다. 욕조에 물이 채워지는 사이 사내아이는 톱과 부엌칼을 들고 왔다. 사내아이는 남자의 양쪽 팔목을 도려내기 시작했다. 물속에서 뻘건 안개가 피어올랐다. 남자의 눈은 욕실 천장을 보고 치켜뜬 채였다. 칼이 잘 들지 않아 손목이 잘려나가지 않았다. 사내아이는 손목 자르는 것을 그만두고 축 늘어져 있는 남자의 성기를 한 손으로 움켜쥐었다. 그러곤 그것을 단칼에 잘라내었다. 사내아이는 떼어낸 남자의 성기를 변기에 넣고 물을 내렸다. 사내아이는 욕조 위로 남자의 발

을 들어올렸다. 머리도 물 밖으로 끄집어올려 사타구니만 욕조 물
에 담갔다. 모든 피는 해방구를 찾아, 성기가 있던 자리로 쏟아져나
왔다. 사내아이는 샤워기를 틀어 욕실 바닥을 물로 쓸었다. 사내아
이는 샤워를 했다. 줄이 파고들었던 손의 상처가 쓰라렸다. 남자의
뒤집힌 눈은 여전히 욕실 천장을 쳐다봤다. 입은 반쯤 벌리고 있었
다. 사내아이는 몸 구석구석을 닦고 자기 방으로 갔다. 사내아이는
엄마를 기다리지 않았다. 오지 않을 것을 알고 있었다. 단 한 번도
연락 없이 자신만을 남겨둔 채 새벽까지 들어오지 않은 날이 없었
던 엄마였다. 사내아이는 침대에 걸터앉아 다섯 줄만 남은 기타를
치기 시작했다. 6번 줄이 빠진 기타는 어둡고 낮은 음들만을 나직이
울려댔다. 사내아이는 거실에서 피 묻은 6번 줄을 찾아와 제자리에
끼웠다. 조임새를 조이자 구겨졌던 줄은 다시 팽팽히 펴지기 시작
했다. 조임새를 한 바퀴 돌릴 때마다 줄이 펴지며 옥타브가 올라갔
다. 긴장감이 펴지는 소리였다.
　기타는 6번 줄이 채워지자 조화로운 음들을 뿜어내기 시작했다.

배꽃이 지고

하얀 배꽃이 눈처럼 내립니다.

뚱뚱한 여자가 배나무 아래 섭니다. 바람에 날리는 꽃잎에 눈앞이 어지럽습니다. 여자가 눈을 가늘게 뜨고 배나무를 올려다봅니다. 눈부신 하얀 꽃잎이 바람을 타고 여자의 몸을 감쌉니다.

여자가 천천히 사다리를 오릅니다. 한 발 사다리를 짚고 올라설 때마다 휘청, 사다리가 휩니다. 여자의 몸은 배나무만큼 큽니다. 뚱뚱한 상체에 비해 다리는 힘없이 얇습니다. 여자가 사다리에 올라서서 마을을 내려다봅니다. 넓게 자리잡은 과수원 밑으로 작은 마을이 눈에 들어옵니다. 작은 두 계곡 사이에 자리를 잡은 과수원은 산 위로 갈수록 넓은 역삼각형 모양입니다. 두 계곡이 만나는 곳 아래에 작은 마을이 있습니다. 사다리를 잡고 있던 과수원 주인이 사다리를 흔듭니다. 여자가 휘청거리며 허공을 훠이, 붙잡습니다.

여자가 정성스럽게 배꽃을 땁니다. 손톱으로 똑, 가지가 다치지 않게 꽃을 땁니다. 여자는 꽃잎을 버리지 않고 다른 손에 모읍니다. 한 손 가득 꽃이 모아지면 바람을 기다립니다. 하얀 배꽃이 눈처럼 흩어집니다. 여자의 얼굴에 환한 미소가 번집니다.

야이, 시발년아, 뭐 허는 겨?

여자가 얼굴에 번졌던 미소를 거두고 손을 바삐 움직입니다. 하지만 여전히 슬금슬금 남자의 눈치를 보며 꽃잎을 바람에 날려보냅니다. 힐끔 함박눈 같은 배꽃을 바라봅니다.

중늙은이 사내는 한 손으로 사다리를 붙잡고, 다른 손으로는 여자의 엉덩이를 더듬습니다. 여자는 사내의 손을 내버려둡니다. 무심히 배꽃 따는 일에만 열중합니다. 두툼한 입술을 비죽이 내밀고서 배꽃을 땁니다.

멀찍이 떨어진 곳에서 여자의 남편, 빡빡머리 병출씨도 꽃을 따고 있습니다. 꽃을 따며 틈틈이 여자와 과수원 주인을 힐끔거립니다. 벌어진 입에서 침이 흐릅니다. 과수원 주인이 아내의 몸을 더듬는 것을 보고도 배꽃만 땁니다. 병출씨의 손놀림은 여자보다 서너 배 빠릅니다. 장갑 낀 손으로 가지를 잡고 훑어내리면 함박눈 같은 꽃잎이 바람을 타고 여자 있는 곳으로 날아갑니다.

여자가 천천히 사다리에서 내려옵니다. 여자가 내려오자, 주인 사내가 사다리를 접고서 앞장섭니다. 여자가 사내를 따라가며 손에 쥐고 있던 꽃잎을 한 장 한 장 바람에 날립니다. 둘은 천천히 과수원 꼭대기를 향해 걸어갑니다. 과수원 꼭대기엔 대숲이 병풍처럼 둘러서 있습니다. 대나무숲으로 사내가 먼저 사라집니다. 여자는 대숲 앞에 멈춰 서서 손에 쥐고 있던 꽃을 천천히, 조금씩 바람에 날립니다. 손바닥 위에서 배꽃이 한 장 한 장 바람에 실려갑니다.

병출씨가 발끝을 세워 여자를 찾지만 보이지 않습니다. 병출씨는 장갑 낀 손으로 흐르는 침을 스윽 닦습니다. 사다리에서 내려와 여자가 꽃잎을 따던 나무에 가봅니다. 여자가 서 있던 곳엔 버려진 꽃잎만 수북합니다.

대나무 사이로 허연 여자의 허벅지가 보입니다. 여자가 널빤지 위에 다리를 벌리고 누워 있습니다. 한쪽 발목에는 여자의 낡은 팬티와 몸뻬바지가 걸려 있습니다. 윗옷은 젖가슴 위까지 둘둘 말려져 올라가 있습니다. 중늙은이 사내가 여자 위에서 헐떡입니다. 병출씨는 더이상 그들에게 다가서지 못하고 대나무 사이로 여자를 바라봅니다. 여자가 작게 내뱉는 신음소리가 대숲을 떠도는 바람에 실려 흩어집니다. 대나무 사이로 반짝 여자와 눈이 마주칩니다. 여자가 훠이훠이 손짓합니다. 병출씨가 꼼짝 않고 대나무 사이로 여자를 바라봅니다. 마른입을 다시며 고개를 돌립니다.

저리 안 가, 이 시발놈아.

사내가 엉덩이질을 멈추고 대나무 사이로 병출씨를 노려봅니다. 병출씨가 주춤주춤 뒤로 물러섭니다. 흐르는 침과 콧물을 맨손으로 스윽 닦습니다. 병출씨는 항상 입을 벌리고 있습니다. 툭 솟은 앞니 때문에 입이 다물어지지 않습니다. 병출씨는 항상 입에 하얀 침거품을 물고 있습니다.

병출씨가 과수원 주인의 쪼글쪼글한 엉덩이를 힐끔거립니다. 사내의 엉덩이가 다시 들썩이기 시작합니다. 사내는 여전히 대나무 사이로 병출씨를 건너다봅니다. 병출씨가 천천히 발걸음을 돌립니다.

병출씨는 배나무 아래 쭈그리고 앉습니다. 떨어진 꽃잎들을 주워 모아 자기 머리 위로 한 움큼 꽃잎을 던집니다.

중늙은이 과수원 주인이 허리춤을 추스르며 대숲에서 나옵니다. 송골송골 땀이 맺힌 대머리가 햇살을 받아 번들거립니다. 병출씨는 모르는 척 떨어진 꽃잎을 모읍니다. 주인 사내의 불호령이 떨어질 텐데도 자리를 뜨지 않고 한 손 가득 움켜쥔 꽃잎만 만지작거립니다.

너, 변태여? 남 떡치는 걸 매일 훔쳐보고 지랄이여. 일 안 해, 이 시벌눔아.

……

병출씨는 대답 대신 훌쩍 흘러나온 콧물을 들이마십니다. 주인 사내가 병출씨에게 고함을 치며 버럭 화를 냅니다. 금으로 된 앞니가 번쩍 눈부십니다. 병출씨는 못 들은 척 얇은 꽃잎을 한 장 한 장 떼어냅니다.

저리 안 가?

사내가 꼼짝도 않는 병출씨에게 발길질을 하기 시작합니다. 병출씨는 과수원 주인에게 세차게 옆구리를 얻어차이고서야 살짝 엉덩이를 들었다 도로 주저앉습니다. 둘의 나이는 엇비슷해 보입니다. 어쩜 병출씨가 과수원 주인보다 나이가 많을지도 모릅니다. 병출씨도 중늙은이긴 마찬가집니다. 자신도 정확한 나이를 모르기 때문에 아무도 그의 나이를 아는 사람이 없습니다.

……우, 우이 각시랑…… 글, 긍지 마.

허허, 이게 미쳤나. 내가 뭘 했는디, 글지 마 이 시벌눔아. 쓸데없는 소리만 해봐. 아주 갈비뼈를 자근자근 갈아줄 팅게. 가서 일혀.

얼렁 안 인나?

중늙은이 사내가 배나무 받침목 하나를 빼어듭니다. 대숲에서 여자가 나옵니다. 뒤뚱뒤뚱 뚱뚱한 몸을 이끌고 여자가 걸어나옵니다. 병출씨가 슬쩍 아내를 쳐다봅니다. 여자도 곁눈으로 남편을 쳐다봅니다. 병출씨도 여자도 서로의 눈을 똑바로 쳐다보질 못합니다.

밥, 먹어? 밥?

여자가 배나무에 대고 아주 작은 소리로 말합니다.

시, 시방년, 그, 그릏 진 하지 말라고, 잖여.

어이구, 지랄들을 하고 있네. 저능아 새끼들. 둘 다 얼렁 안 가?

과수원 주인이 들고 있던 각목을 휘두릅니다. 여자가 사내를 가로막으며 남편 대신 얻어맞습니다. 병출씨가 허겁지겁 일어서며 뛰듯이 배밭을 내려갑니다. 천천히 여자가 뒤따릅니다.

니들이 배꽃을 남김없이 다 따야, 가을에 배가 많이 열리지. 얼렁 따자, 꽃잎.

과수원 주인이 걸어내려가는 부부 뒤통수에 대고 소리칩니다. 과수원 주인이 담배를 빼어물며 콧노래를 흥얼거립니다.

바람이 가만히 불어와 꽃잎을 날립니다. 병출씨와 여자가 멀찍이 떨어져서 꽃잎을 땁니다. 여자는 손끝으로 똑, 꽃을 따고, 병출씨는 장갑 낀 손으로 가지를 훑으며 꽃을 땁니다.

과수원 뒷산으로 해가 넘어갑니다. 병출씨와 여자는 점심도 거른 채 하루 종일 배꽃을 땁니다. 사위가 어둑해져도 부부는 과수원 주인의 명령이 있기 전에는 집으로 돌아갈 수 없습니다. 병출씨가 사다리 위에서 사내를 찾지만 보이지 않습니다. 여자는 무거운 몸을 이끌고 꼼꼼히 꽃잎을 따고 있습니다. 병출씨가 사다리에서 내려와 주춤주춤 여자에게 다가갑니다.

개숭아, 애, 애기 젖, 전 매겼어?

여자는 대답 없이 손에 쥐고 있던 꽃잎을 병출씨의 머리 위에 뿌립니다.

누, 눙, 크크.

철썩. 병출씨가 느닷없이 여자의 허벅지를 후려갈깁니다. 여자가 웃음을 거두고 천천히 사다리에서 내려옵니다.

얼렁 가. 젖, 전 매겨.

……젖 엄서. 아저씨가 다 먹었어.

……

병출씨가 한참을 눈만 끔벅이며 배나무만 보고 섰습니다. 혼자 터벅터벅 배밭을 내려가기 시작합니다. 여자 혼자 깜깜해진 배밭에 남습니다. 여자는 한 손 가득 배꽃을 줍습니다.

어느새 과수원 맞은편에 달이 떴습니다. 여자 얼굴만큼이나 둥글고 복스런 달입니다. 문 앞에서 병출씨가 우두커니 서서 여자가 오기를 기다립니다. 뒤따라온 여자가 대문 앞에 오자, 부엌으로 들어가 아궁이 앞에 주저앉습니다. 대문 앞에 버려진 여자는 또 매를 맞을 게 분명합니다. 여자도 한참을 대문 앞에서 서성입니다. 손에 쥐고 온 꽃잎을 한 장 한 장 대문 안으로 던집니다.

안 들어오고 뭐 혀. 아저씨 없응게 얼른 젖 멕여.

과수원댁이 여자를 발견하고 소리칩니다. 여자의 젖먹이 아이는 과수원댁이 키웁니다. 과수원댁은 부엌으로 들어가 콩나물국에 밥을 말아 병출씨에게 건넵니다. 여자가 슬금슬금 집 안으로 들어섭니다.

과수원집은 방이라고 해야 부엌에 딸린 좁은 방이 전붑니다. 병출씨와 여자는 우사를 개조한 창고방에서 잠을 잡니다. 병출씨는 그곳에서 지낸 지 이십여 년이 흘렀고, 여자는 십 년이 지났습니다. 여자는 십 년 전에 아버지뻘 되는 병출씨에게 두번째 시집을 왔습니다.

여자가 자는 아이를 흔들어 깨웁니다. 아이는 울면서 보채기 시작하고, 여자는 억지로 젖을 물립니다. 과수원댁이 콩나물국에 밥을 말아 여자에게 줍니다.

개순아, 나 교회 간게, 때리믄 얼른 도망가. 알았지?

여자는 아이에게 젖을 먹이며 자신도 밥을 먹느라 정신이 없습니다. 대접에 코를 박고 고개만 끄덕입니다. 아이는 젖 뗄 나이가 훨씬 지났지만 미친 듯이 젖을 빨아댑니다.

……도망가. 아줌마, 낼 아침에 올 팅게.

과수원댁이 찬송가 가방을 들고 서둘러 집을 나섭니다. 과수원댁은 혹시나 남편과 마주칠까봐 힘겨운 걸음으로 밭을 가로질러갑니다. 과수원댁은 꼭 신앙이 있어 교회에 가는 것이 아닙니다. 잠을 잘 곳도 마땅치가 않고, 남편 눈에 띄면 얻어맞기 일쑤여서 밤마다 집을 나섭니다.

아주 작은 마을에 과수원집의 소란은 밤마다 마을 사람 전부를 공포로 몰아넣습니다. 마을의 집들은 폐가가 된 지 오래입니다. 집 주인이 죽으면 아무도 살 사람이 없는 집들입니다. 이제 죽음에 가까운 노인들만 남은 마을은 쥐 죽은 듯 조용합니다. 과수원 주인에게 입바른 소리라도 하면 여지없이 얻어맞기 때문에 노인들은 몸을 사립니다. 밤이 되면 할머니들은 집을 버리고 교회로 모여듭니다.

병출씨는 오래도록 아궁이 앞에 앉아 있습니다. 깊은 산중의 날씨도 많이 따뜻해졌지만, 아이가 있으니 불을 지펴야 한다고 생각합니다. 병출씨는 매일 과수원 일을 마치고 돌아오면 제일 먼저 방에 불을 지핍니다. 방에 불을 땠다고 사내에게 한 볼기 얻어맞을 테지만 병출씨는 매일 말없이 고집을 부립니다.

아이가 병출씨의 아이라는 증거는 없습니다. 친자식일 수도 있고 아닐 수도 있습니다. 하지만 자기 부인이 아이를 낳았으니 당연히 자기 아이라고 생각합니다. 아이는 이제 세 살이 됩니다. 결혼한 지 팔 년 만에 얻은 자식이니 그 사랑도 끔찍합니다. 그것은 누가 가르쳐준 것도 아니요, 머리가 모자란다고 모르는 것도 아닙니다. 병출씨가 작은 가지를 뚝뚝 분질러 아궁이에 집어넣습니다.

아이는 엄마 젖을 물고 잠이 들었고, 여자도 앉은 채로 잠이 들었습니다. 아이는 잠들어서도 엄마의 젖꼭지를 놓지 않으려 필사적입니다. 모처럼 병출씨 가족의 평화로운 봄밤입니다.

다 자냐? 다들 일어나라. 주인님 오셨다아.

과수원 주인은 마을 입구에서부터 작은 마을이 떠내려가라 고함을 칩니다. 동네 개들이 발악하며 짖어대기 시작합니다. 졸다 깬 병출씨가 한 묶음이나 되는 나무를 아궁이에 잽싸게 집어넣습니다. 사내 목소리가 들리자 병출씨가 천천히 부엌에서 나와 마당에 섭니다.

218

이 시발놈, 불 때지 마라니까.

병출씨가 눈을 끔벅이며 천천히 모로 돌아섭니다. 사내 뒤에는 웬 남자 하나가 엉거주춤 서 있습니다.

개순아, 개순아. 아저씨 왔다.

사내는 여자를 부르며 마루로 올라섭니다. 사내를 따라온 일꾼이 병출씨의 눈치를 보며 엉거주춤 집 안으로 들어섭니다. 병출씨는 돌아서서 쩝, 마른입을 다십니다. 흘러나오는 콧물을 훌쩍 들이마십니다. 앞으로 솟은, 벌어진 앞니 사이로 한숨이 새어나옵니다.

이런 시벌, 젖 주지 말라고 했지. 니 젖은 내 관절염 약이랑게.

중늙은이 사내가 아이를 발로 툭툭 차며 여자를 윽박지릅니다. 여자는 잠에서 쉽게 헤어나오지 못합니다. 아이는 잠결에 입을 실룩이며 엄마 젖을 찾습니다. 사내를 따라온 남자는 엉거주춤 마루 위에 서서 난감해합니다.

들어와, 일로. 갠찮어.

과수원 주인이 남자의 손목을 잡아끕니다.

어여 자야, 낼 일 나가지. 확, 애기 절로 안 치워?

멀찍이 서 있던 병출씨가 슬금슬금 마루 쪽으로 걸음을 옮깁니다. 여자는 졸려서 눈을 뜨지도 못합니다. 과수원 주인이 여자에게서 아이를 떼어내 마루에 던지듯 내려놓습니다. 아이는 마룻바닥에 아주 작게 웅크립니다. 병출씨가 슬금슬금 다가가서 아이를 안습니다.

어엉, 각긍.

병출씨가 아이를 안고 부엌으로 들어갑니다. 아궁이 옆에 가마니를 깔고 아이를 누입니다. 타들어가는 불꽃과 아이를 번갈아 멍하니 바라봅니다.

천장 한가운데 달려 있는 커튼을 치자 좁은 방은 둘로 나뉩니다. 한쪽엔 주인 사내가 눕고, 반대쪽엔 사내를 따라온 남자와 여자가 눕습니다. 여자는 이미 벽에 붙어서 자고 있습니다.

너무 좁아서 여기선 못 자겠슈.

왜 못 자. 다 잤어. 거그서.

남자가 엉거주춤 무릎을 꿇고 바지를 내립니다. 여자의 몸뻬바지를 벗겨냅니다. 여자는 다리를 벌리고 잠들어 있습니다.

아무래도 못 허겠슈. 젖도 안 뗀 애엄마허고.

남자가 막상 여자의 아랫도리를 벗겨내자 망설입니다.

갠찮당게. 얼른 혀, 시벌눔아. 불 끄고 자게.

영, 찝찝헌디.

주인 사내가 얼른 일어나 불을 끄고 눕습니다.

젖은 빨지 말어. 내 약인게.

잠든 여자에게 섹스는 순식간입니다. 몇 분 지나지 않아서 남자가 옷을 추스릅니다.

괜스리 따라왔슈.

잔말 말고 이리 와서, 자. 거기 내 자린게.

과수원 주인이 남자와 자리를 바꿉니다. 중늙은이 과수원 주인은 여자의 윗도리를 까고 여자의 젖을 빨기 시작합니다. 달착지근하면서 시큼한 젖을 빨아먹습니다. 혹시 아이가 한 방울이라도 먹을까 봐 오래도록, 남김없이 젖을 빨아먹습니다.

아궁이 앞에 아이는 따뜻한 잠을 잡니다. 옆에서 병출씨는 졸린 눈을 비비며 불을 땝니다. 뜨겁지 않도록 작은 가지를 분질러 아궁이에 집어넣습니다. 반쯤 감은 눈으로 아이를 바라봅니다. 병출씨가 아이의 머리를 천천히 쓰다듬습니다.

교회에서 돌아온 과수원댁이 병출씨를 흔들어 깨웁니다. 병출씨는 부엌 맨바닥에 웅크리고 잠들어 있습니다. 아궁이의 불씨는 사그라졌고, 아이도 몸을 작게 웅크리며 곤히 자고 있습니다. 잠에서 깬 병출씨가 아이의 이마를 짚어봅니다. 아버지의 손길을 느꼈는지 아이가 입을 실룩거립니다.

일꾼 델꼬 왔나벼. 근디 애기는 왜 찬 바닥에 재웠어?

병출씨는 눈만 껌벅이며 대꾸가 없습니다. 과수원댁이 절룩이며 물을 받으러 나갑니다. 과수원댁은 한쪽 다리를 심하게 접니다. 과수원집에서 멀쩡한 사람은 주인 사내 하나뿐입니다. 과수원댁은 아이를 낳지 못했습니다. 다리를 절기 때문에 과수원 일을 제대로 할 수도 없었습니다. 그 이유로 평생을 주인 사내의 매질에 시달렸습니다. 맞아서 멀쩡했던 한 손도 쓸 수 없게 됐습니다. 몸이 더이상 매질을 견딜 수 없게 되었을 때, 병출씨를 데려왔고 여자를 데려왔습니다. 과수원댁은 한때 매를 나누어 맞게 되어서 다행이라고 생각한 적도 있었습니다. 그것은 오산이었습니다. 주인 사내의 매질은 사람 수만큼 왕성해지고, 난폭해졌습니다.

병출씨는 아궁이에 불을 지피고, 과수원댁은 밥을 안칩니다. 마른 장작이 쩍 갈라지며 불길이 피어오릅니다. 이른 새벽 병출씨와 과수원댁은 쪼그리고 앉아 밥이 다 될 때까지 불을 쬡니다.

과수원집 식구들이 소박한 아침을 먹습니다. 마루에서 주인 사내, 일꾼과 여자가 밥을 먹고, 부엌 바닥에서 병출씨와 과수원댁이 시래깃국에 밥을 말아 먹습니다.

병출이 말 잘 들어. 내 있다 가볼 팅게. 자가 병신이라고 말 안 들으면 국물도 없을 줄 알어.

알았슈. 꽃만 따믄 된담서유.

개순아, 너는 오늘 일 나가지 말고 집에서 쉬여잉.

여자가 대접에 코를 박고 고개만 끄덕입니다. 남들은 반도 안 먹었는데, 여자는 벌써 두 그릇째 국에 밥을 맙니다.

야이, 시발년아, 고만 좀 처먹어.

중늙은이 사내가 먹던 숟가락으로 여자의 이마를 때립니다. 금세 이마는 벌겋게 부풀어오르지만, 여자는 개의치 않고 밥을 먹습니다. 겁먹은 남자만 조용히 숟가락을 내려놓습니다.

너, 오늘 꽃 다 못 따면 못 갈 줄 알어.

알았슈. 일당이나 두둑이 쳐줘유.

병출씨가 후다닥 밥을 먹고 마당에 섭니다. 여자를 힐끔 쳐다보고는 고개를 대문 쪽으로 돌립니다. 일꾼이 따라나섭니다. 병출씨가 나가다가 아이와 여자를 돌아봅니다.

아, 아빵, 대, 댕겨올겐.

과수원댁이 부엌에서 아이 손을 잡고 흔듭니다. 아이가 활짝 웃으며 병출씨를 바라봅니다. 여자는 그런 것에 관심도 없고, 일꾼이 남긴 밥을 자기 국그릇에 덜고 있습니다.

병신, 육갑허네. 빨리 안 꺼져?

병출씨가 느실느실 대문을 나섭니다. 뒤로 일꾼이 머쓱하게 병출씨를 따라갑니다.

과수원에 다다르자 일꾼의 불만은 이만저만이 아닙니다. 병출씨는 말없이 사다리를 펴고 올라가 배꽃을 땁니다. 일꾼도 병출씨 옆에 사다리를 폅니다.

우, 우부턴 따. 이, 일 안 하믄 아, 아저씨한테 이, 일런.

시발놈! 알았어, 빙신아.

과수원의 배나무는 모두 이백삼십 그룹니다. 어제 일한 것을 빼면 둘이 꽃잎을 따야 할 나무는 백오십 그루쯤 됩니다. 일꾼은 한숨을 쉬며 투덜거리지만, 병출씨는 어제와 같이, 이십 년 전과 같이 말없이 주인이 시킨 일을 묵묵히 하기 시작합니다.

이 시발년아, 빨리 안 뛰어? 누가 절름뱅이 아니랄까봐.

과수원댁이 막걸리 주전자를 마루에 조심스럽게 내려놓습니다. 과수원집에 아침부터 술판이 벌어집니다. 언제나 과수원에 일꾼이 들어오면 같은 행사가 벌어집니다. 일꾼과 병출이가 집을 나서자마자 과수원댁은 오 리나 떨어진 옆동네에 가서 막걸리를 받아왔습니다. 과수원댁의 걸음걸이를 보면 보는 사람도 마음이 불편해졌지만, 남편인 사내는 언제나 그것을 빌미로 과수원댁을 두드려팹니다. 과수원댁은 아무리 애를 써서 도망가도 과수원 사내를 벗어날 수 없습니다. 아침에 맞는 매는 묵묵히 견디는 수밖에 없습니다. 과수원댁에게 아침의 간단한 매질은 일상의 시작 같습니다.

사내가 마당에 맨발로 내려섭니다. 과수원댁이 열심히 대문을 향해 걸어가지만, 마음처럼 발이 움직여지지 않습니다. 사내가 작대기를 들고 다가서는 동안 겨우 두 걸음을 갔을 뿐입니다.

어디, 한번 뛰어봐라. 이 쌍년아.

사내는 빨랫줄을 받치는 대나무 바지랑대로 과수원댁의 등짝을 내려칩니다. 과수원댁이 아이를 안고 땅바닥으로 꼬꾸라집니다. 놀란 아이가 발악하며 울기 시작합니다.

애기 갖다버리랬더니, 차고 앉아가지고, 그걸 키울 사람이 누가 있다고, 이 쌍년아.

과수원댁은 아이가 다치지 않게 몸을 동그랗게 말고서 사정없는 매질을 견딥니다. 매질은 사내가 힘이 빠질 때까지 계속됩니다.

내가 어쩌자고, 이런 병신을 데리고, 평생을 살았냐 말이지.

주인 사내는 과수원댁의 불편한 다리를 사정없이 후려갈기고서야 매질을 멈춥니다. 과수원댁은 꼼짝도 할 수 없습니다. 아픈 다리에 감각이 없습니다. 과수원댁이 기를 쓰고 일어납니다. 사내의 눈앞에서 사라지지 않으면 더 맞을지도 모르기 때문입니다. 대문을 나서며 우는 아이를 어릅니다. 아픈 다리를 질질 끌면서 대문 밖을 나섭니다.

저년은 꼭 맞아야지 눈앞에서 사라져요. 넌, 또 어디가? 시발년아.

여자가 슬금슬금 남자 눈을 피해 밖으로 나가려다가 얼음처럼 굳어버립니다.

……신랑이 꽃 따.

절로 안 가?

사내가 달려들어 귀뺨 한 대를 날립니다. 여자가 두툼한 볼을 매

224

만지며 허겁지겁 마루 위로 올라갑니다. 사내가 술을 들고 방 안으로 들어갑니다.

개순아, 아저씨가 무릎이 아퍼서 일을 못 하겠어. 약 먹어야겠어. 많이.

사내는 연거푸 막걸리를 마십니다. 여자가 입맛을 다십니다.

한잔 주까? 우리 개순이.

여자가 웃으며 고개를 끄덕인다. 여자는 사내가 따라준 막걸리를 숨도 쉬지 않고 단숨에 마셔버립니다.

자, 막걸리 먹었으니까, 옷 좀 벗어봐잉.

여자가 윗옷을 젖가슴 위까지 들어올립니다. 사내는 아이처럼 여자의 무릎을 베고 젖을 먹습니다. 사내는 밥상을 밀어내고 여자를 누이고 몸빼바지를 벗겨냅니다. 한쪽 발목에 누런 속옷과 몸빼바지가 매달립니다.

과수원댁은 겨우 교회까지 기어갑니다. 아무래도 뭐가 잘못돼도 크게 잘못된 것 같은 생각이 듭니다. 과수원댁은 남편에게 얻어맞은 다리를 전혀 쓸 수가 없습니다. 과수원댁은 절룩거리며 교회를 지키는 사찰에게 밥을 얻어옵니다. 밥을 찬물에 말아 아이에게 떠먹입니다. 과수원댁은 앉은뱅이가 될까봐 겁이 납니다. 열심히 주물러보지만 감각이 돌아오지 않습니다. 아이는 눈을 말똥거리며 과수원댁이 건네는 숟가락을 잘도 받아먹습니다.

중늙은이 과수원 주인은 여자 위에서 내려올 생각을 않습니다. 환갑이 지난 나이면 성욕도 같이 늙어가기 마련인데, 사내는 날이 갈수록 더합니다. 여자는 누워서 다리를 벌리고, 천장을 멀뚱히 쳐다보고 있습니다.

병출씨는 쉬지 않고 일을 합니다. 같이 일하는 일꾼이 게으름을 피우든지 말든지 능숙한 솜씨로 배꽃만 땁니다. 과수원에 하나둘 앙상한 배나무가 늘어갑니다.

어이, 점심때 지났는디, 밥 안 와?

사다리 위에서 병출씨가 남자를 힐끔 내려다봅니다.

우, 우잉, 점심 안 머건. 배, 배 안 고파.

병출씨가 힘겹게 대답을 하고, 하던 일을 계속합니다. 일꾼은 어이가 없다는 듯이 병출씨를 올려다봅니다. 병출씨가 뿌리는 배꽃 때문에 눈을 제대로 뜰 수가 없습니다.

아니, 어떻게 밥을 굶고 일을 혀어?

병출씨는 대답하지 않고 과수원 입구를 멍하니 쳐다봅니다. 여자가 힘든 몸을 이끌고 뒤뚱뒤뚱 과수원으로 올라오고 있습니다.

병출씨가 사다리에서 내려와 천천히 과수원 입구로 갑니다.

밥 오는가벼.

여자가 병출씨를 발견하자, 멀찍이 서서 배꽃을 만지작거립니다. 손끝으로 똑, 꽃잎을 땁니다. 여자가 꽃잎을 버리지 않고 다른 손에 모읍니다. 한 손 가득 꽃이 모아지면 바람을 기다립니다. 하얀 배꽃이 눈처럼 흩어집니다. 여자의 얼굴에 하얀 배꽃 같은 미소가 번집니다.

왜, 왜, 왔선?

여자가 손에 모은 꽃잎을 병출씨에게 뿌립니다.

밥은 어딨슈? 진짜로 안 가지고 온 거여?

……아저씨가 술 사오래. 누, 눙, 크?

여자가 모인 배꽃을 병출씨 머리 위에 뿌립니다. 병출씨가 우악스럽게 여자의 손목을 잡고 과수원 밖으로 데리고 나가 내동댕이칩니다. 여자가 중심을 잃고 넘어져, 데굴데굴 구릅니다.

너, 너, 맞언. 빠, 빨리 술 사러 가.

여자가 엎어진 채로 입을 비죽이 내밉니다. 막 눈물이 쏟아질 것 같은 표정입니다. 여자가 일어서더니 천천히 돌아서 갑니다. 병출씨가 모로 서서 힐끔, 멀어지는 여자를 쳐다봅니다. 큰 몸집이 보이지 않을 때까지 병출씨는 우두커니 서 있습니다.

일을 도우러 온 남자는 해가 지자 일손을 놓고 배나무 아래에 자리를 깔고 눕습니다. 병출씨는 일꾼 몫까지 성실히 일을 합니다. 불평 한마디 없이 주어진 일을 마칩니다. 병출씨가 터벅터벅 과수원을 내려갑니다. 배나무 아래 졸고 있던 남자가 허겁지겁 병출씨 뒤를 따릅니다. 달빛을 받은 앙상한 배나무는 쓸쓸한 그림자를 길게 드리웁니다.

병출씨는 집으로 돌아오자마자 부엌으로 들어가 아궁이에 불을 지핍니다. 과수원집은 쥐 죽은 듯 조용합니다. 방 안에 불도 꺼져 있습니다. 일꾼이 마당을 서성이며 과수원 주인을 부릅니다.

아무도 없슈? 좀 나와 찾아봐아. 빨리 가야는디, 큰일이네.

병출씨는 아무 소리도 들리지 않는 것처럼 아궁이에 마른 장작만 집어넣습니다.

밥도 먹어야 되고, 큰일이네. 어이, 좀 찾아보랑게.

병출씨가 잠깐 돌아보더니 하던 일을 계속합니다. 남자가 마루를 무릎으로 걸어가 방문을 열어젖힙니다. 문을 열고 방 안을 한참 들여다봅니다. 방 안에는 마당보다 더 짙은 어둠만이 들어앉아 있습니다.

오메, 깜짝이야.

깜깜한 방 안에서 여자가 문 밖을 노려보고 있습니다. 작은 눈이 어둠 속에서 밝게 빛납니다. 여자와 과수원 주인은 알몸입니다. 과수원 주인은 코를 골며 자고 있고, 여자는 깨어서 멀뚱히 문을 쳐다보고 있습니다. 남자가 황급히 문을 닫습니다.

안에 있음, 있다고 말을 해야지. 놀랬잖어유. 얼렁 좀 나와봐유. 저, 가야 돼유.

어떤 시벌놈이 단잠을 깨우고 지랄이여?

주인 사내가 방문을 벌컥 열며 고함을 칩니다.

저유, 돈 줘야 가쥬.

저런 미친놈 보게. 돈 줬잖아, 이 시발놈아.

뭔 돈을 줘유. 점심도 굶기면서 일 시키는 냥반이 어딨어유?

잠깐 기둘려, 이 쌍놈의 새꺄.

과수원 주인이 바지를 대충 입으며 밖으로 나옵니다. 벌어진 바짓가랑이 사이로 사내의 시커먼 성기가 덜렁거립니다. 사내가 맨발로 달려나와 바지랑대를 집어듭니다. 일꾼이 피할 새도 없이 냅다 머리를 후려갈깁니다.

시벌놈아, 어제 오입시켜줬잖여. 그건 돈이 아니고 뭐여. 역에서 노숙하는 놈 데려다 술 받아줘, 오입시켜줘, 재워줬더니, 이런 쌍려

르 새끼가, 건방진 놈의 새끼.

남자의 머리에서 검붉은 피가 흐릅니다. 남자는 얻어터진 곳을 붙잡고 아무 말도 못 합니다.

……그건, 그래도 일당이라도 좀 쥐여줘야, 밥이라도 사먹쥬. 글지 말고 조금이라도 줘유. 차비도 없슈.

과수원 주인은 작대기를 들고 마구잡이로 휘두릅니다. 남자가 슬금슬금 뒤로 물러나더니, 도망가지 않고 과수원 주인이 휘두르는 매를 참고 맞습니다.

시벌놈, 쌀 땐 좋았지. 당장 안 꺼져?

글지 말고……

어따, 이눔 강적이네. 개순아, 개순아.

여자가 방문을 열더니 고개를 빼쭉 내밉니다.

거기, 내 지갑 좀 가져와.

여자가 알몸인 채로 후다닥 지갑을 들고 나옵니다. 육중한 살들이 달빛을 받아 불그스름합니다. 어른 머리만한 젖가슴과 밑으로 주욱 처진 뱃살이 출렁거립니다.

이런 미친년. 옷 안 입어?

과수원 주인 사내가 여자의 맨살을 철썩 후려갈깁니다. 여자가 맞은 곳을 매만지며 슬금슬금 방으로 들어갑니다. 남자가 흐르는 피를 닦으며 주인의 눈치를 살핍니다. 주인이 지갑을 열더니 남자의 얼굴을 빤히 쳐다봅니다.

옛다. 얼렁 가. 뒤지기 전에.

과수원 주인이 천원짜리 지폐 한 장을 내밉니다. 남자 눈이 휘둥그레집니다.

시벌, 지금 뭐 하는규……

남자는 말을 채 다 하지도 못하고, 고개가 확 돌아가도록 귀뺨 한 대를 얻어맞습니다. 남자가 볼을 어루만지며 주인이 건네는 천원을 마지못해 받습니다.

보기 싫으니까, 얼렁 꺼져.

주인 사내가 발로 차며 대문 밖으로 남자를 몰아냅니다. 노숙자 사내가 일당 받는 것을 포기하고 돌아서 갑니다. 돌아서 가던 남자가 뒤돌아 멈춰 섭니다.

시벌놈아, 잘 먹고 잘 살아라.

과수원 주인이 뛰어나가려는 시늉을 하자 일꾼은 전속력을 다해 도망갑니다.

모자란 새끼들. 근데, 이년은 밥도 안 허고 어딜 싸돌아댕기는겨? 병출아, 가서 여편네 잡아와. 교회 다 때려부수기 전에 얼른 오라 혀.

주인 사내는 웃통을 벗은 채로 마당을 서성입니다. 언제나 그렇듯이 과수원집 사내가 화를 내고, 소란을 피우는 데에는 이유가 없습니다.

개순아, 가서 술 받아와.

여자가 느릿느릿 마루에서 내려옵니다.

얼렁 안 뛰어?

여자가 신발을 손에 쥐고 사내가 휘두르는 주먹을 피해 나갑니다.

과수원집에 중늙은이 사내만 홀로 남습니다. 적막한 집은 남자를 더욱 화나게 만듭니다. 제일 먼저 집으로 돌아오는 사람이 제일 많이 맞을 것입니다. 만약 돌아오지 않는다면, 누군가는 맞아 죽을지도 모릅니다. 사내는 마당을 서성이며 소리내어 숫자를 세기 시작합니다.

사내가 백쯤 세었을 때, 병출씨와 과수원댁이 집 안으로 들어섭니다. 과수원댁은 병출씨를 붙잡고 한쪽 다리를 질질 끌면서 걷습니다. 삐쩍 마른 아이는 아버지 등에서 잠들어 있습니다.

사내가 천천히 다가가더니 주먹으로 병출씨의 얼굴을 냅다 후려갈깁니다. 툭, 병출씨의 솟은 앞니 하나가 부러집니다. 아이가 잠에서 깨어 울기 시작합니다.

너도 한편이지? 시벌놈. 내가 빨리 갔다 오라고 혔어, 안 혔어? 너는 남편 밥도 안 차리고, 니가 살아서 뭐 혀. 죽어, 죽어.

사내가 과수원댁을 발로 밟기 시작합니다. 날아오는 발길질을 잡아보려고도, 피하려고도 해보지만 모두 허샵니다. 과수원댁은 무방비 상태로 사내의 발길질을 모두 맞습니다.

어이구, 나 죽네.

죽어라, 죽어.

병출씨가 슬금슬금 부엌으로 들어갑니다. 아이가 기를 쓰고 울어댑니다. 막걸리 주전자를 든 여자가 느릿느릿 집으로 들어섭니다. 과수원댁은 희미하게 붙들고 있던 정신을 놓아버립니다. 가는 신음소리도 내지 못하고 땅바닥에 완전히 뻗습니다. 과수원집 식구들이 모두 모이고, 으레 있는 행사가 시작됩니다.

니들은 안 맞으면, 말을 안 들어.

사내가 여자에게서 주전자를 뺏더니 소주를 섞어, 벌컥벌컥 들이

켭니다. 한 주전자를 금세 비워버립니다. 사내가 술을 다 마실 때까지 병출씨 부부는 우두커니 서 있습니다. 벌을 기다리는 아이들처럼 말입니다. 사내의 얼굴에 벌겋게 취기가 돕니다. 달은 과수원 뒷산으로 넘어가고 칠흑 같은 어둠이 과수원집을 덮칩니다.

병출씨는 우는 아이를 업고 멍하니 서 있고, 여자는 멀찍이 떨어져서 사내의 눈치만 봅니다. 다른 날과는 달리 아이가 울음을 그치지 않는 게 신경쓰입니다. 아버지의 등에서 벗어나려고 아이는 악을 씁니다. 병출씨는 도망가려는 아이를 꽉 붙잡고만 있습니다.

시벌, 그 새끼 좀 갖다버리랑게.

사내가 달려와 아버지 등에 업혀 있는 아이를 번쩍 듭니다. 병출씨는 움찔하며 살짝 옆으로 비켜서고, 여자는 멍하니 쳐다봅니다. 과수원댁은 꼼짝도 하지 않고 땅바닥에 뻗어 있습니다. 누군가는 막아야 했지만, 아무도 사내를 막을 사람이 없습니다. 과수원집에서 정상인 사람은 오직 사내뿐이기 때문입니다.

허공에 번쩍 들린 아이가 발악을 하며 몸부림칩니다. 사내가 아이를 마루 위로 집어던집니다. 아이가 벽에 부딪히더니 마루로 떨어집니다. 순식간에 아이 울음소리가 멈춥니다. 병출씨가 눈을 끔벅이며 마루 위의 아이를 쳐다봅니다. 여자도 멍하니 아이를 쳐다봅니다.

얼매나, 조용햐. 개승아, 우리 들어가자. 아저씨 약 좀 주라.

사내가 비틀거리며 여자를 데리고 방으로 들어갑니다. 병출씨가 느릿느릿 다가가 아이를 안습니다. 부엌으로 데려가 아궁이 옆에 누입니다. 작은 가지를 분질러 아궁이에 불을 지핍니다. 아이가 앝은 숨을 몰아쉽니다.

새벽이 되도록 아이는 잠에서 깨지 않습니다. 아이 머리는 밤새
도록 부풀어올라 병출씨 머리보다도 커졌습니다. 병출씨가 수박만
해진 아이 머리를 쓰다듬습니다.

새벽이 되자 과수원댁은 희미한 정신이 듭니다. 집은 적막하고
고요합니다. 과수원댁이 몸을 일으켜보려고 하지만 말을 듣지 않습
니다. 과수원댁은 기어서 교회로 갑니다.

주인 사내도 목이 말라 잠에서 깹니다. 부엌으로 가더니 찬물을
벌컥벌컥 들이켭니다. 병출씨가 슬그머니 아이 머리를 손으로 가립
니다.

뭐여, 죽은 겨?

수, 숭셔.

병출씨는 부러진 앞니 때문에 발음이 더 샙니다.

비켜봐.

아이는 죽었습니다. 따뜻한 아궁이 옆이라 몸이 굳지는 않았지
만, 아이가 가녀린 숨을 놓아버린 지 오래입니다.

병출아, 애기 죽었다.

병출씨가 쩝, 마른입을 다십니다.

애기 들고, 밖으로 나와.

사내와 병출씨가 한밤중에 과수원으로 올라갑니다. 병출씨는 주
인이 시키는 대로 지게에 늘어진 아이를 지고 뒤를 따릅니다. 칠흑
같은 밤, 한치 앞도 분간이 되지 않습니다.

과수원 꼭대기에 있는 배나무 아래 아이를 내려놓습니다. 주인
사내는 쭈그려앉아서 담배를 피우고, 병출씨는 삽으로 구덩이를 팝

니다. 배나무 뿌리 아래에 작은 구덩이를 파고 아이를 묻습니다.

병출아, 사람이 죽으면 어떡혀? 묻어야지? 이게 순린 겨. 우리 둘이 착헌 일 하는 겨.

모처럼 과수원 주인의 목소리가 사근사근합니다. 병출씨가 흙을 덮으며 고개를 끄덕입니다.

저 아래 가서 꽃잎 좀 주워와. 많이.

병출씨가 달려가서 하얀 배꽃을 모아옵니다. 아이 묻힌 곳에 정성스럽게 뿌립니다.

좋은 일 한 건, 비밀이여. 입만 뻥끗했다간……

주인 사내가 병출씨 눈앞에 꽉 쥔 주먹을 갖다댑니다. 병출씨가 고개를 끄덕이며 살짝 비켜섭니다.

사내가 앞장서고, 병출씨가 졸졸졸 따라 내려옵니다. 병출씨가 힐끗 대숲 있는 쪽을 돌아봅니다.

과수원에 배가 익어가고 있습니다. 과수원 주인 사내는 요즘 신이 났습니다. 다른 과수원들은 예년 수확량의 반타작도 안 되는 흉년인데, 중늙은이 사내의 과수원에는 배가 엄청나게 매달렸습니다.

배가 익어가면서 여자의 배도 불러왔습니다. 과수원 주인은 애가 떨어져라 매일 임신한 여자를 두드려팼습니다. 젖을 아기와 나누어 먹을 수 없기 때문이었습니다. 과수원댁은 맞아서 죽을지도 모릅니다. 멀쩡했던 정신이 가끔 이상해집니다. 과수원댁은 이제 혼자서는 걸을 수 없어, 교회에 갈 수 없게 되었습니다. 과수원댁은 아궁이 옆에서 쭈그리고 자곤 합니다.

병출씨와 여자는 한방에서 자는 일이 예전보다는 많아졌습니다. 돈이 좀 생긴 사내가 읍내에 자주 나가는 것이 이들에겐 반가운 일입니다. 밤이 되면 여자가 수줍게 윗도리를 들추고, 병출씨에게 젖을 나누어줍니다.

주인 사내도 한없이 부푼 여자의 젖가슴을 포기하지 않습니다. 여자는 첫번째 아이를 가진 후부터 젖이 멈추지 않고 줄줄 흐릅니다. 여자의 젖가슴은 잘 익은 달콤한 배를 닮았습니다. 과수원 주인은 번드러운 금니로 젖꼭지를 물고 삽니다.

병출씨는 낮에 할 일이 없어도 과수원에 나가, 배나무 아래 앉아 있습니다. 대숲 근처의 배나무 아래 앉아 주렁주렁 매달린 배를 바라보곤 합니다. 병출씨는 마른입을 쩝쩝 다시거나, 흘러나온 콧물을 들이마십니다. 다른 나무보다 훨씬 굵은 나무 밑동을 만지작거리곤 합니다.

익은 배를 따는 날입니다. 과수원 가족들이 모처럼 기분 좋습니다. 사내가 새 옷을 꺼내와 과수원 가족들의 옷을 갈아입힙니다. 과수원댁, 병출씨와 여자가 마당에서 새 옷으로 갈아입고, 새 신발을 신습니다. 여자는 새 옷을 입어 좋은지 퉁퉁한 볼을 살짝 찡그립니다.

한 줄로 서봐.

셋은 멀찍이 떨어져서 남자 앞에 일렬로 줄을 섭니다. 과수원댁도 작대기를 짚고 비뚜름하게 서 있습니다.

입만 뻥긋해봐. 오늘 다들 작살나는 겨. 알지?

주인 사내가 바지랑대를 들고 과수원 식구들 앞에 흔듭니다.

병출씨가 모로 살짝 비켜섭니다. 과수원댁은 대꾸할 힘도, 대답

할 정신도 없습니다. 여자는 좋아서 새 옷만 만지작거립니다.

면사무소에서 장애인 실태조사가 나옵니다. 과수원 주인이 사람 좋게 웃어 보이며 공무원을 맞습니다. 과수원집 장애인들이 우두커니 새 옷을 입고 줄지어 서 있습니다.

여기가 시설이나 다름없어. 나는 저런 창고방에서 자고, 몸 불편한 이 사람들 안방 내주는 사람이여. 한 십 년 됐당게. 애들 결혼시킨 지. 금실이 좋아. 애를 또 가졌잖여.

큰애는 어딨어요? 장부에도 없는데.

형편이 어려워서 젖 떼자마자 맡겼어. 어디 존디 데려다준다길래. 근디 올해 보조금은 좀 올랐능가?

1급이 셋이니까. 꽤 되네요.

글고, 이거 들고 가. 첫 수확한 거여.

뭘 이런 걸. 하이튼 어렵더라도 수고하세요. 한 가족이니까, 뭐.

면사무소 직원이 배 한 상자를 들고 돌아갑니다. 마을을 벗어나는 것을 확인하자, 과수원 가족들은 입던 옷으로 갈아입습니다.

여자가 배나무 아래 섭니다. 잘 익은 배를 올려다봅니다. 가을 햇살이 잘 익은 배 사이로 어지럽게 흩어집니다. 병출씨는 멀찍이 떨어져서 배를 땁니다. 배를 따서 차곡차곡 바구니에 담습니다. 중늙은이 사내가 배부른 여자를 데리고 대숲으로 들어갑니다.

병출씨가 발끝을 세워 여자를 찾지만 보이지 않습니다. 턱으로 흐르는 침을 장갑으로 스윽 닦습니다.

대나무 사이로 허연 여자의 허벅지가 보입니다. 여자가 남산만한 배를 까고 널빤지 위에 누워 있습니다. 한쪽 발목에는 여자의 낡은 팬티와 몸빼바지가 걸려 있습니다. 중늙은이 사내가 여자 위에서 헐떡입니다. 병출씨는 더이상 그들에게 다가서지 못하고 대나무 사이로 여자를 바라봅니다. 여자가 작게 내뱉는 신음소리가 대숲을 떠도는 바람에 실려 흩어집니다. 대나무 사이로 반짝 여자와 눈이 마주칩니다. 여자가 훠이훠이 손짓합니다.

야이, 시벌눔아.

주인 사내의 고함소리에 놀라 병출씨는 돌아섭니다. 잘 익은 배를 하나 따서 품에 안고 소매로 닦습니다.

유난히 배가 많이 열린 나무 아래, 병출씨는 쭈그리고 앉습니다. 굵은 나무의 밑동과 배를 번갈아 쓰다듬습니다.

성탄절

그녀가 들이쉬는 숨을 타고 폐 속 깊숙이 들어온다. 서서히 내 볼과 귀에 열이 오른다. 내가 일주일 내내 이 순간을 기다리고, 즐긴다는 것을 사람들은 모른다. 매주 일요일 아침, 그녀 뒤에 줄 서기 위해 얼마나 재빠른 행동을 하는지 아무도 알지 못한다. 봉긋한 젖가슴이 내 팔을 가볍게 스친다. 나는 움찔 뒤로 물러선다. 듀나가 내쉬는 숨이 목 언저리를 간질인다. 한번 안아보고 싶다. 캄캄한 어둠 속에서 아무것도 보이지 않으니 살짝 안아봐도 될지 모른다는 생각이 든다. 동그랗고 새까만 그녀의 두 눈이 나를 올려다보고 있는 것 같다. 어둡지만 나는 볼 수 있다.

예배당 안 작은 종이 울리고, 성가대 입장이 시작된다. 하얀 턱시도를 입은 지휘자가 밝은 빛 속으로 사라진다. 예배당 안에 숨어 있던 빛들이 일제히 어둠 속, 작은 대기실 안으로 쏟아져들어온다. 듀나는 나를 올려다보며 미소짓는다. 뜨거운 숨이 서서히 쏟아져나온다. 나는 슬그머니 손을 올려 코와 입을 가리고, 손에 입김을 불어넣는 척한다. 듀나가 커튼 사이로 사라진다. 나는 넋을 놓고 그녀가 사라진 구멍을 쳐다본다.

야, 뭐 해?

어둠 속에서 바람 같은 것이 나를 밀어낸다. 밝은 곳으로 나왔는데도 아무것도 보이지 않는다. 모든 것은 순식간이다. 아이들은 아무 일 없다는 듯이 넘어져 있는 나를 지나 성가대석으로 향한다. 바닥에 떨어져 있는 성경과 악보 피스를 허겁지겁 주우며 듀나를 본다. 듀나는 막 자리에 앉고 있다. 낄 틈을 엿보지만 누구도 내가 들어갈 틈을 내주지 않는다. 결국 성가대원의 맨 꼬리를 따라 최대한 자연스럽게 성가대석으로 향한다. 나는 악보 피스를 펼치며 참았던 숨을 길게 내쉰다.

분명 듀나의 손이 내 거기를 더듬었다. 커튼 사이로 쏟아져들어온 불빛이 듀나의 얼굴을 잠깐 비추었을 때, 미소지으며 돌아서던 그때, 듀나의 손이 분명 나를 더듬었다. 날 가지고 노는 거야. 나는 멍하니 듀나의 뒷모습을 바라본다.

예배는 벌써 교회 소식시간으로 막바지에 이르렀다. 이쯤 되면 지루함도 서서히 풀리기 시작한다. 하루의 일과가 너무 일찍 마감된 듯한 기분이다.

할 말 있소.

나는 천천히 소리가 난 곳을 찾는다. 사람들도 고개를 빼고 두리번거린다. 중간쯤에서 남자 하나가 일어선다. 고물상 하던 땅딸보 남집사이다. 목사는 눈이 휘둥그레져서 남집사를 빤히 쳐다본다.

당신은 교회의 주인이 아니오……

목사는 무슨 말인지 언뜻 이해가 가지 않는 모양이다. 교인들도 어리둥절한다.

모두 일어나셔서 찬송가 192장 부르시겠습니다.

스피커에서 쉰 목소리가 건조하게 흘러나온다. 목사는 마이크로 얘기를 하고 남집사는 맨소리여서, 서로 다른 곳에서 다른 얘기를 하는 것 같다. 목사가 망설이는 피아노 반주자에게 눈짓을 한다. 사람들은 찬송가를 뒤적이기 시작한다.

시팔, 니가 목사야?

사람들은 피아노 반주가 시작되기 전, 남집사가 외마디 비명처럼 던진 그 한마디를 또렷이 들을 수 있었다. 시팔, 니가 목사야? 남집사는 삿대질까지 해가며 소리지른다. 교인들은 평소보다 큰 목소리로 찬송가를 부른다. 나는 남집사와 성가대석에 앉아 있는 수은을 번갈아 본다. 조금은 불량스러워 보이는 땅딸보와 수은이 닮은 데라곤 발가락밖에 없을 것 같다. 수은은 듀나 옆에 서서 찬송가를 부른다. 남집사가 작정한 듯 가운데 통로로 나오려고 한다. 옆에 앉아 있던 사람들이 그가 나오기 쉽게 길을 터준다. 나머지 교인들은 동요 없이 찬송가 192장, 〈영원히 죽게 될 내 영혼〉을 부른다. 남집사가 팔을 걷어붙이면서 앞으로 걸어나온다. 남집사는 강대상 밑에 서서 목사를 향해 소리치지만, 교인들이 부르는 찬송가 소리에 묻혀 아무 소리도 들리지 않는다. 남집사는 더욱 과장된 몸짓으로 열을 올린다. 목사는 눈을 꼭 감고 절규하듯 찬송가를 부른다. 목사는 찬송가 반주가 끝나기도 전에 양손을 번쩍 들고 축도를 하기 시작한다. 남집사를 그냥 무시하겠다는 것이다. 축도 후에 성가대의 송영이 있으면 예배는 끝난다.

오늘 이 자리에 모이신 성도님들의 가정과 개개인 모두에게……

쉰 목소리가 갈라지며 쇳소리를 낸다. 교인들은 모두 고개를 숙이고 있다. 나는 실눈을 뜨고 목사와 남집사를 훔쳐본다. 교인의 반 정도는 나처럼 눈을 뜨고 둘을 쳐다보고 있다. 남집사는 허리에 손을 얹고 목사를 올려다보며 씩씩거린다.

성부, 성자, 성령의 이름으로……

그만 안 해? 내 말이 개소리로 들리나. 이리 안 내려와? 목사도 아닌 것이 어디서 목사 행세를 하고 있어.

목사가 축도를 멈추자 사람들이 술렁이기 시작한다. 목사는 천천히 팔을 내려 강대상을 짚으며 남집사를 굽어본다.

남집사님. 당신, 지금 하는 짓이 얼마나 무서운 짓인 줄이나 알고 하는 일이요? 죄받습니다. 지이옥에 갑니다.

지옥이라는 말에 와락 겁이 난다. 나는 듀나의 뒷모습을 바라본다. 듀나는 잔뜩 어깨를 움츠리고 있다. 옆에 남집사의 딸, 고물상 집 딸 수은은 고개를 숙이고 있다. 예배는 흐지부지 끝이 난다.

나는 주위를 살핀다. 어느덧 사위는 어둑어둑하다. 슬쩍 듀나의 손목을 잡고 고등부실로 들어간다. 하루 종일 주머니에 넣고 다녀 너덜너덜해진 편지를 듀나에게 건넨다. 층계 밑의 창고 같은 방에 단둘이다. 이 방에 듀나와 운 좋게 단둘이 있게 될 때면 듀나를 놓고 음침한 상상을 하더라도 죄를 짓는 것 같지가 않다. 듀나는 편지를 읽기 시작한다.

넌, 참 고전적이야. 애칭을 붙이는 것도 그렇고.

듀나미스는 신이 처음 만든 처, 천사야. 그전의 천사들은 신과 원래부터 같이 있던 천사들이거든.

이제 본격적인 크리스마스 시즌이다. 크리스마스가 일주일밖에 남지 않았다. 이번주에는 성가 연습하러 매일 교회에 와야 한다. 크리스마스까지 듀나를 매일 볼 수 있다고 생각하니 기분이 좋다. 듀나는 교회 사택에 산다. 교통사고로 목사 부부는 비명횡사하고, 그녀는 그들이 세웠던 교회에 홀로 남겨졌다. 듀나는 교회 행사나 준비에 빠지는 법이 없다. 그것은 교인들에게 동정을 얻어낼 수가 있고, 자신의 존재를 확인시키기에도 좋은 방법이다. 가끔 그녀의 존재를 확인한 교인들은 혀를 끌끌 차며 그녀를 불쌍하게 쳐다본다. 그러나 나는 그녀가 모든 행사에 참여하는 것이 가끔 불만이다. 희소성, 그녀의 가치 같은 것이 떨어지는 기분이 들기 때문이다.

듀, 듀나미스는 정체가 모호해. 천사이지만 악마와의 경계를 맡는 임무를 가지고 있대.

듀나가 편지를 읽으며 미소짓는다. 나는 얼른 그녀의 시선을 피한다. 아무리 작정을 해도 삼 초 이상은 똑바로 쳐다볼 수가 없다. 듀나는 쌍꺼풀이 없다. 가늘고 선명한 외꺼풀은 듀나를 조금 고집스러워 보이게 한다. 듀나가 앞으로 내려온 머리카락을 귀 뒤로 빗어넘긴다. 오전에 내 거기를 더듬던 손이다. 손톱에는 아직도 봉숭아물이 들어 있다.

너는 세상을 너무 몰라. 이런 게 멋있다고 생각해?

나는 듀나를 힐끔거린다. 딱히 할 말이 없다.

듀, 듀나미스는 이, 인간의 마음의 균형을 유지하려다가 스, 스스로 타락하곤 한대. 서, 선과 악의 규, 균형……

나는 더듬거리며 끝까지 준비한 말을 모두 마친다. 듀나는 난처한 일이 생기면 눈을 밑으로 내리까는 버릇이 있다. 긴 속눈썹이 살며시 검은 눈동자를 가린다. 그리고 파르르, 그 미세한 떨림을 나는 놓치지 않는다.

나 배고파.

오늘 많이 놀랐지? 목사님 불쌍하더라.

나는 호주머니 속에 손을 넣어 가만히 돈을 센다. 아침에 아버지에게 받았던 헌금이 그대로 있다. 전부 해서 천구백원.

나, 배고프다니까.

듀나, 나 화장실 좀 갔다 올게. 조금만 기다려.

듀나가 읽던 편지를 내려놓으며 신경질적으로 말한다. 나는 밖으로 나와 돈을 꾸기 위해 친구들을 찾는다. 저녁예배가 끝난 후라 교회는 고요하다. 나는 옥상으로 올라간다. 친구들은 거기에 모여 담배를 피우곤 한다. 옥상 문을 가만히 열자 면도날 같은 바람이 얼굴로 달려든다. 주위를 둘러보지만 아무것도 보이지 않는다. 매서운 바람 소리만 무심히 가슴을 뚫고 지나간다.

내려와보니 듀나는 벌써 가버리고 없다. 정신없이 사택으로 달려가본다. 오래되고 낡은 기와집이 무덤처럼 서 있다. 집 안의 불은 모두 꺼져 있다. 찢어진 차양이 바람에 심하게 흔들리며 괴기스러운 비명을 지른다.

듀나 부모님이 살아 있을 적에 한두 번 사택에 심부름 간 적이 있다. 명절 때 어머니가 들려준 굴비나 쇠고기 같은 것을 선물하기 위해서였다. 듀나네 집은 내가 살고 있는 세상과는 다른 느낌을 주곤했다. 방 안 가득한 책들이 그랬고, 듀나 방의 책상과 침대 같은 것이 그랬다. 특히 높은 강대상 앞에 서서 설교하는 그녀의 아버지를 볼 때면 세상은 반으로 확연히 갈라지곤 했다. 밑으로 푹 꺼져 있는 곳에서 아버지와 나는 그를 올려다보며 설교를 들었다. 천상과 지하의 차이 같은 것. 양계장 하는 우리집은 닭똥 냄새만 났고, 아버지는 평범한 집사였다. 어쨌든 그것이 내가 듀나를 좋아하게 된 첫번째 이유였다. 목사의 딸 듀나.

예배는 끝내 축도 없이 끝이 났다. 한 시간여를 남집사와 목사는 대치했다. 목사가 울부짖으며 기도하자, 집에 돌아가지 않는 교인 몇 명이 따라서 소리내어 기도했다. 교회 안은 삽시간에 통성기도장으로 바뀌었다. 부흥회 때나 가끔 있는 광경이었다. 나는 기도하는 척 입을 달싹거렸지만 실눈을 뜨고 분위기를 살폈다. 남집사도 마이크 소리를 이기기 위해 큰 소리로 기도했다. 교회 안에서 자신의 잘못을 정당화시킬 수 있는 방법은, 진심이건 진심이 아니건 기도밖에는 없었다. 목사와 남집사는 똑같이 서로 미워하지 않게 해달라고 기도했다. 똑같이 서로의 죄를 용서해달라고 기도했다. 교인 몇몇은 그 틈을 타 슬그머니 예배당을 빠져나가기 시작했다. 지친 것은 그 둘이 아니라 신도들이었다. 목사가 강대상에서 내려왔을 때는 신도들이 반도 남아 있지 않았다. 우리 교회 교인들은 요란한 크리스마스를 준비하고 있었다.

우리도 대응을 해야 합니다.

제가 무슨 힘이 있어야지요. 닭 키우는 사람이, 김장로한티도 그럴 수 없고……

나는 한 시간째 책을 펴놓고 대화를 엿듣고 있다. 우리 교회에는 장로가 둘이다. 큰 양계장 하는 김장로, 작은 양계장 하는 양장로. 목사는 아버지에게 자기 편이 돼달라고 조르고 있다.

제가 부족한 것은 알지만, 제가 하는 말은 곧 신께서 하는 말입니다. 신의 종에게 그런 모욕은 참을 수도, 참아서도 안 되는 일입니다. 또 종이 요구하는 것을 거절해서도 안 됩니다.

그야 심적으로는 그렇지만서도……

제가 교회를 나가야 할 뚜렷한 이유도 없잖습니까.

나는 책을 덮고 거실로 나간다.

아버지, 교회 좀 다녀올게요.

목사가 하던 말을 멈추고 나를 돌아본다. 목사에게 마흔이란 젊은 나이는 어울리지 않는다. 정수리까지 벗어진 머리가 반들거린다. 땀이 송골송골 맺혀 있다.

양장로만 힘이 되어준다면 저뿐만 아니라, 교회도 살아날 수 있어요.

갔다 와도 되죠?

모이 줄 시간 다 됐는디, 꼭 가야 되야?

저를 지지해주는 집사도 여럿 있어요. 장로님만 제 편이 되어주고, 이 일만 무사히 넘어가면……

목사가 말을 멈추고 다시 나를 돌아본다. 나는 멋쩍게 서서 목사의 시선을 빗긴다.

막말로 김장로가 이 교회 주인 행세하지 않습니까? 돌아가신 전 목사님도 얼마나 힘드셨습니까. 재정부장을 십 년 넘게 혼자 한다는 것은 말도 안 되는 일이에요.

그야, 김장로가 똑똑하고 돈도 많으니께……

목사가 손수건을 꺼내 이마에 맺혀 있는 땀을 닦는다.

장로님, 저 한 번만 살려주세요. 제가 잊지 않고, 신께서도 잊지 않을 겁니다.

그짝 얘기도 좀 들어보고…… 끝나면 바로 와라. 닭똥 치워야 되니께.

목사가 다시 나를 돌아본다. 강대상 앞에 위엄 있게 서 있던 그 모습은 아니다. 아버지가 목사 앞에서 저렇게 당당한 모습은 처음 본다. 나는 고개만 숙여 인사하고 밖으로 나온다.

대문을 나서려는데 한발 먼저 김장로가 열려 있는 대문을 밀고 들어온다.

아버지 계시지?

나는 머뭇거리며 아무 말도 못 한다. 손가락으로 집 안을 가리킨다.

고얀 놈, 어른이 물으면 말로 해야지.

저기요……

흐흠. 양장로, 집에 있나?

김장로가 헛기침을 하며 집 안으로 들어간다. 신발을 벗으며 가지런히 놓여 있는 목사의 구두를 유심히 쳐다본다. 나는 도망치듯 교회로 향한다.

교회엔 아무도 없다. 연습이 시작되려면 한 시간도 더 남아 있다. 나는 교회 뒤로 돌아가 사택을 기웃거린다. 대문 앞에서 문틈으로 집 안을 엿본다. 문틈으로 엿본 풍경은 스산하기 그지없다. 먼지로 뒤범벅된 눈과 썩은 낙엽이 마당에 어지럽게 쌓여 있다. 황량하고 앙상한 나무 몇 그루가 애처롭게 집을 지키고 있다. 장독대에는 깨진 항아리와 지난 오 년간 쌓인 쓰레기가 더미를 이루고 있다. 언뜻 보면 폐가나 다름없어 보인다. 나는 벽을 따라 집 주변을 돌아본다. 듀나는 교회에서 주는 약간의 생활비로 살아간다. 그나마 교회 재건축을 하고 있는 상황에서 새 교회가 완공되고 이사를 가게 되면, 듀나는 어떻게 될지 모른다. 담은 높지 않아서 까치발만 만들면 집 안을 쉽사리 볼 수 있다. 사택은 듀나가 살고 있는 집 말고도 두 채가 더 있지만, 아무도 살지 않는다. 담임목사가 준목이었을 때 잠깐 살긴 했지만, 담임목사가 된 후에는 읍내에 새 아파트를 얻어 나갔다.

거기서 뭐 해?

나는 깜짝 놀라서 담벼락에 바싹 붙어선다.

은혜 만나러 온 거야?

땅딸보 남집사의 딸 수은이다. 수은은 작은 보따리 하나를 들고 섰다.

어, 그게 연습 시간을 잘못 알았나, 아무도 없네.

뭐야, 시작하려면 한 시간이나 남았는데, 같이 들어가서 기다릴래?

수은은 대답도 듣지 않고 대문을 두드리기 시작한다. 터엉, 터엉. 녹슨 대문이 내는 둔탁한 파열음이 금세 바람 속으로 사라진다.

나는 선뜻 방 안으로 발을 들여놓지 못하고 어정쩡하게 얼음장 같은 마루에 서 있다. 수은은 보자기를 풀기 시작한다. 듀나는 팔짱을 끼고 시큰둥하니 수은을 쳐다본다.

요건 누룽지인데 냉동실에 넣어두었다가 조금씩 꺼내서 끓여 먹으면 돼. 이건 장조림, 이건 음, 뭔지 잘 모르겠다. 하여튼 모두 냉장고에 넣어두고 오래 먹을 수 있는 것들이래. 참, 장조림은 일주일쯤 있다가 간장을 붓고 다시 한번 끓여줘야 한대.

듀나는 늘어놓은 반찬들을 멍하니 바라보며 고개만 끄덕인다. 전혀 반가워하는 낯빛이 아니다. 아무래도 내가 너무 갑작스럽게 찾아온 이유일 것이다.

거기 그렇게 서 있을 거야?

듀나가 갑자기 뭔가 생각났다는 듯이, 나를 쏘아보며 퉁명스럽게 말한다. 나는 말이 떨어지기 무섭게 슬쩍 방 안으로 들어와 앉는다. 방 안의 물건들은 어렸을 적 보았던 그대로이다. 다만 모든 것이 어렸을 적 기억보다 작아져 있다.

근데, 너는 여기 웬일이야?

어, 그게. 서, 성가 연습을 하러 왔는데, 너무 일찍 왔나봐.

혼자 있길래 내가 데리고 왔어. 춥잖아.

듀나가 반찬을 들고 밖으로 나간다. 수은이 나를 보며 머쓱하게 웃는다. 내가 듀나에게 대거리를 당하는 이유가 자신 때문이라고 생각하는 모양이다. 괜찮아. 나는 입 모양으로 그녀에게 말해준다.

아무리 보아도 수은은 남집사의 친딸 같지가 않다. 닮은 데라곤 다른 사람보다 조금 작은 키뿐이다. 남집사는 넝마로 시작해서 고물상, 부동산으로 사업을 확장하며 돈을 모았다. 워낙 먹잘 것 없는 작은 동네에서 그것은 진귀한 일이다. 얼마 전에는 부동산 여직원과 살림을 따로 냈다는 소문도 돌았다.

듀나는 무슨 일인지 부엌에서 한참이 지나도 나오지 않는다. 사는 모습을 내게 들킨 것 같아 아무래도 그게 신경쓰이는 모양이다. 수은이 일어서는 나를 잡았지만, 뿌리치고 밖으로 나온다. 허겁지겁 교회를 향해 뛰기 시작한다.

성가 연습은 지루하고 힘들었다. 지휘자의 가혹한 열정이 성가대원들을 채근하지만, 중학생, 고등학생이 오합지졸로 모인 성가대는 수준이라는 것이 아예 없다. 이번 크리스마스에는 헨델의 〈메시아〉를 부른다. 성가대원 중 헨델을 아는 사람은 몇 명밖에 없었다. 성가대원들은 크리스마스에 왜 이렇게 어려운 노래이어야 하는지 불평이다.

집으로 돌아오는 발걸음이 여러 가지로 무겁기만 하다. 듀나는 나를 보고 한 번도 웃어주지 않았다. 연습이 끝나고 간식을 먹는 시간에도 듀나는 휑하니 일어나서 나가버렸다.

집에 돌아와보니, 세 사람이 그 자리 그대로 앉아 있다. 머쓱해진 건 오히려 나다. 나는 인사를 하고 방으로 들어가며 방문을 조금 열어놓는다. 모든 문제는 교회 재건축을 두고 일어났다. 뭐가 이득이 되고 손해를 보는지 아버지는 나만큼도 판단이 서지 않는 것 같다. 아니면 일부러 모른 척하는 것이거나. 양계장 김장로가 하던 일을 목사가 직접 챙기면서부터 문제가 생긴 것이다. 아무도 언성을 높이는 사람은 없다. 다만 상황 자체가 난감하기만 한 아버지만 가끔 열이 올라, 오히려 목사가 아버지를 다독이거나, 김장로가 달래곤 한다.

지난 일요일 낮의 사건으로 교인들이 많이 동요하고, 동정하고 있어요. 교인들에게 신앙이라는 것이 있고, 신앙은 저로 인해 다져지는 것이 아닙니까.

그러게 말입니다. 안 그래도 남집사가 원래 괄괄하기도 하고, 워낙 앞뒤 재는 사람이 아니라서, 좀 심했다 싶었지만, 아주 못 할 말을 한 것은 아닙디다. 목사님의 결단이 필요한 때이지.

결단은 김장로가 내려야지요. 교회를 생각하고 교인들을 생각한다면, 저를 믿으세요.

제 생각은 두 분이서 이쯤하고 화해하는 것이 가장 좋은 방법인 거 같은디……

목사님, 좀 솔직하게 얘기하지요. 준목사로 있을 때, 목사 안수도 안 받은 사람을 담임목사 시켜준 사람이 누굽니까. 뭘 바라고 한 일은 아니지만서도, 그렇게 표 나게 잇속을 채우면 섭한 거지요. 오 년도 안 돼서 목사 시켜준 사람들 다 모른 척하고 교회가 벌이는 사업 거래처 대부분을 목사님 맘대로 바꾸면 어쩌자는 겁니까. 그 말은 그 사람들 다 나가라는 말 아닙니까. 막말로 남집사도 교회 부지 문제로 섭해서 그런 것 아닙니까.

그게 문제라는 거지요. 교회의 목사가 하는 일 아닙니까. 목사가 하는 일을 감히……

둘 다 옳은 말씀이시라니께요. 그니께 그냥 덮잖게요. 김장로도 서운한 거 풀고, 목사님도 교인들의 마음을 좀 이해하시고요……

아버지가 둘의 대화를 끊고, 목사와 김장로를 쫓아내듯이 밖으로 내몬다. 나는 멀찍이 떨어져서 인사를 한다. 목사와 김장로는 서로 작별인사도 나누지 않는다. 그러나 아버지를 보는 눈은 다르다. 뭔지는 모르지만 아버지에게 어떤 힘이 있다는 것을 처음 알았다. 둘 모두 어떻게든 아버지를 자기 편으로 잡아놓기 위해서 애쓰는 모습이다. 교회가 얼마나 민주적인 곳인가. 목사나 장로 혼자서는 무슨 일을 도모하기 힘들다. 내가 하는 인사를 받는 둥 마는 둥 둘은 토라져 대문을 나간다. 아버지는 두 사람이 대문을 나서는 것을 보며 혀끝을 찬다.

어여, 똥이나 치러 가자.

성가 연습은 고되고 힘들다. 지휘자는 고집을 꺾지 않는다. 각 파트의 장들이 짧은 시간 안에 소화하기 쉬운 곡으로 바꿀 것을 조용히 요구했지만, 지휘자는 거절했다. 자신의 꿈이며 이젠 그것을 부를 때가 왔다고 했다.

다신 나오지 말라고 해. 어디서 꾀병이야. 크리스마스에 저만 놀고 싶나? 날을 새워도 올릴 수 있을지 없을지 모르는 판에…… 모두 잘 들으세요. 하기 싫은 사람은 빠져도 좋아요. 이 노래들은 열정과 신앙이 없으면 평생 부를 수 없는 노래예요. 그러니 자신 없는 사람들은 빠지세요. 저는 파트에 한 명만 남아도 올릴 테니.

지휘자는 연이틀 연습에 나오지 않고 있는 듀나에게 모든 화풀이를 대신한다. 수은의 말에 의하면 목감기에 걸려서 집에서 꼼짝 못하고 누워 있다고 한다. 그녀를 볼 수 없으니 성가 연습은 내게 아무 감흥을 주지 못한다. 많은 시간을 사택 주변에서 서성거렸지만 그녀를 볼 수 없었다. 수은에게 물어보니 학교에도 나오지 않는다고 한다. 수은은 내게 문병을 가지 않는 게 좋겠다고 했다.

성가 연습은 하루하루가 지날수록 길어지고, 심신을 지치게 한다. 나는 그런 열정도, 신앙도 없으니 내일부터 나오지 말까 생각한다. 더군다나 듀나도 없는데.

목사와 김장로는 각자의 크리스마스를 준비하는 것이 분명하다. 두 사람은 쉴새없이 우리집에 드나들며 시시콜콜 아버지에게 의논했지만, 아버지는 똑같이 모호한 태도로 일관했다. 다만 김장로에게는 일부러 호의적인 척하기도 한다. 그에게 많은 것을 아버지는 빚지고 있기 때문이다. 아버지에게 하는 말을 가만히 듣고 있으니, 두 사람 모두 같은 일로 고민하고 열심이었다. 목사와 김장로는 세를 불리고 있다. 교인 한 사람 한 사람을 찾아다니며 자기 편으로 만드는 데 혈안이 되어 있는 것이다.

크리스마스가 이틀밖에 남지 않았는데, 연습에 나오지 않는 학생들이 늘어간다. 사람 수만 보면 성가대가 아니라 중창단에 가깝다. 듀나는 월요일 연습에 나온 후로 나오지 않는다. 무슨 일이 있는 것이 분명하지만, 알 방법이 없다. 수은도 그녀를 만나지 못했다고 한다.

성가 연습은 밤 열시가 넘어서야 끝이 나고, 나는 사람들이 모두 교회를 빠져나가길 기다린다. 집에 가서 아버지를 도울 일이 태산이지만, 오늘은 꼭 듀나를 보고 가려던 참이다.

안 가니?

소리나는 쪽을 쳐다보니 빨간 목도리를 두른 수은이 서 있다. 수은은 예배당의 불을 끄고 가려고 하는 모양이다. 빨간 장갑을 낀 손이 스위치에 가 있다.

불은 내가 끄고 갈게. 먼저 가.

나는 괜히 바쁜 척 부산을 떤다. 수은은 돌아가지 않고 그대로 서 있다.

바쁜 일 아니면 같이 가자. 길도 무서운데⋯⋯

같은 방향도 아니잖아. 혼자서 가. 나 할 일 있어.

나는 수은을 쳐다보지 않는다. 어서 가주었으면 하는 바람밖에 없다. 오늘은 사택 담이라도 넘어서 그녀가 잘 있는지 확인해볼 참이다. 수은이 천천히 다가온다. 나는 수은을 힐끔거린다.

크리스마스 선물 미리 주려고⋯⋯

뭐야, 이게⋯⋯ 왜, 나한테⋯⋯

수은이 빨간 포장지로 싼 작은 상자를 내민다. 나는 얼굴이 벌겋게 달아오르며 무안해진다. 내가 선물을 받지 않자, 수은은 옆에 내려놓고 돌아서 뛰기 시작한다. 나는 멀어져가는 수은을 바라본다. 수은을 호시탐탐 노리는 김장로 아들이 생각난다. 내일 은근슬쩍 자랑해서 약을 올려야지. 빨간 반코트의 수은이 사라진다. 막상 가버리고 나니 미안한 생각이 든다. 나는 서둘러 짐을 챙겨 수은을 따라간다.

기다려. 같이 가자.

내지른 소리가 텅 빈 예배당을 메운다.

수은은 똑바로 앞만 보며 걷는다. 다문 입술이 계속 무슨 말을 하는 것처럼 보인다. 그녀는 가까운 길을 놔두고 외진 강둑 쪽으로 방향을 잡는다. 나는 말없이 그녀를 따른다. 걸으면서 그녀를 힐끔거린다. 수은은 깜깜한 어둠 속 한가운데를 응시한다. 상습 수몰지구였던 이곳은 아무도 살지 않는 동네가 된 지 오래이다. 정부에서 강제로 사람들을 이주시켰기 때문이다. 남은 폐가에선 남학생들이 여학생들을 꼬여내 강간을 하거나, 모여서 본드를 불었다. 슬쩍 겁이 나기도 했지만, 나는 말없이 어둠 속 한 곳을 멍하니 보며 걷는다. 바람은 소리만 요란하고 둑을 넘어오지 못한다. 달도 뜨지 않은 밤, 한 치 앞도 분간이 되지 않는 깜깜한 밤에 수은의 얼굴만 밝은 빛을 낸다. 말없이 걷기만 하던 수은이 우뚝 멈춰 선다.

미, 미안해. 꼬, 꼭 할 일이 있었거든.

가까이 서 있지만 어두워서 그녀의 표정을 읽을 수가 없다. 수은이 한 발 내 앞으로 다가왔다. 옅은 화장품 냄새가 풍겨온다. 찬 공기에 섞인 그것은 나를 조금 들뜨게 한다. 그녀가 내게 한 발 더 다가오고, 나는 뒤로 물러서지 않는다. 어둠이 내게 이런 용기를 주는 것이다. 나는 작은 키의 그녀를 내려다본다. 그녀가 내게 키스를 한다. 작고 부드러운 혀가 입속으로 천천히 들어왔다 나간다.

사랑해.

나는 아무것도 들을 수 없다. 다만 운 좋게 찾아온 기회를 놓치지 않고 즐기고 있다. 나도 그녀에게 키스를 한다. 그녀가 천천히 내 혀를 빨아들인다.

수은을 집까지 데려다주고 나는 뛰기 시작한다. 삼십 분? 한 시간쯤. 그렇게 둑길 한가운데 서서 수은과 난 키스를 했다. 나는 한 시간 새 훌쩍 커버린 것 같다. 왠지 모르게 우쭐해진다. 나는 있는 힘을 다해 전속력으로 질주한다. 나는 한 번도 쉬지 않고 교회까지 뛰어온다. 숨이 턱밑까지 차오르고 심장은 터질 것만 같다. 나는 사택에서 멀찍이 떨어진 곳에 멈춰 선다. 헐떡이는 숨을 참아보려고 애쓴다. 뭔가 잘못한 것 같은 생각이 들기도 하지만, 그게 무엇인지는 정확하지 않다. 숨이 서서히 가라앉자, 사택 주변을 빙 둘러본다. 집 안의 불은 모두 꺼져 있다. 나는 대문 앞에 쭈그리고 앉는다. 수은과의 일이 아득히 먼 옛일처럼 느껴진다. 시간은 자정을 훌쩍 넘어 새벽으로 향하고, 교회 주변에는 쓸쓸한 바람만 떠돈다.

집으로 가야 하는데 발걸음이 떨어지질 않는다. 아버지는 나를 찾아다니고 있을 것이다. 사택 안에서 불이 켜졌다 다시 꺼진다. 가라앉았던 숨이 다시 가빠지기 시작한다. 나는 얼른 담벼락에 붙어 집 안을 훔쳐본다. 집 안은 쥐 죽은 듯 고요하다. 살짝 한번 듀나를 불러보고 싶다. 갑자기 시커먼 그림자가 소리나지 않게 현관문을 열며 나온다. 듀나, 목구멍으로 올라온 소리를 가까스로 참는다. 나는 놀라서 비명이라도 지를 뻔했다. 어둠보다 더 새까만 그림자의 주인공은 듀나가 아니다. 땅딸맞은 키에 불룩 튀어나온 배는 남집사임을 한눈에 알아보게 한다. 나는 몸을 낮추고 담에 바싹 붙어선다. 원래부터 담과 한 몸이었던 양 담에 몸을 붙이고 쭈그려앉는다. 조용히 대문을 열고 나온 그의 걸음이 빨라진다. 나는 멀어져가는 그의 뒷모습을 어둠 속에서 숨죽이고 지켜본다. 그가 우뚝 멈춰 서고, 정문 안으로 또다른 사람이 들어선다.

자네가 이 시간에 여긴 웬일이여?

놀란 아버지의 목소리가 바람을 타고 교회 주변을 떠돈다.

……기, 기도 좀 하고 가요. 마음이 하도 답답해서.

자네가 별일이구만. 언제부터 기도를 했다고……

……장로님, 먼저 갑니다.

남집사가 도망치듯 교회를 빠져나간다. 아버지가 그의 뒷모습을 한참 동안 바라본다. 나는 꼼짝도 하지 않고 숨을 죽인다. 아버지는 교회에 아무도 없는 것을 확인하더니, 바쁘게 걸음을 다른 곳으로 옮긴다. 나는 아버지가 사라진 반대쪽으로 뛰기 시작한다. 나는 어둠 속을 향해 전속력으로 달린다. 심장이 터질 것만 같다.

크리스마스이브, 날이 밝길 기다리지만 겨울 해는 게으르기만 하다. 아버지는 나를 보자마자 머리를 후려갈겼다. 하나도 아프지 않았지만, 눈에서 눈물이 뚝뚝 떨어졌다.

어슴푸레 동이 트기 시작하자 나는 집을 나선다. 최대한 천천히 걷는다. 교회에 다다르자 날은 훤히 밝아 있다. 겨울 날씨치고는 그리 춥지 않은 날씨다. 바람도 없고 맑게 갠 하늘이 높아 보인다. 찬 공기가 세상을 깨끗하게 만드는 것 같은 착각을 들게 한다. 나는 교회 앞에 서서 심호흡을 한다.

엎드려 자고 일어났더니, 벌써 점심이었다. 반나절을 엎드려 잠을 잤다. 수은이 흔들어 깨우지 않았다면, 나는 다음날 아침까지 잤을지도 모른다. 눈은 떴지만 좀처럼 잠에서 헤어날 수가 없다. 게슴

츠레 눈을 비비며 수은을 본다. 수은이 옆에 딱 붙어 앉는다. 잠은 거기에서 달아나기 시작한다. 어제 일이 생각난 것이다. 나는 거북스럽고 불편하다. 수은이 오히려 낯설게 느껴진다.

언제 왔어?

어, 좀전에……

밥은 먹었어?

응.

나는 그녀에 대해서 별로 궁금한 것이 없다. 그녀를 의식한다는 것은 거짓말이 늘어간다는 얘기다. 그것은 일종의 배려와 같다. 나는 아직 어리기 때문에 뭔가를 책임져야 한다는 것은 무리다.

지휘자는 정확한 시간에 연습을 시작한다. 지휘자는 어느 때보다도 열정적이다. 열한 명이 부르는 〈메시아〉는 서글프게 들리기까지 한다. 베이스 파트는 나 혼자뿐이다. 내가 빠지면 크리스마스 찬양은 물거품이 될 것이다. 연습은 오후 내내 쉴 틈 없이 이어진다. 목이 쉬어 도중에 나가는 사람도 있다. 이제 꼭 열 명이 된다. 지휘자는 애써 태연한 척하며 성가대원을 독려한다. 연습은 밤이 돼서야 끝난다. 지휘자가 내게 애정을 보인다. 다른 사람은 빠져도 나만은 안 되기 때문이다. 그가 공언한 대로 내일 오전까지는 파트에 한 사람은 남아 있어야 한다.

성가 연습이 끝나도 나는 집으로 돌아가지 않는다. 오늘은 일 년 중 유일하게 외박이 허락된 날이기 때문이다. 수은이 근거리에서 나를 지켜본다. 나는 온통 듀나 생각밖에는 없다. 더구나 오늘은 크리스마스이브가 아닌가. 크리스마스이브인데도 학생들은 교회로 오

지 않는다. 겨우 기분이나 내보려고 몇 명이 둘러앉아 게임을 해보
지만 전혀 신이 나지 않는다. 고등부실에 모여앉아 희희낙락대지만
서로의 눈치만 살피고 있다. 나는 듀나를 만나러 가려고 기회를 엿
본다. 평상시대로 행동하려고 애쓰지만 수은의 시선이 자꾸 나를
잡아둔다.

어디가?

화장실에 좀……

밤은 점점 깊어가고 교회에 인적이 드물다. 나는 예배당 안으로
들어가 앉는다. 불은 모두 꺼져 있고, 강대상 옆의 크리스마스트리
만 깜박, 깜박인다. 그래도 누군가 그것을 만들고 켜놓았다는 것이
신기하다. 이제 조금 있으면 자정인데 교회에 이렇게 사람이 없는
게 내 탓인 것만 같다. 나는 조용히 회개기도를 한다. 듀나, 듀나는
도대체 뭘 하는 걸까. 이제 교회에 나오지 않으려는 걸까. 아니면
어디 다른 곳에 살 곳을 마련한 걸까. 나는 눈을 감고 기도하다가
중얼거린다. 누군가 예배당 안으로 들어오는 소리가 들린다. 나는
얼른 의자 밑으로 숨는다.

거기 너 있니?

나는 대답하지 않고 숨을 죽인다. 고요한 침묵이 수은에게 돌아
간다.

나는 듀나의 집 담벼락에 붙어 속으로 메리 크리스마스, 하고 외
쳐본다. 불은 오늘도 꺼져 있다. 선물을 준비 못 한 것이 미안하기
만 하다. 수은이 교회 밖으로 나와 주변을 살핀다. 나는 어둠 속으
로 몸을 숨긴다.

거기 너 있니?

나는 어둠 속에 몸을 숨기고 사택 뒤로 돌아간다. 수은은 무서워서 이쪽으로 올 생각을 못 하는 것 같다. 나는 천천히 뒷담을 넘고, 현관으로 간다. 식은땀이 등줄기를 타고 흘러내린다. 문은 잠겨 있지 않다. 소리나지 않게 천천히 문을 연다. 듀나의 운동화와 남자 구두가 나란히 놓여 있다. 나는 문을 닫고 듀나의 창 밑으로 간다. 온몸은 땀으로 뒤범벅이다. 창에 불이 들어온다. 남자 목소리가 들리는 것 같기도 하고, 바람 소리 같기도 하다. 심장 뛰는 소리가 벽을 타고 울린다. 불이 다시 꺼지자 나는 얼른 담을 넘는다. 누군가 슬며시 현관문을 열고 나온다. 나는 어둠 속으로 몸을 숨기고 쭈그려앉는다. 찰칵. 대문을 따고 남집사가 나온다. 비릿한 냄새가 찬 공기 사이로 퍼져나간다. 그는 재빠르게 교회를 빠져나간다. 너무나 순식간이어서 꼭 허깨비를 본 것만 같다. 나는 가만히 열려진 대문 안으로 들어간다. 어둠이 내게 용기를 준다. 나는 이마에 맺혀 있는 땀을 닦는다. 그리고 망설임 없이 노크를 한다. 똑똑. 노크하는 소리가 지구를 울리는 것 같다. 다리가 후들거리기 시작한다. 도대체 내가 뭘 하는 거지. 돌아서려는데 안에서 듀나의 목소리가 들려온다.

뭐 놓고 가셨어요?

현관문이 열리고, 거기에 눈부시게 하얀 듀나가 서 있다. 어둠 속에서 듀나의 벗은 몸이 밝게 빛난다. 아주 잠깐 보았지만, 뇌리엔 벌써 그녀의 수줍은 가슴이, 툭 튀어나온 골반뼈가, 어둠보다 더 새카만 음모가 들어와 앉는다. 놀란 듀나의 눈을 나는 똑바로 보지 못하고 고개를 돌린다.

미, 미안. 크, 크리스마스 인사하려고……

돌아서는 나를 듀나가 붙잡는다. 천천히 듀나를 돌아본다. 내 시선은 자꾸 밑으로 향한다. 보면 안 된다고 생각하지만, 내 눈은 처음 본 여자의 몸에서 시선을 떼지 못한다. 듀나는 몸을 가리지 않고 나를 똑바로 쳐다본다.

잠깐, 들어와.

듀나의 목소리에서 냉정함이 묻어난다. 나는 매몰차게 팔을 뿌리치고 나온다. 세차게 대문을 닫고 나오는 소리가 새벽을 깨운다.

나는 예배당 트리 앞에 앉는다. 깜박, 깜박이는 전구 안에서 듀나의 몸은 사라지지 않는다.

거기 너 있니?

어, 그래. 나 여겼다.

나는 트리에서 눈을 떼지 않은 채로 수은에게 대답한다.

한참 찾았잖아. 어디 갔었어?

나, 쭉 여기 있었어.

무슨 땀이 이리 많이 났어.

수은이 내 이마에 난 땀을 닦아준다. 날렵하게 도망가던 남집사, 수은의 아버지가 생각난다. 수은은 아무리 보아도 남집사의 딸 같지가 않다. 나는 일어서서 수은의 손목을 잡아끈다.

어디 가려고?

어.

수은이 천천히 일어선다. 나는 수은의 손목을 잡고 단상 위, 강대상 뒤로 간다. 수은을 눕히고 옷을 벗기기 시작한다. 천천히 코트 단추를 푼다. 코트 안엔 턱까지 올라오는 두꺼운 목폴라를 입고 있다.

소리내지 마.

수은이 손으로 자신의 입을 가린다. 조금은 겁먹은 표정이다. 나는 따뜻하게 웃어주려고 애쓴다. 폴라 티셔츠를 벗겨내기가 쉽지 않다. 가슴 위로 옷을 걷어올린다. 브래지어 속으로 양손을 집어넣어 젖가슴을 움켜쥔다. 고소한 우유 냄새가 난다. 브래지어도 가슴 위로 걷어올린다. 나는 미친 듯이 수은의 젖가슴을 파고든다. 수은이 가만히 내 머리를 감싼다. 바지를 억지로 내리자 수은은 젖가슴부터 발목까지 알몸이 된다. 걷어올린 윗옷 때문에 얼굴은 보이지 않는다. 작고 예쁜 몸이다. 가슴은 듀나의 것보다 조금 큰 것 같고, 젖꼭지는 더 선명하고 굵다. 그러나 채 수은의 몸을 탐하기도 전에, 몸 안으로 들어가기도 전에 묵직한 것이 발끝에서부터 올라온다. 그냥 갈라진 그녀의 몸을 살짝 건드렸을 뿐인데, 내 의지와는 상관없이 정액이 쏟아져나온다. 나는 바지 안에 사정하고 말았다. 남집사가 흘리고 갔던 비릿한 냄새가 교회 안을 가득 채우는 것 같다. 항상 있었던 십자가가, 깜박깜박 트리가 조용히 우리를 지켜보고 있었다.

어둡고 작은 대기실에서 성가대 입장을 기다리고 있다. 다른 날과는 달리 오늘은 바짝 붙어 줄을 서지 않아도 된다. 모두 열 명이다. 지휘자는 사람 수가 더 줄지 않은 것에 감사기도를 했다. 예배 시간이 지나도 작은 종은 울리지 않는다. 지휘자가 커튼 사이로 예배당 안을 엿본다. 종이 울리지도 않았는데 지휘자는 입장을 지시

한다. 줄지어 입장을 시작한다.

무슨 연극을 보는 것 같다. 목사는 아직 단상 위로 올라오지 못한 상태다. 사람들이 막아서고 있기 때문이다. 예배당 안은 난장판이다. 김장로의 아들과 그의 친구들이 어디선가 나타나 단상 위를 점거한다. 단상 위는 순식간에 말끔히 치워진다. 강대상도 치우고 마이크 선도 뽑아버린다. 십자가만 덩그러니 벽에 박혀 있다. 강대상이 치워지자 지난밤의 밀회가 낱낱이 드러나는 기분이다. 수은이 뒤돌아 나를 쳐다본다. 나는 활짝 웃어주며 메리 크리스마스, 하고 입 모양으로 말한다. 양계장 김장로가 앞으로 천천히 단상 밑으로 걸어나와 마이크를 잡는다.

오늘은 예배를 취소하고 다른 얘기를 좀 해야 할 것 같습니다. 어쩌다가 우리 교회가 이 지경에 이르렀는지 모르지만, 모두가 다 목사 때문이라는 것은 확실합니다.

예배당 안으로 들어오지 못한 목사의 고함소리가 들려온다. 남집사를 비롯한 청년들이 문을 아예 막고 서 있다.

남집사, 목사, 들어오라 해.

청년들이 길을 터주자 목사가 들어와 단상 위로 올라간다. 휑한 단상 위에서 목사가 십자가를 향해 무릎 꿇고 기도한다.

조용히 좀 하세요. 뭘 잘했다고. 이제 와서⋯⋯

김장로는 힐끗 목사를 쳐다보더니 말을 이어간다. 목사는 기도를 멈추지 않는다. 목사 편에 선 교인들도 기도하지만 마이크 소리에 모두 묻힌다. 김장로가 목사보다 크리스마스 준비를 잘한 것이다. 김장로는 목사의 죄목이 적힌 성명서 같은 것을 읽어내려가기 시작한다.

제 일. 신의 종으로서 위선적인 죄. 제 이. 장로, 집사를 무시하고 독선적인 죄. 제 삼. 교회 헌금을 유용…… 제 십삼. 어린 학생과 원조교제, 간통한 죄, 여기 그 증인을 불렀으니 무슨 일이 있었는지 들어보세요.

사람들이 술렁이기 시작한다. 물론 목사의 편도 있다. 한쪽 구석에서 김장로의 말을 막는 시도가 있긴 했지만, 미비했다. 목사의 죄목이 열세 개나 되는데, 그중에서 구체적 증거나 증인이 있는 것은 열세번째 죄목뿐이다. 남집사가 여학생 하나를 부축하고 들어온다. 듀나미스다. 듀나는 어디가 아픈 것처럼 천천히 남집사의 부축을 받으며 단상 밑으로 걸어나온다. 목사가 기도를 멈추고 일어선다.

듀나는 의자에 앉자마자 훌쩍거리기 시작한다. 여기저기서 죽은 목사의 딸인 것을 알아보고 술렁인다.

은혜야, 괜찮으니까. 다 이해하니까 말해. 교회를 위해서, 돌아가신 아버지를 위해서, 너를 위해서 다 말해야 하는 거야.

그 사람이, 우리집으로 왔어요……

누가?

목사님이요.

그래서?

……제 몸을 막 만지고, ……거부할 수 없었어요.

듀나는 소리내어 엉엉 울기 시작한다. 듀나가 정말 천사처럼 보인다. 나는 넋을 빼고 그녀를 바라본다. 목사는 경기가 일었는지, 눈은 뒤집어지고, 방언 같은 것을 마구 쏟아낸다. 아버지가 걸어나와 듀나가 가지고 있던 마이크를 잡는다.

　저는 좋게 좋게만 해볼라고 그랬었는디, 제 생각도 여기 김장로하고 같으니께, 교인 여러분이 저희 장로들을 믿고 따라주셔야겠습니다.

　아버지는 처음으로 자기 소신을 밝힌다. 크리스마스 예배는 목사의 죄를 성토하는 장으로 바뀌었다. 청년들이 목사를 끌어내려 밖으로 데리고 나갔다. 교인들도 저마다 한소리씩 하기 시작했고, 찬양을 할 수 없게 된 지휘자는 불만이 가득했다. 교인들은 열 명이서 부르는 〈메시아〉를 들을 수 없게 되었다.

　목사는 교회에서 쫓겨났다. 소문은 꼬리에 꼬리를 물어 어느 교회에서도 목사를 받아주지 않게 만들었다. 우리 교회는 평온을 되찾았다. 새로운 교회당으로 이사를 하고, 김장로 말을 잘 듣는 새 목사도 부임해왔다. 김장로는 예전의 영향력을 되찾았다. 듀나는 새로운 집을 얻게 되었고, 생활비도 예전보다 많이 받게 되었다. 남집사는 듀나에게 친아버지 이상의 애정을 쏟아부었다. 교인들은 그의 따뜻한 마음에 칭찬을 아끼지 않는다.

　나는 수은의 손을 잡고 매일 밤 폐가로 향한다. 거기 믿음이 있고 신앙이 있다.

남자가 사랑에 빠졌을 때

김형중(문학평론가)

그들의 기이한 사랑방식

사랑에도 여러 방식이 있을 것인바, 만약 사랑이란 반드시 낭만적이고 감미로운 감정상태를 수반해야 한다는 오래 묵은 선입견으로부터 자유로울 수만 있다면, 우리는 백가흠의 소설들 역시 기괴하나마 사랑 이야기란 사실을 인정해야 한다. 데뷔작 「광어」에서 근작 「배꽃이 지고」에 이르기까지 그의 모든 소설들은 다 사랑이야기였다. 다만 그 사랑의 방식이 기이했을 뿐인데, 피학적 헌신(「광어」「전나무숲에서 바람이 분다」「배꽃이 지고」), 가학적 폭행(「귀뚜라미가 온다」「밤의 조건」), 살인(「구두」「배(船)의 무덤」「2시 31분」), 강간(「전나무숲에서 바람이 분다」「배(船)의 무덤」「배꽃이 지고」), 신성모독(「성탄절」) 등이 백가흠의 주인공들이 주로 택한 사랑의 방식이었다. 그런 것도 사랑이냐고 묻는다면 나는 '물론'이라고 답할 참

이다. 백가흠의 주인공들이 보여주는 기행들, 그것은 누가 뭐래도
사랑이다. 그것도 최종심에서 모든 남성들의 사랑을 결정하는 아주
간절하고도 원형적인(그러나 동시에 유아적이고 퇴행적인) 사랑이다.

'남자가' 사랑을 선택하는 특별한 기준

　거의가 남성들인 백가흠의 주인공들이 보여주는 기이한 사랑의
방식은 그들이 사랑을 나누는 대상과 관련이 있다. 그들이 사랑의
대상을 선택하는 기준은 특별하다.

　첫째, 그들은 경쟁자가 없는 대상을 사랑하는 법이 없다. 「광어」의
미스 정은 룸살롱 '환희'의 여급이었다. 그렇다면 화대를 치르고 하
룻밤 그녀를 살 수 있는 만인이 주인공의 경쟁자다. 「구두」의 아내
도 비록 생활상의 이유이지만 몸을 판다. 그렇다면 남편인 주인공
에게 아내를 산 모든 남자들은 경쟁자다. 「배(船)의 무덤」에서 주인
공 백영철이 범한 열네 명의 여자들은 정황상 유부녀들이었고, 「배
꽃이 지고」에서는 개순이를 둘러싸고 벌어지는 남편 병출과 과수원
주인 간의 긴장관계가 서사의 뼈대를 이룬다. 물론 이처럼 만연한
삼각관계는 질투와 배신을 부르고, 결국엔 살인과 폭력으로 치닫는
다. 질투 없이 그들은 사랑하지 않는다.

　둘째, 백가흠의 주인공들은 소위 '순결한' 여자들을 사랑의 대상
으로 선택하는 법이 없다. 그들의 사랑이 대개 삼각관계를 형성한
다는 점에서도 알 수 있듯이 그들이 사랑하는 여자들은 거의가 정

숙한 편이 아니다. 오히려 창녀이거나 성에 대한 윤리적 관념이 없
는 경우가 더 흔한데, 「광어」의 미스 정, 「구두」와 「배(船)의 무덤」의
아내, 「배꽃이 지고」의 개순이, 「성탄절」의 듀나가 모두 그렇다. 그
들은 순결하지 않은 여자들만을 사랑한다.

　셋째, 특이하게도 백가흠의 주인공들은 여성의 구원자 역할을 떠
맡기를 자청한다. 구원의 대상이 아닌 한 그들은 사랑하지 않는다.
물론 이때 구원의 대상은 자신의 의지와 상관없이 타락의 상태에
있다고 간주된 예의 그 정숙하지 못한 여성들이다. 데뷔작 「광어」에
서 임신한 미스 정을 극진하게 보살피고 자신의 전 재산을 털어 그
녀의 몸값을 치르고자 하는 화자가 그렇고, 우연히 산장에 찾아든
낙태 직후의 한 여자를 살려내는 「전나무숲에서 바람이 분다」의 주
인공이 그렇다. 「구두」의 주인공이 장애인 안마사에게 통장을 남기
고 자살하는 것도 일종의 구원행위이겠고, 「성탄절」의 주인공이 가
없은 듀나에 대해 느끼는 연민도 말하자면 구원자로서의 역할에 대
한 매혹이겠다. 이때 구원의 대상들은 하나같이 그들의 사랑의 대
상들, 그러니까 타락한 여자들이다. 이런 식의 논리다. 그녀들은 타
락했다. 그러나 그 타락은 그녀들이 의도한 것은 아니었다. 그녀들
에게도 사연은 있다. 그러니 내가 그들을 구원해야 한다. 오로지 나
의 사랑만이 그녀들을 구원할 것이다. 요컨대, 백가흠의 주인공들은
어쩔 수 없이 타락의 구렁텅이에 빠져 있는, 그래서 구원할 만한 가
치가 있는 여자들만을 사랑한다.

　그리고 마지막 기준! 백가흠의 주인공들은 '엄마'를(대개 오래 전
에 사별했거나, 나를 버리고 떠났다) 연상시키는 여자들만을 사랑의

대상으로 선택한다. 엄마를 느끼지 못하는 여자를 그들은 사랑하지 않는다. 다음의 예문들은 백가흠의 주인공들이 보여주는 모든 사랑(폭력도)이 심리학적인 의미에서는 전부 '엄마'를 향한 것임을 단적으로 드러내주는 부분들이다.

나는 어둠 속에서 희뿌연 안개와 같은 당신의 몸을 보았다. 당신의 젖가슴이 손에 닿았다. 나는 어느새 젖꽃판에 돋아 있는 작은 돌기들을 손끝으로 훑고 있었다. 엄마의 자궁 속이 기억나는 것 같았다. 얼굴 없는 어머니의 자궁 속이 말이다. 나는 그곳이 그리워 당신의 안으로 들어갔다. 나는 처음으로 행운아라는 생각을 했다.(「광어」, 19~20쪽)

"전어 기념으로 함 하까, 엄마야."
"엄마라고 부르지 말라카이. 징글법다."(「귀뚜라미가 온다」, 47쪽)

첫 인용문은 「광어」의 주인공인 남성 화자가 미스 정과의 첫 섹스를 상기하고 있는 부분이거니와 이 구절로부터 '자궁 회귀' '모성 고착' 운운하는 이야기를 다시 끌어내 구구하게 늘어놓을 필요는 없을 것이다. 이 화자에게 미스 정은 심리적으로 어머니와 등가이다. 오래 전에 자신을 버리고 아마도 다른 남자를 따라 떠난 여자, 그녀는 엄마이고 미스 정이다. 아니나 다를까 소설 말미에 미스 정도 어머니와 마찬가지로 남자를 버리고 그가 그녀의 몸값으로 마련한 통장을 들고 떠난다.

두번째 인용문은 「귀뚜라미가 온다」의 바람횟집 두 동거인들의 대사다. 연하의 남자는 연상의 여자를 엄마라고 부르는데, 둘이 나누는 사랑은 그렇다면 엄마와 아들 간의 근친상간에 대한 심리적 대리물이다. 남자는 지금 엄마에게 한번 하자고 조르고 있는 셈이다.

이처럼 전형적인 오이디푸스적 상황이 「전나무숲에서 바람이 분다」의 남자가 산장에 찾아든 여자로부터 어머니를 느끼고 그녀를 품을 때에도, 「2시 31분」의 남자 주인공이 연상의 여자와의 파행적인 사랑 때문에 연인이었던 수정을 교살할 때에도, 그리고 「배꽃이 지고」의 과수원 주인 남자가 개순이의 젖을 어린아이처럼 탐할 때에도 줄곧 반복된다. 더 말할 것도 없이, 백가흠의 남자 주인공들이 사랑을 선택하는 마지막 기준, 그것은 '엄마'다.

그런데 흥미로운 점은 백가흠의 주인공들이 사랑의 대상을 선택하는 기준 중 앞의 세 가지(남의 여자일 것, 순결하지 않을 것, 그러나 내가 구원해줄 가치가 있을 만큼은 가엾을 것)는 마지막 기준(엄마를 느끼게 해줄 것, 혹은 엄마일 것)에 포함된다고 말해도 무방하단 사실이다. 다른 말로 하자면, 백가흠의 주인공들이 욕망하는 대상은 궁극적으로 엄마인바, 그 엄마는 창녀이고, 다른 남자의 여자이면서, 나의 구원을 기다리는 여자이기도 하다.

무슨 말인가? 이쯤 해서 나는 내가 나열한 그 기준들이 온전히 프로이트의 한 소논문에 기대고 있단 사실을 고백해야겠다. 그 기준들 모두, 프로이트가 1918년에 쓴 소논문 「사랑을 선택하는 특별한 기준」(『성욕에 관한 세 편의 에세이』, 김정일 옮김, 열린책들, 1996)에서 이미 나열된 것들이다. 프로이트는 그 기준들을 남성 신경증 환자

들의 성 판타지 속에서 발견했다. 남성 신경증 환자들의 대상 선택
기준 세 가지를 나열한 후 프로이트는 이렇게 말한다.

> 따라서 사랑의 대상이 매춘부와 같은 여성이어야 한다는 전제 조
> 건이 어머니 콤플렉스에서 직접 파생되어 나타난 조건이라는 사실을
> 더이상 모순되거나 이해할 수 없는 것으로 간주할 수는 없다.(『성욕
> 에 관한 세 편의 에세이』, 191쪽)

'어머니 콤플렉스'라는 말의 모호함(후에 프로이트는 이 말을 철회
한다. 엄밀한 의미에서 프로이트가 인정한 콤플렉스는 오이디푸스콤플
렉스 하나뿐이다)은 차치하고, 이 인용문은 남성 신경증 환자들의
대상 선택 기준이 바로 오이디푸스콤플렉스에 연원을 두고 있음을
암시한다. 내 여자인 줄 알았던 여자가 사실은 다른 남자(아버지)의
여자였단 사실을 확인한 남아(男兒)는 일차적으로 아버지에게 심한
질투를 느낀다. 그러므로 사랑을 선택하는 첫번째 기준에서의 '경
쟁자'는 사실은 심리적으로는 모두 아버지이다. 아버지와의 관계를
부정한 관계로 치부한 이상 어머니는 부정한 여자가 된다. 두번째
기준, 곧 순결하지 않은 여자에 대한 신경증 환자들의 매혹은 이로
부터 파생된다. 나를 배신하고 다른 남자를 택한 여자, 어머니는 곧
부정한 여자다. 물론 세번째 기준, 즉 타락한 여자를 구원한다는 테
마도 이로써 설명이 가능한데, 부모의 관계를 용납하기 힘든 남아
는 어머니의 변심을 자의가 아닌 것, 어쩔 수 없었던 정황의 산물로
치부함으로써 자신의 사랑을 방어한다. 그리하여 어머니는 지금은

어쩔 수 없이 타락해 있지만 언젠가는 나에 의해 구원받아야 할 대상으로서의 지위를 획득한다. 앞의 세 가지 기준들이 마지막 기준, 곧 '엄마'에 대한 사랑에 모두 포함된다고 했던 이유가 여기에 있다. 이제 우리는 다음과 같이 말할 수 있다. 백가흠의 주인공들은 예외 없이 엄마를 사랑한다. 연인이자, 창녀이고, 구원의 대상인 엄마를 말이다.

이 글 초입에, 백가흠의 소설을 두고 '원형적인 사랑 이야기'라고 했던 이유도 여기 있는데, 사실상 굳이 신경증 환자가 아니라도, 낮에는 현모양처요 밤에는 요부인 아내를 꿈꾸는 남성들, 룸살롱의 하룻밤 사랑에서도 웅장한 로맨스를 꿈꾸는 남성들, 낮에는 도덕군자요 밤에는 숱한 여인들의 허벅지를 탐하는 그 무수한 남성들의 비루한 욕망을 최종심에서 지배하는 것이 바로 이 '사랑을 선택하는 특별한 기준'들일 것이기 때문이다. 그뿐일까, 모든 남자의 사랑은 기실 엄마 찾기에 다름아니라는 경구의 진실이 이야기하는 바도 바로 이 점일 터인데, 그렇다면 남성들의 사랑, 그것은 이토록 신경증적이고 유아적인 것이다.

유아적이기만 한가? 그것은 또한 폭력적이기도 한데, 백가흠 소설 속에 만연한 모든 폭력이 사실은 바로 이 남성 판타지에서 비롯된다는 점은 주의를 요한다. 그들의 기이한 사랑방식이 사실은 그들의 기이한 대상 선택 기준에서 유래한다고 했던 것도 이런 이유인데, 「광어」에서 주인공이 미스 정을 구하기 위해 그녀의 고객이었던 공무원에게 행한 협박, 「구두」의 주인공이 저지른 일가족 살해, 「전나무숲에서 바람이 분다」의 주인공이 산장에 찾아온 여인에게

행하는 겁탈, 「배(船)의 무덤」의 마을 사내들이 백영철에게 가한 집
단 폭행, 「2시 31분」에서 꼬리에 꼬리를 무는 연쇄살인 등등, 그 모
든 폭력의 밑바닥에는 주체할 수 없는 '질투'가 가로놓여 있다. 그
리고 질투는 남성 판타지의 동력이자 그것을 지배하는 감정이다.
기본적으로 남성 판타지를 지배하는 감정의 주조는 아버지에 대한
질투이기 때문이다. 아버지에 대한 질투, 성녀와 창녀 사이를 오락
가락하는 어머니에 대한 양가감정, 이런 것들이 전체적으로 백가흠
의 소설을 잔혹하게 피로 물들인다.
  그중 「귀뚜라미가 온다」는 백가흠의 주인공들이 처한 이와 같은
폭력적 상황에 대한 탁월한 지형학적 은유를 제공하고 있어 흥미
롭다.

  달구의 늙은 노모가 달구에게 매를 맞고 있다. 노모의 검버섯 곱게
핀 뺨이 벌그죽죽하다. 바람횟집의 남자가 막 여자의 질 안에 삽입을
시작했을 때, 달구분식의 노모는 가지런히 쪽 찐 머리가 일순 헝클어
지도록 세차게 귀뺨 한 대를 아들에게 얻어맞았다. 천장으로 넘어온
여자의 웃음소리는 가는 신음소리로 변하고 있다. 바람횟집 여자는
자신의 신음소리가 새어나가지 못하게 엎드려서 손으로 입을 막고
있다. 달구의 노모도 비슷하다. 손으로 입을 막지는 않았지만, 어금
니를 단단히 물어 거친 숨소리만 코로 작게 새어나온다. 두 집의 여
자들이 자신의 신음소리를 막는 이유는 서로에게 들키지 않기 위해
서가 아니다. 혹 들을지도 모를 이 집 밖의 사람들 때문이다.
  달구분식과 바람횟집은 원래 한집이다. 슬레이트로 된 지붕이 하

나이니 한집이 맞을 것이다. 얇은 벽이 두 집을 갈라놓고 있다.(「귀
뚜라미가 온다」, 35쪽)

한 지붕 아래에 있으니 "달구분식과 바람횟집은 원래 한 집이다".
다만 얇은 판자벽이 두 집을 갈라놓고 있을 뿐이다. 달구네 집에서
는 매일 저녁 마치 의식처럼 모친에 대한 아들의 폭행이 자행된다.
그 폭행은 불륜을 저지른 아내를 단죄하는 폭력 가장의 매질을 닮
았다. 혹은 자신이 저지른 부친살해와 근친상간에 대한 자학적 자
기 징벌을 닮았다(소설 후반부에 달구는 어머니와의 공모하에 아버지
를 죽였던 것으로 잠시 언급된다). 바람횟집에서는 동거중인 두 남녀
의 정사가 아침저녁으로 벌어진다. 앞서 언급한 그대로 연하의 남자
는 연상 여자를 '엄마'라고 부른다. 밖에서 들으면 이 두 엄마의 신
음소리는 구별되지 않는다. 사실 구별될 리가 없는데, 바람횟집과
달구분식은 동일한 남성 주체의 무의식에 기거하는 두 종류의 상이
한 충동에 대한 지형학적 은유이기 때문이다. 한편에 창녀로서의 엄
마가 있다. 그리고 다른 한편에는 연인이자 양육자로서의 엄마가 있
다. 당연히 한편에 폭력이 있고, 다른 한편에는 근친상간적 성(性)이
있다. 한편에 타나토스가 있고 한편에 에로스가 있다. 말하자면 그
것은 백가흠의 모든 주인공 내면에 들어 있는 무의식의 지도인 것
이다. 그리고 바로 그 양가적 어머니상, 그로부터 파생되는 사랑에
의 욕구와 질투, 가학충동과 자학충동이 백가흠의 소설을 핏빛으로
물들인다. 백가흠이 보기에 모든 폭력의 근원에는 오로지 질투와
배신과 경쟁과 소유욕으로 점철된 남성성이 있다.

다행히도 프로이트는 이와 같은 대상 선택 기준을 신경증 환자들에게 특유한 것이라고 말한다. 그러나, 과연 그럴까? 신경증 환자와 정상인의 심리 사이에는 양의 차이는 있을지언정 질의 차이는 없다고 말했던 이도 바로 프로이트가 아닌가? 가령 이제는 상식적인 용어가 되어버린, 그리고 굳이 누아르 영화가 아니라도 각종의 대중 서사물과 TV 드라마 들, 그 어디에서나 관객과 독자(특히 남성관객과 독자)의 시선을 붙잡아두어야 할 필요가 있는 장소에서는 어김없이 등장하는 '팜므 파탈(Femme Fatale)'을 예로 들어보자. 그녀의 매춘부적 성향, 그녀의 치명적인 유혹, 그녀와의 사랑이 불러오게 될 파국(보스, 곧 아버지의 복수), 그러나 구원받을 만큼은 그녀도 소유하고 있는 인생유전의 사연과 순결성…… 이런 것들이 과연 그녀들 본래의 특성일까? 아니면 위와 같은 신경증 환자들의 연애 판타지를 공유한 남성들, 혹은 남성 주류 사회의 사회·문화적 무의식이 여성들에게 사후적으로 부여한 특성일까? 사회와 문화에도 무의식이 있는바, 작가 백가흠만큼만 솔직해지면, 우리는 우리 사회가 사실은 프로이트가 정식화한 바로 그 남성 신경증 환자들의 유아적이고 젖비린내 나는 판타지에 얼마나 깊게 침윤되어 있는지 도처에서 확인 가능하다. 그렇다면 백가흠의 소설은 어떤 측면에서 엄마를 찾아 삼만 리 아니라 영원의 거리까지라도 떠돌 것만 같은 남아들(그 과도한 폭력성에도 불구하고 백가흠 소설 속에서 남성 주인공들은 고작해야 악동에 불과하다. 가령 모든 주인공들이 은연중에 드러내는 분리 불안의 징후들—행여나 엄마가 떠날까봐 전전긍긍하는—, 구순기 고착의 징후들—그들이 그토록 탐내는 엄마의 젖—을 보라)이

점령한 이 불쾌한 사회의 심리적 기원에 관한 이야기가 아닌가. 그렇다면 암묵적인 형태로건 드러난 형태로건 남성들에 의해 매일매일 자행되는 폭력의 연원으로서의 남성 판타지를 가장 남성적인 방식으로 폭로하고 내파(內波)하는 작가, 그가 바로 백가흠이다.

사드, 오로지 한 사람의 정상인

그러나 백가흠 소설 속의 폭력들을 단순히 남성 판타지의 산물이라고 하고 말면 작가로서는 서운할 일이다. 그가 남성성의 폭력을 극한까지 밀어붙일 때, 종종 그는 사드를 닮아간다. 근대성의 가장 극한적인 체현자이자 바로 그런 이유로 근대성의 역설적 비판자가 될 수 있었던 시대적 징후로서의 사드 말이다.

나는 사드의 작품을 두고 쏟아지는 경탄들의 반도 믿지 않는 편이다. 가령 다음과 같은 구절을 읽고 나서 느껴지는 감정은 혐오와 욕지기일 수는 있어도 감동이나 경탄일 수는 없다.

'이 남자는 어리디어린 아이의 입과 엉덩이를 범하는 것을 좋아한다. 그는 살아 있는 소녀의 심장을 끄집어냄으로써 정욕을 완성한다. 그는 끄집어낸 심장에 구멍을 내고 이 뜨뜻한 구멍에다 성기를 집어넣는다. 그러고는 정액으로 가득 채워진 심장을 다시 제자리에 되돌려놓는다. 상처를 꿰맨 뒤, 여자의 운명이 다하도록 아무 조치 없이 내버려둔다. 이 경우는 시간이 오래 걸리지 않는다.' (『소돔 120일』,

고도, 2000, 674쪽)

　이런 장면이 『소돔 120일』에서는 육백여 차례 반복되거니와, 사드는 이 육백여 가지의 추잡하고 잔인한 에피소드들을 수학적 정밀성에 따라 배치한다. 백이십 일간, 하루 다섯 개. 개중에는 십자가를 인조 성기로 사용하는 에피소드가 있는가 하면, 근친상간, 살인, 고문, 신체절단, 화형 등 인류가 고안해낼 수 있는 가장 잔인하고 추악한 범죄가 빠짐없이 골고루 등장한다. 오로지 쾌락을 위해, 그 모든 범죄담이 허용된다. 장소는 미리 고안된 어떤 성채인데, 완전히 외부와 격리되어 있다. 방탕으로는 따를 수 없는 네 명의 주인공 (공작, 판사, 주교, 사업가)들이 당대 유럽에서 가장 아름답다고 인정받은 소녀와 소년 각 여덟 명을 유괴하거나 납치하여, 최고급 요리사 여섯 명, 육체적으로나 정신적으로 가장 추악한 시중(노파) 네 명, 각각 백오십 개의 에피소드들을 이야기할 네 명의 늙은 포주, 자신들을 여자로 다루어줄 청년 색골 여덟 명, 자신들의 딸들이기도 한 부인 네 명을 동반하여 이 성채에 들어간다. 이들 총 마흔여섯 명 중 살아서 파리로 돌아가는 사람은 열여섯 명, 나머지 서른 명은 예의 에피소드들을 실연(實演)하는 과정에서 고문사하거나, 사지가 찢겨 죽거나, 불태워져 죽는다. 그리고 그들의 시신은 살아남은 열여섯 명이 먹어치운다.

　잔인한 얘기가 길어졌다. 각설하고, 흥미로운 것은 이들이 사람을 선별하고, 성 내에서의 규칙을 정하고, 행동거지와 언어에 제한을 가하는 방식들이다. 그 방식들이란 이미 본 대로 가히 '수학적'이라

할 만큼 정교한데, 하루의 일과는 단 일 분의 여유도 없이 촘촘하게
계획되어지며, 행동거지나 언사 또한 미리 정해놓은 방식으로 이루
어지지 않으면 모두(주인공 자신들을 포함해서)에게 벌금형이나 체
형이 가해진다. 장기 계획도 있는데, 몇번째 날에는 누구와 누구를
결혼시키고, 누가 누구의 앞쪽 혹은 뒤쪽 처녀성을 박탈하며, 어떤
이에게는 노란 리본을 어떤 이에게는 녹색 리본을 달 것인가도 미
리 정한다. 말하자면 그들은 지극히 냉철하고 '이성적으로' 이 모든
범죄를 저지르는 것이다.

　그러니 사드는 세간의 상식과는 달리 '너무 이성적'이었던 셈이
다. 사드는 가장 이성적으로 가장 추악한 범죄를 실연해 보임으로
써, 합리적 이성, 곧 근대의 계몽이 곧 범죄임을 증명했던 것이다.
쾌락이라는 목표마저도 사라진다. 다만 남는 것은 합리적 규칙이다.
그러나 그 합리성은 지독하게 과장되고, 그리하여 오히려 광기와
구별 불가능해진다. 합리적 이성, 그것은 사드에게서는 지독한 광기
가 되어버린다. 이에 대해서는 아도르노의 의견을 참조할 만하다.

　칸트 체계의 건축학적 구조나 사드적인 섹스 파티의 체조 피라미
드나 프리메이슨 결사단체의 일사불란한 원리들은―『소돔 120일』에
나오는 탕아 사회의 규정은 냉소적으로 이런 것들을 구현하고 있
다―실제의 목표를 결여한 전체 삶의 조직화를 드러낸다. ……단순
한 향락보다는 조직을 만들어내려는 미친 듯한 활동 자체가 목표인
것 같다. 근대시대에 계몽은 종교적 피안으로 구현될 수 있었던 '조
화'와 '완성'을 지상으로 끌어내려서는 그것들을 체계라는 형식 속에

서 인간적 노력이 도달해야 할 기준으로 만들었다.(『계몽의 변증법』, 김유동 옮김, 문학과지성사, 2001, 140~141쪽)

백가흠의 대부분의 작품이 불러일으키는 감정이 바로 사드가 불러일으키는 것과 비슷한 유의 불쾌감이다. 백가흠 소설 전편에 난무하는 폭력과 살인과 강간과 도착 들은 분명 읽는 이들을 불쾌하게 하는 데가 있다. 이 점, 우선은 이미 언급한 대로 남성성을 의도적으로 극한까지 과장함으로써 그 폭력성과 조악함을 폭로하려는 전략의 일환으로 보이기는 한다. 그러나 근작 「배꽃이 지고」는 그보다 더 나아가는데, 이 작품은 작가의 비판적 시선이 이제 남성 판타지라고 하는 심리학적 범주를 벗어나, 사드가 그랬듯이 모더니티 일반의 폭력성에 대한 고발이라고 하는 사회적 차원으로까지 확대되고 있다는 느낌을 받게 한다.

이 작품, 특히 다음과 같은 장면은, 백가흠의 주인공들 특유의 폭력 중에서도 유달리 도드라진다.

시벌, 그 새끼 좀 갖다버리랑게.

사내가 달려와 아버지 등에 업혀 있는 아이를 번쩍 듭니다. 병출씨는 움찔하며 살짝 옆으로 비켜서고, 여자는 멍하니 쳐다봅니다. 과수원댁은 꼼짝도 하지 않고 땅바닥에 뻗어 있습니다. 누군가는 막아야 했지만, 아무도 사내를 막을 사람이 없습니다. 과수원집에서 정상인 사람은 오직 사내뿐이기 때문입니다.

허공에 번쩍 들린 아이가 발악을 하며 몸부림칩니다. 사내가 아이를 마루 위로 집어던집니다. 아이가 벽에 부딪히더니 마루로 떨어집니다. 순식간에 아이 울음소리가 멈춥니다. 병출씨가 눈을 끔벅이며 마루 위의 아이를 쳐다봅니다. 여자도 멍하니 아이를 쳐다봅니다.

　　얼매나, 조용햐. 개숭아, 우리 들어가자. 아저씨 약 좀 주라.(「배꽃이 지고」, 232쪽)

　　과수원이 있다. 그 안엔 네 사람이 산다. 그중 오로지 주인 사내만이 정상인이고 나머지 세 사람은 장애우들이다. 주인댁은 남편의 잦은 구타로 거의 하반신을 쓰지 못하고, 노예나 다름없는 병출과 개순 부부는 정신지체자들이다. 주인 사내는 병출이 보고 있는 와중에도 개순을 범하기를 일과로 삼고 있고, 게다가 개순이 낳은 아이와 그녀의 젖을 다툰다. 인용문에서 개순에게 주인 사내가 달라고 하는 약은 바로 젖이다. 그 젖 때문에 주인 사내는 아이를 들어 벽에 내동댕이친다. 물론 아이는 죽는다. 그러고도 주인 사내는 "얼매나, 조용햐"란 말 외에 하등의 죄책감도 내보이지 않는다. 후에 이 아이의 사체는 주인 사내와 병출의 손에 의해 배나무 과수원에 묻힌다. 주인 사내는 그들의 사체 유기를 "착한 일"이라고 표현한다. 이후로도 폭력은 계속되는데, 그러면서도 아주 합리적이고 이성적으로 이들을 관리하는 이 사내는 이들의 노동과 장애우를 돌본다는 명목으로 관으로부터 받는 지원금 덕에 적지 않은 부를 누린다.

　　이상이 위의 인용문을 둘러싼 대강의 정황인바, 한국 소설사에서는 말할 것도 없고 백가흠의 소설세계에서마저도 이 사내가 보여주는 만큼의 파렴치하고 반인륜적인 폭력은 그 예를 찾기 힘들다. 그러나 더욱 흥미로운 점은 작가가 그를 일러 "과수원집에서 정상인 사람은 오직 사내뿐"이라고 말한다는 사실이다. 이 말은 맞는 말이다. 그만이 소위 '정상적'으로, '이성적'으로, '합리적'으로 사유하는 유일한 인물임에는 틀림이 없기 때문이다. 그러나 내내 그의 극악한 폭력성을 목도해온 독자들에게 이 말은 또한 틀린 말이기도 한데, 과수원에서 오로지 단 한 사람뿐인 정상인으로서의 그가 이 모든 악덕과 패륜의 주인공이기 때문이다. 가장 정상적인 사람이 가장 광적이라는 이 역설, 가장 합리적인 사람이 바로 그 과도한 합리성으로 인하여 가장 비합리적이라는 이 역설, 그것은 사드의 역설이다. 그리고 이 역설은 물론 근대의 역설이기도 하다. 이즈음 백가흠의 소설이 도달한 지점이 바로 여기인데, 「배꽃이 지고」는 그런 의미에서 작가에게는 아주 중요한 분기점이 될 만하다.

요컨대 백가흠은 지금, 남성 판타지와 그것의 폭력성에 대한 심리학적 탐구에서, 근대적 이성의 광적인 폭력성에 관한 철학적 탐구로 이행해가는 도정에 있다. 그리고 그 이행은 그의 소설적 탐구가 깊어지고 넓어지고 있다는 말이기도 하다.

보유

1. 「성탄절」의 신성모독 역시 사드의 신성모독과 견줄 만하다. 십자가를 인조 성기로 사용할 만큼 대범하지는 못하지만 강대상 뒤에서 이루어지는 미성년 수은과 '나'의 섹스는 신앙 외에는 모든 것이

다(음모도, 배신도, 불륜과 성추행도, 돈을 둘러싼 권력 다툼도) 있는 교회에 대한, 위험스러울 만큼 악의적인 모독이다. 「배꽃이 지고」와 함께 「성탄절」은 백가흠의 작가적 관심이 심리학적 차원을 넘어 사회학적 차원으로까지 확장되고 있음을 보여주는 증거가 될 만하다.

  2. 백가흠 소설의 도처에서 나타나는 '도착(perversion)'의 모티브에 대해서는 할 말이 더 있을 듯싶다. 백가흠 전까지 한국소설의 정신병리는 '편집증(paranoia)'이 주류였다. 그것은 날로 비대해지고 복잡해지는 사회에 반해 날로 왜소해져만 가는 주체들이 취할 수 있는 일종의 '정신승리법'이었을 것이다.(졸고, 「진정할 수 없는 시대 소설의 진정성」, 『문학·판』 2005년 여름호 참조) 그러나 이에 비할 때 백가흠의 도착은 아예 어떠한 현실원칙도 상실해버린 병리적 주체들의 '즐거운 광기'에 가깝다. 프로이트에 따르면 리비도의 퇴행과 고착이 신경증의 원인인바, 퇴행과정에서 자아나 초자아의 억압이 존재하는 경우와 억압이 전혀 존재하지 않는 경우가 있다. 편집증은 전자의 경우에 속하고 도착은 후자의 경우에 속한다. 억압이 없는, 또한 억압이 없으므로 죄책감이나 고통이 수반되지 않는 즐거운 정신병리, 그것이 도착이다. 최근 우리 소설들의 특징을 '무중력' 상태라는 비유로 표현하는 경우가 종종 있는데, 억압이 존재하는, 그래서 느슨하나마 현실원칙과의 긴장을 유지할 수밖에 없는 편집증보다는 억압 자체가 존재하지 않는, 그래서 어떠한 현실원칙도 개입하기 힘든 도착이 이 비유에는 훨씬 적합해 보인다. 백가흠 외에 다른 예들을 아직 찾기 힘든 탓에(산발적으로는 찾아진다) 일

반화하기는 힘들겠지만, 어쩌면 편집증과 도착의 차이는 시대의 차
이일 수도 있다.

작가의 말

　내가 하고 있는 작업에 신뢰가 가지 않는 것은 작가로서 불행한 일이다. 지난 시간, 기세 좋던 포부는 사라지고, 잔잔했었던 내면에서는 불행이 반복되었다.

　등단한 지 사 년 반이 지났고, 그간에 발표했던 소설을 묶게 되었다. 무던히 나 자신을 믿으려 애쓰던 시간들이었다. 책을 묶긴 했지만 여전히 미심쩍고, 쑥스럽기만 하다. 나는 아직도 나 스스로를 믿지 못하겠다.

　등단작을 포함해 두 개의 단편을 빼고는 근 이 년 안에 쓴 것들이다. 물론 처박아두었던 것을 개작한 것도 있다. 쓰는 것도 그렇지만 썼던 소설을 버리는 일이 더욱 어렵다는 것을 새삼 깨달았다. 다행히 시간이 그것을 가능케 했다.

　나는 아직 마음이 약하다. 주위에 있는 사람들의 얘기는 시작하지도 못했다. 물론 내 애기도 쓰지 못했다. 그래서 미안한 마음이 드는 사람이 적다. 작가로서 불행한 일이다. 나는 솔직하지 못하다.

내 꿈은 시인이 되는 것이었다. 나 스스로 시쓰기에 재능이 있다고 착각한 적도 있었다. 그들의 작품에 펼쳐진 고귀한 품성을 흉내내고 싶었다. 시인이 되는 것에는 실패하고 소설가가 됐지만, 많은 시인들을 근거리에 두게 되었다. 그것은 참으로 기쁘고, 흥분되는 일이다.

어느 노작가를 사석에서 만난 적이 있었다. 그는 자신이 예술가라고 생각한 적이 한 번도 없다고 말했다. 자고로 산문쟁이는 이야기꾼이지, 예술과는 거리가 멀다는 애기였다. 평범한 진리를 나는 망각하고 있었는지도 모른다. 착각이 나를 더디게 했었는지도 모를 일이다. 포즈만 남고 이야기는 없는 소설을 쫓아가고 있는 것 같은 느낌이 드는 것은 나만의 문제는 아니리라고 본다. 시인의 포즈는 시가 되지만 젊은 작가의 포즈는 후까시가 된다.

아버지 백영기 선생은 올여름 삼십오 년간 몸담았던 학교를 떠난다. 나는 첫 책을 내고, 아버지는 정년퇴임을 한다. 아이로니컬하다. 그 헛헛함을 내가 대신 채울 길 없겠지만, 그간 정말 고생했다고, 한 번도 해본 적 없는 위로를 드리고 싶다. 더불어 어머니 임덕례 여사에게도 하루도 거르지 않고 새벽밥을 지어 아버지 통근시키느라 고생 많았다고 위안 드리고 싶다. 어머니와 아버지는 매일 새벽 나를 위해 기도한다. 그것이 내게는 가장 든든한 빽임에 언제나 감사한다.

  흔쾌히 해설을 써주신 김형중 선생님, 원고를 맡아준 문학동네
조연주 편집장님, 스승이자, 친구 같고, 또다른 아버지 같은 박범신
선생님께 감사드린다.

2005년 여름

원주 토지문화관에서

백가흠

| 수록작품 발표지면 |

광어 ······ 2001년 서울신문 신춘문예 당선작

귀뚜라미가 온다 ······ 『문학동네』 2003년 겨울호

밤의 조건 ······ 미발표

구두 ······ 『문학동네』 2005년 봄호

전나무숲에서 바람이 분다 ······ 『문예중앙』 2003년 봄호

배(船)의 무덤 ······ 『현대문학』 2005년 5월호

2시 31분 ······ 『작가와사회』 2001년 가을호

배꽃이 지고 ······ 『작가세계』 2005년 여름호

성탄절 ······ 『내일을여는작가』 2004년 가을호

문학동네 소설집
귀뚜라미가 온다
ⓒ 백가흠 2011

1판 1쇄	2005년 7월 25일
1판 4쇄	2009년 3월 20일
2판 1쇄	2011년 5월 9일

지은이 백가흠
펴낸이 강병선

책임편집 조연주 | 편집 최유미 | 디자인 윤종윤 유현아
마케팅 신정민 서유경 정소영 강병주 | 온라인 마케팅 이상혁 한민아 장선아
제작 안정숙 서동관 김애진 | 제작처 영신사

펴낸곳 (주)문학동네
출판등록 1993년 10월 22일 제406-2003-000045호
주소 413-756 경기도 파주시 교하읍 문발리 파주출판도시 513-8
전자우편 editor@munhak.com | 대표전화 031)955-8888 | 팩스 031)955-8855
문의전화 031) 955-8890(마케팅) 031) 955-8864(편집)
문학동네카페 http://cafe.naver.com/mhdn

ISBN 978-89-546-1496-2 03810

* 이 책의 판권은 지은이와 문학동네에 있습니다.
  이 책 내용의 전부 또는 일부를 재사용하려면 반드시 양측의 서면 동의를 받아야 합니다.
* 이 도서의 국립중앙도서관 출판시도서목록(CIP)은 e-CIP 홈페이지(http://www.nl.go.kr/ecip)에서
  이용하실 수 있습니다.(CIP제어번호: CIP2011001839)

www.munhak.com